Dorit Linke

Jenseits der blauen Grenze

W0200801

**Dorit Linke**, geboren 1971 in Rostock, wuchs in der DDR auf. Sie machte Abitur, war Leistungssportlerin und Rettungsschwimmerin. Den politischen Wandel Ende der Achtziger erlebte sie bewusst mit, nahm an den Montagsdemonstrationen teil und war achtzehn Jahre alt, als die Mauer fiel.
Heute lebt und arbeitet sie in Berlin. *Jenseits der blauen Grenze* ist ihr erster Roman und wurde für den Deutschen Jugendliteraturpreis nominiert.

*Kostenlose Unterrichtsmaterialien zum Download*

**Dorit Linke**

# Jenseits der blauen Grenze

magellan

Wenn wir Sachsen-Jensi am Kurfürstendamm wiedersehen, wird er noch immer seine blöde Popperfrisur haben. Und sein BMW wird alt und verschrammt sein, aber das wird ihm nichts ausmachen. Uns auch nicht. Wir werden uns alle riesig freuen und unendlich stolz aufeinander sein.

Unsere Taschen liegen vergraben unter einem Hagebuttenstrauch. Findet sie jemand, ist alles vorbei. Die Feldflasche habe ich mit Muttis Gürtel am Körper befestigt. Er hat eine goldene Schnalle und ist so hässlich, dass sie ihn nicht vermissen wird.

Nachher müssen wir im richtigen Moment loslaufen und kriechen, so wie wir es beim Pioniermanöver gelernt haben.

Bloß nicht ins Licht der Scheinwerfer geraten, das kilometerweit über den Strand wandert. Die Stelle, die wir uns ausgesucht haben, ist gut, weit weg vom Grenzturm.

Es ist viel NVA um uns herum. Direkt hinter uns steht ein Schild.

Sperrzone. Betreten und Befahren verboten.

Opa hat mir gesagt, dass ich auf die Posten aufpassen soll. Die werden an uns vorbeilaufen, außerdem werden Autos mit gleißenden Scheinwerfern herumfahren. Er hat mir auch gesagt, dass die Suchscheinwerfer nach einer Stunde zum Kühlen ausgeschaltet werden müssen. So einen Moment werden wir nutzen, um runter an die Ostsee zu laufen.

Am Wasser liegt ein Findling, hinter dem wir uns verstecken können. Wir werden rasch unten sein. Der Sandstrand ist hier nicht so breit wie in Warnemünde. Später in der Ostsee tauchen wir einfach unter, wenn das Scheinwerferlicht auf uns zukommt.

Mutti habe ich einen Zettel unter die Bettdecke gelegt. Sie soll sich keine Sorgen machen. Wird sie wohl trotzdem. Sie wird mich nicht in Kühlungsborn vermuten, sondern an der Neptunschwimmhalle auf mich warten. Gestern habe ich mich beinah verraten, weil ich ihr beim Wetterbericht über den Mund gefahren bin. Normalerweise interessiere ich mich dafür nicht.

Fünfzig Kilometer bis nach Fehmarn. Das ist echt weit.

Wenn die Strömung mitspielt, schaffen wir die Strecke in fünfundzwanzig Stunden. Momentan herrscht ablandiger Wind. Hoffentlich bleibt es dabei. Wenn es dunkel ist, werden wir losschwimmen, dann sind wir schon ein Stück vom Land entfernt, wenn die Boote in der Morgendämmerung nach Flüchtlingen suchen. Kommt eine Patrouille, tauchen wir unter und atmen durch unsere Schnorchel, die ich gestern im Keller mit Plastikschläuchen verlängert habe. Als Nachbarin Lewandowski mich damit hantieren sah, wollte sie wissen, wozu das gut sei. Ich habe ihr von den Karpfen im Dobbertiner See erzählt, die ich beobachten wollte.

Neunzehn Grad Wassertemperatur, das ist gut. Weiter draußen wird es kälter sein. Das wird hart. So viel trainieren kann man gar nicht. Doch wir werden es schaffen. Endlich ist es so weit! Ich bin aufgewühlt und gleichzeitig ruhig, auf unser Vorhaben konzentriert.

Andreas sieht blass aus. Zum Glück ist er dabei, ohne ihn könnte ich es nicht. Gerade hat er mir zugelächelt.

Er hat Angst. Ich auch, aber darüber darf man nicht nachdenken.

Andreas hält *Die schwarze Feluke* in der Hand. Für Sachsen-Jensi, in Folie eingeschweißt. Das einzige *Mosaik*-Heft, das ihm in seiner Sammlung noch fehlt, erschienen im November 1982. Im Westen bekommt er das nicht, wir müssen es ihm mitbringen. Das haben wir ihm versprochen.

Piraten auf dem Cover, Fischerboote, hochschlagende Wellen, Leuchtfeuer und Männer mit Turbanen. Andreas betrachtet das Bild, das so blau ist wie die Dämmerung, die uns umhüllt. Bestimmt möchte er durch das Heft blättern, doch das geht wegen der Folie nicht.

Ins Heft habe ich einen Zettel gelegt, da steht die Telefonnummer meiner Eltern drauf. Falls etwas passiert und jemand das Heft findet, weiß er, wo er anrufen muss.

Was würde Sachsen-Jensi sagen, wenn er uns sehen könnte, hier in den Dünen, wartend, mit Blick auf die Ostsee? Hitze in meinem Magen, vor Aufregung! Ein angenehmes Gefühl. Ich bin glücklich, dass wir aufbrechen werden, fühle mich das erste Mal seit Monaten wieder leicht, fast unbeschwert. Ich schließe die Augen und atme tief ein. Es riecht nach Salzwasser und nach Algen. Ich öffne die Augen wieder. Hagebuttenfrüchte baumeln zwischen mir und dem spiegelglatten Wasser, einige Meter entfernt wächst Strandhafer.

Sachsen-Jensi würde uns davon abhalten, weil er ein Angsthase ist. Ich lächle. Vor vielen Jahren hab ich ihm im Matheunterricht mal Hagebuttensamen in den Kragen geschmissen und darauf herumgerieben. Er hat sich so affig gekratzt, dass Frau Bauermeister ihn aus der Klasse warf.

Andreas öffnet den Reißverschluss seines Neoprenanzugs und schiebt das *Mosaik*-Heft zu seinen Dokumenten: Personalausweis, Geburtsurkunde, Abschlusszeugnis der zehnten Klasse. Das Päckchen mit meinen Dokumenten habe ich zwischen Neoprenanzug und Badeanzug geschoben. Im Westen müssen wir schließlich beweisen können, wer wir sind.

Andreas hat wohl meinen Blick bemerkt. Er öffnet den Reißverschluss wieder und holt *Die schwarze Feluke* heraus.

»Nimm du es«, sagt er leise. »Kannst besser schwimmen.«

Das stimmt. Sofort habe ich wieder Angst. Ich will nicht darüber nachdenken, kann die Hand nicht ausstrecken.

»Nun mach«, sagt er drängend.

Unsere Finger berühren sich, als ich das Heft an mich nehme. Ich schlucke schwer, kann ihn nicht ansehen, schaue hinüber zur Ostsee.

»Wir werden es schaffen«, sage ich.

Wir müssen uns das immer wieder sagen, das ist ganz wichtig. Es wird hart werden. Wir müssen daran glauben, sonst halten wir nicht durch.

Um einundzwanzig Uhr werden wir losschwimmen, sobald der Mond untergegangen ist. Er ist kaum zu sehen, es ist fast noch Neumond, zwischen den Baumwipfeln ist die schmale Sichel zu erkennen. Sie spendet wenig Licht, trotzdem ist es besser, wenn sie nicht mehr da ist. Hat Opa gesagt.

Leichter Wind von Südost, genau richtig.

Der Tag ist schön gewesen, heiß und schwer. Wir sind schon früh angereist. Um keinen Verdacht zu erregen, wollten wir nicht erst mit der Dämmerung ankommen. Nachdem wir baden waren, haben wir ein Softeis auf der Promenade gegessen, umgeben von FDGB-Urlaubern. Ich kam mir wie eine Lügnerin vor. Für alle anderen war es ein normaler Tag an der Ostsee, aber nicht für uns. Wir schauten auf das blaue Wasser hinaus und wussten, was in der Nacht geschehen würde.

Einmal jedoch vergaß ich es völlig, aß mein Eis und schaute einem Kind zu, das mit seinem Wasserball spielte, fühlte die Sonne, roch den Sommer. Einen Moment lang war ich glücklich. Dann fiel es mir wieder ein und ich hatte ein Kribbeln im Bauch wie beim Karussellfahren.

Am Nachmittag haben wir versucht, am Strand vorzuschlafen, weil wir in der Nacht nicht dazu kommen würden. Es hat aber nicht geklappt, wir waren viel zu aufgeregt. Ich bin nur einmal kurz weggedöst. Andreas zappelte in den Dünen neben mir herum und konnte nicht zur Ruhe kommen.

Später haben wir in einer Speisegaststätte Nudeln mit Tomatensoße gegessen, als Grundlage. Sportler essen immer Nudeln. Und viel getrunken haben wir auch, weil wir kaum Wasser mitnehmen können.

Andreas berührt meinen Arm.

Zwei Lichter, unten am Strand. Sie kommen!

Ich kauere mich tiefer ins Gebüsch, Andreas ist dicht neben mir. Ich merke, wie er den Atem anhält, auch ich erstarre völlig, ziehe den Kopf ein und wage kaum, in die Richtung zu schauen, aus der die Männerstimmen näher kommen. Es sind die Grenzposten, die regelmäßig den Strand kontrollieren und nach verdächtigen Dingen suchen. Wenn sie einen Hund dabeihaben, werden sie uns finden, dann ist alles bereits hier zu Ende.

Die Männer sprechen leise, verstehen kann ich sie nicht. Ein unruhiges, flackerndes Licht huscht durch die Zweige, kommt auf uns zu. Sie durchsuchen mit Taschenlampen das Gebüsch am Strand. Andreas drückt sich an mich. Das Licht tanzt vor unseren Augen, streift uns beinahe.

Dann erlischt es wieder. Die Männer bleiben stehen. Kein Hund, ein Glück.

Ich höre ein Räuspern. Wieso gehen sie nicht weiter? Mein Herz rast so stark, dass ich fürchte, sie könnten es hören. Wie in der Geschichte von Edgar Allan Poe.

Ein Licht glimmt auf, der Ausschnitt eines Gesichts im schwachen Lichtschein, dann ein zweites Licht. Zigaretten. Geruch nach Rauch, ganz leicht nur. Die beiden Posten gehen langsam weiter den Strand hinunter.

»Oh Mann«, flüstert Andreas neben mir. »Schwein gehabt.«

Der Wind ist kühl, ich friere. Wie soll es erst im Wasser sein? Vorhin haben wir uns mit Vaseline eingerieben und über zehn Tuben verbraucht. Ulrich hat mir den Tipp gegeben, so viel wie möglich aufzutragen. Im Wasser verliert der Körper viermal so schnell Wärme wie an der Luft. Wir müssen schnell schwimmen, um warm zu bleiben. Wir müssen das Gleichgewicht halten zwischen Wärmeerzeugung und Wärmeverlust, würde unser Physiklehrer Herr Kowalski sagen.

Die Vaselinetuben habe ich in der Drogerie gekauft, immer nur zwei auf einmal, damit es nicht auffiel. Doch beim letzten Mal hat die Verkäuferin so komisch geguckt, dass ich Schiss bekommen habe. Noch mal bin ich nicht hin. Durch die Vaseline wird die Wärme in unserem Körper bleiben. Unter dem Neoprenanzug kann man nicht viel anziehen, er ist so eng. Ich habe meinen Badeanzug, ein kurzes Shirt und eine Damenstrumpfhose an. Sie hat schon Laufmaschen, daher wird Mutti nicht sauer sein, dass ich sie einfach aus ihrem Schrank genommen habe.

Was Ulrich wohl sagen würde, wenn er mich jetzt sehen könnte? Hoffentlich hat er uns nicht verraten.

Die leeren Vaselinetuben sind nun mit unseren Taschen und unseren Klamotten vergraben. Irgendwann wird sie jemand finden und Alarm auslösen, aber nicht heute Nacht.

Und morgen um diese Zeit sind wir vielleicht schon auf Fehmarn.

Die Suchscheinwerfer streifen uns immer wieder und tauchen den Strand in helles Licht. Zwischendurch ist es dunkel, auch der Mond ist nicht mehr zu sehen.

Andreas raschelt neben mir. Ein letztes Mal kontrolliert er, ob alles gut verpackt ist. Er hat eine Tasche dabei, die er an seinem Körper befestigt. Vier Tafeln Blockschokolade, Sachsen-Jensi wäre sicher neidisch. Mit dem Röhrchen Schmerztabletten könnte er weniger anfangen, auch das wasserfeste Klebeband würde ihn nicht interessieren. Und er würde niemals darauf kommen, wofür wir die Nylonschnur brauchen.

»Wickle die Tüte fester um die Schokolade und das Klebeband«, sage ich leise. Das Salzwasser darf nicht eindringen, sonst geht alles kaputt.

»Ja, klar«, murmelt Andreas und zieht den Reißverschluss der Tasche zu. Er tastet über die Halsmanschette und über die schwarze Kapuze seines Neoprenanzugs, unter der seine blonden Locken verschwunden sind. Er bindet sich den Bleigürtel um. Die Taucherbrille hängt um seinen Hals, Schnorchel und Flossen hat er in der Hand. Er wirkt unheimlich, düster und entschlossen, wie aus einem James-Bond-Film.

Abgesehen von meiner dunkelblauen Badekappe, die ich mir nun überstreife, sehe ich kaum anders aus. An meinem Neoprenanzug gibt es keine Kapuze, deswegen brauche ich eine Kappe. Sie reduziert den Wasserwiderstand und schützt vor Kälte. Den Anzug habe ich mir von Frank geborgt. Er hat mir auch seinen Kompass geliehen, den ich mir an mein linkes Handgelenk gebunden habe.

»Pass auf, dass deine Ohren richtig bedeckt sind«, sage ich leise.

Andreas weiß das, aber es schadet nicht, es noch mal zu sagen. Wasser in den Ohren kann schlimme Folgen haben. »Und deine Stirn muss bis zur Brille bedeckt sein, sie ist sehr kälteempfindlich.«

Ich streife mir die schwarzen Handschuhe über. Meine Hände müssen beim Schwimmen dunkel und unauffällig sein. Dann greife ich nach Schnorchel und Flossen. Wir werden sie erst im Wasser anziehen, über unsere Socken. Die Socken sollen laut Ulrich gegen das Scheuern helfen. Und die schwarzen Handschuhe sollen verhindern, dass meine Hände im Wasser gesehen werden.

Das grelle Scheinwerferlicht wandert über den Strand, wir warten darauf, dass es endlich ausgeschaltet wird.

»Hoffentlich hat dein Opa recht«, flüstert Andreas. Unter meiner Badekappe höre ich kaum, was er sagt.

Opa hat mir geholfen, die richtige Stelle zu finden. Er hat sich überhaupt nichts dabei gedacht, als ich ihn fragte, von wo aus er über die Ostsee flüchten würde, wenn er es noch könnte. Für ihn sind solche Themen völlig normal, er freute sich richtig über die Frage und erzählte vom Sandstrand, der nicht zu breit und nicht zu schmal sein darf, vom dichten Gestrüpp an der Küste und von Findlingen am Wasser. Wir sind mit dem Bus nach Kühlungsborn gefahren und an den Strand gegangen, Opa lief zwischen den Urlaubern umher, fuchtelte mit dem Stock und rief: »Genau richtig hier! Und bloß nicht weiter nach Westen gehen, an der Bukspitze ist überall NVA!«

Was würde Opa sagen, wenn er jetzt hier wäre? Würde er mich bestärken? Hätte er noch mehr Tipps für mich?

Ich schaue dem wandernden Licht nach und sehe Opa unten am Strand mit seinem Stock herumlaufen. Das war vor weniger als sechs Wochen.

Schlagartig ist schwarze Nacht um uns, das Scheinwerferlicht verschwunden. Jetzt ist es so weit. Unsere Chance.

»Opa hatte recht«, sage ich leise.

Andreas räuspert sich. »Woher wusste er das?«

Von Genosse Johnson, Offizier der Grenzbrigade Küste. Mit ihm kegelt Opa einmal im Monat, füllt ihn mit Goldbrand ab und horcht ihn über die seeseitige Grenzsicherung aus. Wir haben die Informationen sozusagen aus erster Hand, falls Opa nichts hinzugesponnen hat. Was allerdings wahrscheinlich ist, er spinnt leider oft.

»Hanna.« Andreas berührt mich am Unterarm. Er will starten.

Ich hocke mich sprungbereit in den Sand, Andreas ist direkt neben mir.

»Denk dran, nicht mit den Armen kraulen«, sage ich. »Leichter Kraulbeinschlag und Brustschwimmzug.«

Wir dürfen nicht auffallen, das bedeutet auch, dass wir beim Schwimmen im Grenzbereich so wenige Geräusche wie möglich machen.

Hoffentlich kommt Andreas mit dem stärkeren Auftrieb klar. Es ist das erste Mal, dass er mit einem Neoprenanzug schwimmt, seine Westverwandten konnten ihn und den Bleigürtel erst vor zwei Wochen über die Grenze schmuggeln.

Meinen Bleigürtel habe ich von Ulrich bekommen.

Eine Amsel singt oben in den Bäumen. Hell dringt ihr Ruf durch die Dunkelheit und begleitet das Blätterrauschen, manchmal überschlägt sich ihre Stimme, wird laut und wieder leiser. Auch morgen wird sie hier singen.

Ich schaue zum Wasser, sehe die samtige Schwärze sich kräuselnder Wellen, höre die leise Brandung.

»Jetzt«, flüstert Andreas.

Ich laufe auf Socken durch den Sand. Oben an den Dünen sinke ich knöcheltief ein und falle fast hin, Andreas ist dicht hinter mir, berührt mich aus Versehen. Er bleibt auch irgendwo hängen, muss sich mit den Händen abstoßen. Während ich renne, fliegt mir Sand in die Augen.

Endlich sind wir hinter dem Findling. Wir bewegen uns nicht, lauschen in die Nacht und atmen schwer. Ich spüre den Rand einer Muschel unter dem Knie, rieche Seetang. Hier unten weht der Wind stärker, auch die Geräusche haben sich verändert, ein Rauschen umgibt uns, obwohl kaum Wellengang ist.

Ich bilde mir ein, noch immer die Amsel singen zu hören.

Mein Herz schlägt wild, obwohl ich bisher keinen Meter geschwommen bin.

Noch könnten wir zurück, noch hat uns niemand bemerkt.

»Los. Weiter.«

Wir waten durchs Wasser. Es ist wärmer als die Luft, die nach Sonnenuntergang stark abgekühlt ist. Wir gehen leicht gebückt. Trotz der Aufregung muss ich lachen. Wenn ein Licht auf uns gerichtet wird, sieht man uns, ob wir nun gebückt laufen oder nicht. Zum Glück bleibt es dunkel um uns.

Als mir das Wasser an die Hüfte reicht, höre ich auf zu waten. Auch Andreas bleibt stehen. Ich ziehe mir die Handschuhe aus, halte sie mit den Zähnen fest und streife mir die Flossen über die Füße. Es ist nicht leicht, ich bekomme das Ende der Flossen nicht über meine Hacken. Vermutlich wäre es besser gewesen, das bereits an Land zu tun. Aber dann wäre das Waten anstrengend gewesen. Ich lasse mich nach hinten ins Wasser fallen, um besser an den Flossen ziehen zu können. Sofort dringt kaltes Wasser in meinen Neoprenanzug, füllt die Zwischenräume meiner Kleidung und der Gummihaut. Es ist unangenehm. Doch das Wasser wird sich rasch auf Körpertemperatur erwärmen und isolierend wirken.

Dann habe ich es geschafft, die Flossen sind dran. Ich stelle mich wieder auf den Meeresboden. Er ist von der Strömung stark gewellt, das spüre ich sogar durch die Flossen.

Ich setze mir die Taucherbrille auf und schiebe das Schnorchelende durch den Riemen der Brille, damit der Schnorchel stabil bleibt.

Andreas holt die Nylonschnur heraus, reicht sie mir. Ich binde die Schnur um sein linkes Handgelenk und ziehe den Knoten fest. Das andere Ende kommt an mein rechtes Handgelenk. Nun können wir uns im Wasser nicht verlieren und uns über die Schnur Zeichen geben.

Noch immer habe ich die Handschuhe zwischen den Zähnen. Die Wolle juckt an meiner Lippe. Ich ziehe sie über meine Hände. Sie zittern vor Aufregung.

Gleich geht es los.

Ich stecke mir das Schnorchelmundstück zwischen die Zähne, es drückt am Zahnfleisch, doch das ist normal und wird nach einer Weile vergehen, zumindest war es beim Training immer so. Allerdings bin ich nie länger als acht Stunden mit Schnorchel geschwommen.

»Ich bin so weit«, flüstert Andreas.

Ich justiere die Feldflasche. Muttis Gürtel hält sie fest an meinem Bauch, hoffentlich ist sie beim Schwimmen nicht zu sehr im Weg. Trainieren konnte ich damit nicht, weder im Schwimmbad noch in der Ostsee. Hätte mich jemand gesehen, wäre ich sofort verhaftet worden.

Ich schaue zurück zum Land.

Das letzte Mal für eine lange Zeit habe ich Boden unter den Füßen.

Ich stoße mich vom Meeresboden ab und schwimme los. Nach einigen Metern dringt kaltes Salzwasser in meine Taucherbrille. Ich fluche leise. Nie halten die Dinger dicht. Ich muss die Brille richten, suche unter mir den Meeresboden, kann ihn gerade noch mit den Flossenspitzen berühren, finde dadurch ein wenig Halt.

»Meine Tasche ist nicht richtig fest«, flüstert Andreas. Er muss sich nach den wenigen Schwimmstößen auch noch einmal sortieren.

Ich löse die Brille und lasse das Wasser herauslaufen. Mit dem Finger drücke ich auf das Sichtfenster und presse Luft heraus, erzeuge einen Unterdruck. Dadurch tun mir ein wenig die Augen weh, aber immerhin kann nun kein Salzwasser mehr eindringen. Das würde mehr Schaden anrichten.

Langsam bewege ich meine Beine, fühle den Druck der Flossen, vergrößere die Beinschlagamplitude, aber nicht zu sehr, damit ich nicht durch die Wasseroberfläche stoße. Die Feldflasche bremst meine Bewegung ein wenig, doch das fällt nicht zu sehr ins Gewicht.

Ich höre den leichten Wellenschlag, der von meinen Atemgeräuschen überlagert wird. Weil ich durch den Schnorchel atme, erscheinen sie mir lauter als sonst.

Ich mache einen Brustschwimmzug mit den Armen, was nicht so einfach ist, wenn man mit den Beinen krault. Allmählich finde ich meinen Rhythmus, fühle den Widerstand des Wassers an meinen Händen. Wegen des höheren Salzgehaltes ist es fester als im Schwimmbad.

Immer wieder ist die Wasserlinie direkt vor meinen Augen. Die Grenze zwischen Luft und Wasser. Ich tauche mit der Vorwärtsbewegung unter, atme aus, lasse mich vom Wasser tragen, komme wieder an die Oberfläche.

Andreas' Flossen klatschen aufs Wasser. Er merkt es, korrigiert seine Bewegungen. Wir dürfen hier draußen keine lauten Geräusche machen.

Ich atme durch den Schnorchel, damit der Kopf unter Wasser bleiben kann, ich ihn nicht drehen muss. Jede Bewegung kostet Energie.

Nach wenigen Metern merke ich, was ich schon lange weiß. Es ist alles ganz anders als im Schwimmbad. Ulrich ist nicht hier, keiner gibt Anweisungen. Wir sind auf uns allein gestellt.

Ich höre nur das Glucksen der Wellen, die sich an meinem Körper brechen. Aus der dunklen Tiefe steigen Blasen auf.

Leise schwimmen wir hinaus auf die Ostsee, nach Norden.

»Welche Rekorde willst du eigentlich brechen?«

Ulrich zwinkerte mir vom Beckenrand aus zu. Er trug seinen orangefarbenen Trainingsanzug und rote Badelatschen.

Ich zog mir die Schwimmbrille vom Kopf. »Für heute reicht es.«

»Glaub ich. Drei Stunden. Hast du die Bahnen gezählt?«

»179.«

Ulrich kniff die Augen zusammen. »179 mal 50 Meter macht 8 950 Meter. Mein lieber Scholli. Ab jetzt. Duschen.«

Ich zog mich aus dem kalten Wasser. Der Nacken und die rechte Schulter taten weh. Wenn ich sie bewegte, knackte es komisch.

»Frank und ich spielen nachher in der Konsum-Klause eine Runde Rommé. Willst du mitmachen?«

Ich nickte und nahm mein Handtuch. Auf dem Gang zu den Duschen zog es wie immer heftig. Einige Minuten lang ließ ich heißes Wasser über mich laufen, trocknete mich hastig ab und zog mich an. Dann lief ich nach draußen.

Vor der Schwimmhalle standen einige Sportler und unterhielten sich.

»Tschüss«, rief ich, bog nach rechts ab und ging die wenigen Meter zur Klause.

Ulrich und Frank saßen bereits an einem der Tische und hatten Karten vor sich liegen.

Ulrich drehte sich zur Bar. »Cola für die Kinnings und für mich ein Pils«, rief er dem Wirt zu. Dann teilte er die Karten aus, noch bevor ich überhaupt saß.

Die Luft war stickig vom Zigarettenrauch. In einer Ecke saßen drei Männer und spielten vermutlich Skat, an der Bar trank eine Frau, die so alt war wie Mutti, ein großes Glas Bier. Sie war stark geschminkt und hatte hochtoupierte Haare. Sie starrte Ulrich an, doch der merkte das nicht.

Im Hintergrund lief leise *The Power of Love* von Jennifer Rush.

»Du hast dich nicht geföhnt«, sagte Ulrich vorwurfsvoll.

»Ist doch warm hier drin.«

Er schüttelte den Kopf. »Ihr holt euch alle noch was weg. Du auch, Frank!«

Der war auch nicht geföhnt und machte sich sofort einen Kopf kleiner, versteckte sich hinter den Karten.

Mein Blatt sah gut aus. Kreuzkönig, Kreuzbube, Kreuzzehn.

»Wieso trainierst du überhaupt so viel?« Frank schaute hinter den Karten hervor. Er hatte einen leichten Silberblick und sah knapp an mir vorbei.

»Keine Ahnung.«

»Ist es nicht langweilig, immer nur hin- und herzuschwimmen, ohne irgendein Programm?«

Um auslegen zu können, fehlte mir die Kreuzdame. Ich warf eine Herzsieben weg.

»Ich denke einfach an was anderes.«

Der Wirt brachte die Getränke. Er trug eine ASV-Sportjacke und sagte keinen Ton.

Ulrich blinzelte mir über seine Karten zu. »Woran denn?«

Frank warf eine Karte weg. Kreuzdame. Ich drosch auf den Tisch, doch Ulrich war schneller und grinste gehässig, als er die Karte aufnahm.

»An ein Gedicht«, sagte ich abwesend. »Oder an ein Buch.«

»Aha.« Nachdenklich kratzte Frank sich am Kopf. Seine aschblonden Haare wirbelten herum.

Ulrich ordnete die Karten. »Wahrscheinlich besser, als an deine Dosenöffner zu denken, was?«

Frank schaute verlegen auf den Tisch. Das Thema war ihm unangenehm, denn er durfte sein Abitur machen, im Gegensatz zu mir.

Ich lehnte mich zurück und senkte feierlich die Stimme, wie der Ansager bei der Ersten-Mai-Demonstration. »Jeden Tag erfülle ich die Norm. Wenn ich weiter so fleißig bin, kann ich eine Lehre zum Industriedesigner anfangen. Vielleicht in zwei Jahren.«

Frank legte alle seine Karten auf einmal ab. »Rommé!«

Wir starrten auf sein Blatt.

Frank trank seine Cola in einem Zug leer, stand auf und ging aufs Klo.

»Du hast geschummelt«, rief Ulrich ihm nach. Die Dame an der Bar bekam vom Wirt ein neues Bier hingestellt. Der Schaum lief über den Glasrand.

Ulrich mischte die Karten erneut, schaute nicht hoch. »Also Hanna, wenn du so weiterschwimmst, schaffst du es tatsächlich bis nach Gedser.«

Ich nahm jede Karte, die er mir zuwarf, einzeln auf. »Einen Versuch wäre es wert.«

Ulrich hob sein Bierglas und trank einen Schluck. Sein Auge zuckte komisch. »Du hättest auch nur einen Versuch«, sagte er leise.

Frank kam vom Klo und setzte sich wieder. »Mir ist gerade was eingefallen. Wenn du mal längere Zeit in der Warnow trainieren willst, anstatt immer nur Bahnen zu ziehen, kannst du meinen Neoprenanzug haben. Ich borge ihn dir.«

Ulrich hielt beim Sortieren inne und sah mich an.

»Ja.« Ich sah von einem zum anderen. »Ich würde gern mal die Warnow rauf- und runterschwimmen.«

»Die Warnow rauf und runter«, wiederholte Ulrich.

»Ich bring ihn am Freitag einfach mit«, beschloss Frank und nahm seine Karten auf.

Auch dieses Spiel gewann er. Danach hatten wir alle keine Lust mehr und verließen die Klause.

Draußen goss es in Strömen. Frank rannte dem Bus entgegen, der gerade um die Ecke kam. Auch ich wollte loslaufen, doch Ulrich hielt mich am Arm fest.

»Warte, ich fahre dich nach Hause.«

»Quatsch, das ist doch ein Umweg für dich!«

Doch er zog mich zu seinem uralten Skoda, der fast auseinanderfiel. Beim Einsteigen stieß ich mir den Kopf, weil ich so erschöpft vom Training war. Drinnen roch es nach Benzin. Langsam fuhren wir durch den Regen. Die Rücklichter der Autos schimmerten rot durch die nasse Windschutzscheibe, über die der Scheibenwischer ratschte.

Die Friedrich-Engels-Straße war menschenleer und dunkel, weil mal wieder einige Laternen nicht funktionierten. Ulrich hielt vor unserem Haus und stellte den Motor ab. Die Stille war fast unheimlich.

»Wie geht es deinem Vater?«

Erstaunt sah ich ihn an. Normalerweise fragte das niemand. »Gut. Er liest neuerdings wieder alleine seine Bücher.«

Ich legte die Hand auf den Türgriff. Ulrich drehte sich zu mir. »Creme dich mit Vaseline ein, so fett es geht. Wegen der Kälte. Und zieh Strümpfe an, bevor du in die Flossen steigst, sonst scheuerst du dich auf.«

Er beugte sich vor und fummelte am Rückspiegel herum. »Und nimm Schokolade mit, als Energiereserve.«

»O. k.« Ich schob die Tür auf und stieg aus.

»Warte!« Ulrich lehnte sich über den Beifahrersitz. Kalter Regen fiel mir auf den Rücken, als ich mich zu ihm hinunterbeugte.

»Zieh schwarze Handschuhe an.«

Ich wusste, was er meinte, und nickte.

Er schaute mich lange und nachdenklich an, mir wurde dabei etwas unwohl.

»Warum, Hanna?«

Ich wusste nichts zu sagen. Wie sollte ich das erklären? Ich konnte Andreas einfach nicht allein schwimmen lassen.

»Ist es wirklich so schlimm?«

Ich atmete tief ein, schaute ihm in die Augen und nickte. Das war das Beste.

Ulrich packte den Griff und knallte die Tür zu. Erst beim dritten Versuch startete der Motor. Der Skoda knatterte so laut, dass Nachbarin Lewandowski die Gardine zur Seite schob und einen Kontrollblick aus dem Fenster warf.

Nun hatte ich also einen Neoprenanzug.

Das musste ich unbedingt Andreas berichten. Und die Hinweise waren auch sehr wichtig für uns. Ich ging auf die Haustür zu, blieb erneut stehen und schaute Ulrich hinterher.

Plötzlich hatte ich Schiss, dass er mich verraten würde. Nicht aus Bösartigkeit, sondern weil er sich Sorgen machte.

Es stimmt nicht, was ich eben gedacht habe. Wir haben doch noch einmal festen Boden unter uns. Als meine Knie ihn gerade beim Schwimmen berührten, habe ich mich richtig erschrocken, dachte an ein Tier, den weißen Hai, natürlich Quatsch. Wenn man in der Nacht durch schwarzes Wasser schwimmt und überhaupt nichts sieht, kommt man auf blöde Ideen.

»Sind wir etwa wieder am Strand?«, fragt Andreas in die Dunkelheit.

»Nein, das ist nur eine Sandbank.«

Ich drehe mich auf den Rücken, setze mich und schaue hoch in den Himmel. Angenehm, sich kurz fallen zu lassen, den Boden zu spüren, obwohl wir noch nicht lange im Wasser sind und uns nicht ausruhen müssen. Ich versuche, den Horizont zu erkennen, doch es ist noch zu dunkel. Das Meer schimmert im Sternenlicht.

Andreas kommt zu mir, legt sich an meine Seite, flüstert: »Auf halber Strecke würde eine Sandbank viel mehr Sinn machen.«

Ich schaue hoch in den Himmel, höre das Plätschern der Wellen. Seltsame Situation. Wir bewegen uns in die Ungewissheit, so wie es früher die Seefahrer taten. Ohne Karte, mit ungewissem Ziel und nur mithilfe der Sterne. Immerhin haben wir einen Kompass und ein Ziel, den Westen. Momentan habe ich nicht einmal Angst, alles ist so klar.

»Wie immer leicht zu erkennen«, sagt Andreas altklug. »Der Große Wagen. Siehst du die beiden hinteren Sterne, die den Wagen bilden? Verlängere die Verbindungslinie um das Fünffache.«

Ist ja wie im Geografieunterricht. Ich gelange zu einem anderen, ebenfalls sehr hellen Stern.

»Der Polarstern«, sagt Andreas zufrieden. »In diese Richtung müssen wir.«

Ich nicke in die Dunkelheit. »Also weiter.«

Ein letztes Mal berühre ich mit den Flossen den Meeresboden.

Nun ist es endgültig.

Wir schwimmen los und verheddern uns nach wenigen Metern in der Schnur. Wir müssen einen gemeinsamen Rhythmus finden. Wir starten erneut, dieses Mal langsamer und bedächtiger.

Einen Schwimmzug, noch einen. Ich passe auf, dass ich neben Andreas bleibe, tauche ab in Dunkelheit, schwimme durch das unheimliche schwarze Wasser. Es fällt mir schwer, die Balance zu halten, ich habe keine Fixpunkte, muss mich konzentrieren, mit dem rechten und mit dem linken Arm gleichmäßig zu ziehen. Manchmal kollidieren wir, hauen uns den Ellenbogen in die Seite. Ohne die Schnur würden wir uns im Meer verlieren. Wenn sie sich zwischen uns zu lange spannt, driften wir auseinander, ruckt es dagegen mehrmals, dann weiß ich, dass Andreas daran zieht, weil er Hilfe braucht.

Immer wieder kommt Wasser in meinen Schnorchel. Das

nervt. Ich atme ein, verschlucke mich daran, das Salzwasser kratzt in meinem Hals. Ich entferne es mit Luftstößen, die Kraft kosten. Im Schwimmbecken ist das Schwimmen mit Schnorchel einfacher, weil das Wasser ruhiger ist.

Plötzlich ist es heller.

Andreas zieht an der Schnur. Ich schaue mich um.

Vom Grenzturm in Kühlungsborn strahlt wieder das Scheinwerferlicht über die Ostsee. Sie suchen nach Flüchtlingen. Nach uns.

Das Licht kommt auf uns zu. Wir müssen den richtigen Moment erwischen, dürfen nicht in den Lichtkegel geraten.

Jetzt.

Wir tauchen unter, bleiben einige Sekunden unter Wasser.

Als wir wieder auftauchen, ist der Strahl weit entfernt.

Doch er wird zurückkommen.

Ich drehe mich auf den Rücken, schwimme weiter und behalte den Strahl im Auge. Eigentlich ist es kinderleicht, ich kann ihn sehen und ihm ausweichen. Auf die Art können sie uns nicht erwischen.

Der Strahl kommt zurück, ich ziehe dreimal kurz an der Schnur.

Wir tauchen erneut.

Danach höre ich Andreas husten, vermutlich hat er Wasser in den Schnorchel bekommen. Die Taucherei ist für ihn ungewohnt, die hat er nicht trainiert. Er hat noch Probleme mit der Schwimmtechnik, sein Beinschlag ist unregelmäßig, das höre ich am Klatschen seiner Flossen. Er muss sich erst an den Neoprenanzug gewöhnen und seine Bewegungen dem stärkeren Auftrieb anpassen, damit er sich im Wasser nicht andauernd um die eigene Achse dreht. Die Theorie habe ich ihm in den Dünen erklärt, nun muss er das Wissen umsetzen.

Gelegenheit zum Üben hat er jetzt.

Ich bewege gleichmäßig die Flossen und gleite auf dem Rücken durchs Wasser. Die Flossen drücken, irgendwann wird es richtig wehtun.

Der Strahl ist nun noch weiter weg als vorher. Ich drehe mich wieder auf den Bauch. Das Wasser unter mir ist schwarz, ein dunkles, unendliches Universum. Manchmal leuchten vor mir grüne Pünktchen auf, phosphoreszierende Mikroorganismen, und ich höre Blasen, die aus der Tiefe aufsteigen und an der Wasseroberfläche zerplatzen.

Wir können jetzt schwimmen, wohin wir wollen, sind völlig frei.

Wir müssen nicht mehr zurück, keinen Bahnen folgen, die den Weg markieren, müssen keine Wende an einer Betonwand machen und auch keiner schwarzen Linie am Grund des Beckens mehr folgen. Die Luft ist ganz frisch und riecht nicht nach Chlor.

Die Schnur spannt sich, Andreas kommt nicht hinterher. Ich warte, schaue zu dem dunklen Streifen hinter uns. Noch vor vier Wochen bin ich parallel zur Küste geschwommen, doch heute geht es auf die Ostsee hinaus.

So weit im Norden bin ich noch nie gewesen.

Plötzlich Licht, mitten in meinem Gesicht. Ich habe es nicht kommen sehen, tauche hastig, ziehe an der Schnur. Ich pflüge das Wasser auf, komme nicht tief genug, der Neoprenanzug zieht mich immer wieder nach oben.

Ich verschlucke mich, huste, reiße mir das Mundstück des Schnorchels aus dem Mund. Muss auftauchen, kriege keine Luft mehr.

Das Licht blendet mich so sehr, als würde man mir eine Taschenlampe ins Gesicht halten.

Gerade habe ich doch noch zur Küste geschaut, da war nichts.

Ich drehe mich mit dem Rücken zum Strahl, huste das Wasser aus meinen Lungen, erkenne Andreas' schwarze Umrisse inmitten der gleißenden Helligkeit.

»Was ist das?«, rufe ich. Ich schlucke Wasser beim Reden, huste wieder.

»Das kommt nicht vom Land«, ruft Andreas neben mir. »Das kommt vom Wasser.«

Die Wellen werfen seinen Körper gegen mich, er versucht zurückzuweichen, driftet davon. Die Schnur zerrt an meinem Handgelenk.

Wahrscheinlich ist es Licht von einem Küstenschutzboot. Der Strahl wandert nicht weiter, hält direkt auf uns zu.

»Scheiße«, ruft Andreas. »Die sehen uns!«

»Abtauchen«, brülle ich, »zurück nach Süden!«

Das Schnorchelmundstück hängt in der Höhe meines Kehlkopfs, ich schaffe nicht, es in den Mund zu nehmen. Zum Glück ist der Schnorchel am Riemen der Taucherbrille befestigt.

Ich tauche. Welche Richtung? Ich sehe nichts. Wo ist Süden, wo oben, wo unten? Die Flossen schlagen ins Leere, noch klebe ich an der Wasseroberfläche, komme nicht tief genug.

Andreas taucht auf, die Schnur spannt sich, ich muss mit, stoße durch die Wasseroberfläche.

Ich lande mitten im Strahl. Brennendes Licht in meinen Augen.

»Weiter«, brüllt Andreas und fuhrwerkt mit seinen Armen durchs Wasser. Er will sofort wieder abtauchen.

Ich packe ihn an der Schulter. »Warte! Wir tauchen langsam ab, schwimmen eine Minute unter Wasser und versuchen, die

Richtung zu halten. Dann tauchen wir auf. Ist der Strahl noch da, machen wir dasselbe wieder. Bis er weg ist!«

Ich kann seine Reaktion nicht erkennen, unendlich viele Lichter tanzen vor meinen Augen.

»Die können uns nicht ewig auf dem offenen Meer sehen, unsere Chancen sind besser als ihre.«

Andreas senkt den Kopf. Ein Nicken?

»Also los.«

Wir tauchen ab, bewegen uns ruhig und konzentriert durchs Wasser, dieses Mal tief genug.

Als wir erneut auftauchen, pendelt der Strahl einige Meter von uns entfernt über das Meer.

Doch er kommt erneut bedrohlich nahe.

»Los, noch ein Stück!«

Wir zerren uns gegenseitig in die Richtung, von der wir meinen, dass sie die richtige ist.

Als wir auftauchen, ist der Strahl weit von uns entfernt.

»Schwein gehabt«, sagt Andreas. Er zerrt den Rand seiner Taucherbrille hoch, Wasser fließt heraus.

Ich atme erleichtert aus. »Hör zu. Du schwimmst normal weiter, ich lege mich auf den Rücken und beobachte den Strahl. Nach zehn Minuten wechseln wir uns ab. Halte deinen Kopf unter Wasser und atme über den Schnorchel. Wir bieten denen so wenig Angriffsfläche wie möglich.«

»Ist klar.« Er rührt sich nicht, treibt auf der Wasseroberfläche und schaut zurück zur Küste. »Aber die haben uns doch gesehen, oder?«

»Ich glaube.«

»Und was machen die jetzt?«

Ich huste, überspiele meine Angst. »Nichts. Wir sind die Nadel im Heuhaufen. Los, weiter.«

Wir schwimmen los. Der Strahl pendelt in weiter Entfernung über die Ostsee, sucht uns noch immer, ist aber keine Gefahr mehr.

Um uns ist es dunkel.

Nach einer Weile sehe ich den Strahl nicht mehr und drehe mich wieder auf den Bauch, um schneller schwimmen zu können.

Dank der phosphoreszierenden Mikroorganismen kann ich den Kompass lesen und uns einnorden.

Andreas hat seinen Rhythmus gefunden, schwimmt zügig und gleichmäßig. Eins, zwei, eins, zwei. Bestimmt zählt er die Schwimmzüge.

Wenn wir das Tempo durchhalten und uns niemand in die Quere kommt, werden wir irgendwann die internationalen Gewässer erreichen. Doch das wird noch dauern.

Jetzt sind wir hier.

Sie werden uns suchen, denn sie haben uns gesehen. Der Strahl wäre sonst nie so lange bei uns geblieben. Das war kein Zufall.

So ein Mist. Bestimmt wird in diesem Moment an der Küste Alarm ausgelöst, vielleicht sogar von Genosse Johnson von der Grenzbrigade Küste. Opas Saufkumpan. Sie werden mit Hunden den Strandabschnitt absuchen und unsere Klamotten finden.

Und dann kennen sie zwei wichtige Koordinaten: unseren Startpunkt und unsere Position in der Ostsee. Die Richtung, in die wir schwimmen, dürfte ihnen klar sein. Sie müssen einfach die Linie verlängern, um uns aufzuspüren, vielleicht sogar unter Berücksichtigung der Strömung, die sie besser kennen als wir.

Ich hab echt Schiss. Ob Andreas das auch klar ist? Ich sage

ihm lieber nichts, er soll sich einfach aufs Schwimmen konzentrieren.

Wir können wenig tun.

Abtauchen, mehr nicht. Solange Nacht ist, haben wir eine Chance, dann sehen sie nichts. Wenn sie schlau sind, suchen sie uns erst in der Morgendämmerung.

Leider sind sie schlau.

Meine Flossen scheuern. Nicht dran denken, konzentriere dich auf etwas anderes. Aber worauf? Hier ist nichts.

Nur Wasser und Nacht.

Zum Glück kriegt Sachsen-Jensi von dem Theater nichts mit. Der könnte keinen Meter schwimmen, würde vor Schiss sofort losflennen, so wie an seinem ersten Schultag in unserer Klasse. Er kam als Neuer dazu, was echt blöd für ihn war. Neue haben es nie leicht, schon gar nicht, wenn sie aus Sachsen sind.

Mit seiner Heulerei ging er uns echt auf den Wecker. Wir alle dachten, er wäre ein Waschlappen. Ist er aber nicht. Er hat ganz einfach komische Reflexe. Manche Leute kratzen sich am Kopf, wenn sie aufgeregt sind, Sachsen-Jensi heult eben.

»Es gibt doch nun wirklich keinen Grund zu weinen!«

Die dicke Frau Thiel legte ihm die Hand auf die Schulter. Er beugte sich unter der Last vor.

»Wir haben einen neuen Schüler an unserer Friedrich-Engels-Oberschule. Jens Blum. Ich habe euch ja schon von ihm erzählt.«

»Was ist denn das für eine Memme?«, rief Andreas. »Und was hat der überhaupt für doofe Sommersprossen?«

Frau Thiel schüttelte ihre blonde Dauerwelle. »Sag uns bitte noch einmal deinen vollen Namen und woher du kommst.«

»Jens Pluum aus Dräsdn«, flüsterte er.

»Wat war dat?«, rief Christian aus der Ecke.

»Jens Pluum, Dräsdn«, schrie er.

»Ein Sachse. Oh nein!«

Alle in der Klasse stöhnten.

»Ihr seid ruhig«, schimpfte Frau Thiel.

Sie zeigte auf mich. »Du setzt dich neben Hanna. Sie wird dir bei den Hausaufgaben helfen.«

Ich hatte überhaupt keinen Bock auf den.

»He, Sachse, sag mal einen Satz mit Angola!«

Seine riesige Boxer-Jeans rutschte ihm über den dünnen Hintern. Er musste den Hosenbund mit der Hand festhalten, als er auf mich zuschlurfte.

»Angola gann isch misch doodsaufn«, schrie Andreas, und alle lachten.

Jens schlüpfte auf den Stuhl neben mir und zog das Russischbuch aus seinem braunen Ranzen, auf dem ein riesiger Donald-Duck-Aufkleber prangte.

»Isch pin öberhaupt nisch guud in da Schole«, flüsterte er. »Schon goar nisch in Roassisch. Da mussd doa mir ohnbedingd hälfn!«

Sein Sächsisch war wirklich schrecklich. Und sein rotes Nicki war ihm viel zu groß.

Blöderweise hatten wir auch noch denselben Nachhauseweg. Jens trug eine Jacke mit braunen Fransen und sah aus wie ein zerrupfter Bär.

»Hier im Eckladen holen Andreas und ich uns immer Drops, da drüben ist Bäcker Nowak, Hautklinik, Fleischer Timm, Bäcker Gerloff.«

Dort kauften wir uns einen Pfannkuchen. Jens biss hinein. Marmelade lief über sein Kinn, er sah aus wie ein Vampir. Mit vollem Mund sagte er: »Du gannst misch och Jensi nennen!«

Die Verkäuferin starrte ihn an.

Es war mir total peinlich, mit einem Sachsen herumzulaufen. Ich nahm ihn trotzdem mit zu Opa.

»So ein Zufall«, rief Jensi fröhlich, als wir die morschen Stufen hinaufstiegen. »Ich wohne auch in dieser Straße!«

»Es sieht bestimmt möhlig bei ihm aus.«

Ich klopfte an die Tür. Drei kurz, drei lang, drei kurz. Unser Code.

»Save our souls!«

Stolz sah Jensi zu mir hoch. Er war doch nicht so blöd, obwohl er fast einen Kopf kleiner war als ich. Ich klopfte noch mal, da Opa mal wieder nicht hörte.

»Drei kurz, drei lang, drei kurz«, sprach Jensi mein Klopfen mit. »SOS!«

Er ging mir auf den Geist.

Es knarrte hinter der Tür. Opa lugte durch den Spalt. Er war ganz grau im Gesicht.

»Mach auf, ich bin es.«

»Wer?«

»Ich. Nicht die Gestapo.«

»Und wer ist das Urviech neben dir?«

»Jensi aus Dresden, mein neuer Banknachbar.«

Opa öffnete die Tür. Er trug seine braune Wolljacke mit den Lederflicken an den Ellenbogen, die Mutti jedes Jahr austauschte. Seine weißen Haare hatte er nicht gekämmt.

Er betrachtete Jensi, der seinen Kunstbärenpelz auszog.

»Ist das der letzte Schrei aus dem Bekleidungskombinat?«

»Logo«, sagte Jensi kleinlaut.

Opa ging ins Wohnzimmer. Überall lagen zerrissene Zeitungen. In der Wohnung war es sehr kalt und wie immer roch es nach frischem Leim.

»*Ostsee-Zeitung, Neues Deutschland, Norddeutsche Neueste Nachrichten*«, las Jensi laut.

»Opa Franz schneidet Artikel aus und sammelt sie, um sie miteinander zu vergleichen. Warum hast du wieder nicht geheizt?«

Er drehte sich um: »Wenn jeder Kohle verballert, ist die DDR schon in drei Jahren bankrott und nicht erst in zehn.«

Jensi quiekte.

Opa sah ihn streng an. »Was ist mit dir?«

»Sie reden wie Vati.«

»Ein Sachse ooch noch«, schrie Opa los.

Ich rollte die Augen nach oben. »Hab ich doch gesagt, aus Dresden!«

Opa klatschte in die Hände. »Sag mal einen Satz mit Angola!«

Jensi schüttelte den Kopf. »Ne!«

»Mach den Fernseher an. Den Witz hatten wir schon in der Schule.«

Opa drückte wild ein paar Knöpfe. Wir lümmelten uns auf das Sofa und wickelten uns in die Wolldecke. An manchen Stellen des Sofas kamen Sprungfedern durch, aber trotzdem war es sehr gemütlich. Ich war gern bei Opa, weil er meistens lustige Sachen sagte oder irgendwann einschlief. Dann konnte ich in Ruhe fernsehen, ohne dass mich jemand störte.

»*Da liegt Musike drin*«, rief Opa begeistert. Das war eine seiner Lieblingssendungen.

Wir schlugen unsere Matthehefte auf.

»Ich hasse Mathe«, meinte Jensi.

»Ihr lernt für das Leben, nicht für die Schule«, rief Opa und glotzte in den Fernseher.

»Jaja«, flüsterte Jensi. »Schöner Spruch.«

Ich stieß ihm den Ellenbogen in die Seite und las die Matheaufgabe laut vor: »Am Ersten Mai soll in Reihen zu 12 angetreten werden. Wie viele Reihen bilden die Werktätigen eines Betriebes, in dem 1 176 Beschäftigte sind, wenn 48 Werktätige nicht teilnehmen können?«

»Mich kannst du gleich abziehen«, sagte Opa, »ich geh da nicht hin. Also 49.«

»94 Reihen Werktätige«, sagte ich. »Auch wenn Opa nicht hingeht.«

Jensi kicherte.

»Musst du nicht zum Schwimmen?«, fragte Opa. Er war kurz vorm Einschlafen.

»Nö, mittwochs nie.«

»Mittwochs ist meistens Pioniernachmittag«, meinte Jensi angeberisch. »Wie oft trainierst du denn?«

»Viermal die Woche. Vielleicht komme ich auf die Kinder- und Jugendsportschule.«

Er riss die Augen auf. »Wahnsinn! Dann wirst du bestimmt Olympiasieger!«

Opa schnarchte im Sessel. Seine Kuckucksuhr ging los, doch auch davon wurde er nicht wach.

»Lass uns abhauen«, sagte ich.

Draußen schneite es.

In der Paulstraße trafen wir Andreas. Seine blonden Haare waren voller Schneeflocken. »Mensch, ich hab euch überall gesucht!« Er nahm mich beiseite. »Wollen wir dem Sachsen mal das Stasihochhaus zeigen?«

Jensi blieb stehen. »Warum?«

Andreas zeigte auf das weiße Hochhaus mit den dreiundzwanzig Stockwerken, das man von überall sehen konnte.

»Da wohnt die Staatssicherheit von ganz Rostock!«

»Glaub ich nicht«, sagte Jensi altklug. »Das wäre dann ja wohl kaum geheim.«

Andreas boxte ihm in den Rücken. »Wir fahren da jetzt hoch und spucken runter!«

Wir rannten durch die Augustenstraße und bogen vor Bäcker Nowak rechts in den schmalen Weg ein, der zum Hochhaus führte.

Doch die Tür war abgeschlossen.

»Die lassen eben nicht jeden rein«, sagte Andreas. »Schon gar keine Sachsen.«

Er klingelte bei unserer Klassenstreberin Sabine Müller. »Ja, bitte?«

»Hier ist Andreas«, brüllte er in die Sprechanlage. »Kannst du mir bei Mathe helfen? Ich weiß nicht, wie viele Werktätige zum Ersten Mai gehen.«

Erst geschah nichts, dann summte es. Wir warfen uns gegen die Tür.

»Die ist doch echt blöd.«

Wir stiegen in den Fahrstuhl und Andreas drückte den Knopf für die zweiundzwanzigste Etage. Es roch nach altem Zigarettenrauch. Jensi starrte auf die blinkenden Lichter. »Wieso fahren wir nicht gleich hoch bis in die dreiundzwanzigste Etage?«

»Weil dort der Austritt ins Freie immer abgeschlossen ist, damit niemand runterspringt. Was etwas doof ist, denn auf jeder anderen Etage kann man hinaus.«

Jensi grinste blöde. »Zum Runterspringen reicht ja wohl auch die zweiundzwanzigste.«

Der Fahrstuhl hielt. Wir stiegen aus und gingen den Gang hinunter, öffneten die Tür hinaus ins Freie und lehnten uns an die Brüstung.

»Da ist der Wall!« Andreas hüpfte hoch.

»Und da die Marienkirche!«, sagte Jensi.

»Los, wir spucken der Stasi auf den Kopf«, rief Andreas.

Mir wurde schwindelig, als ich nach unten sah. Andreas verfehlte eine Frau mit einem roten Einkaufsbeutel. »Es ist so kalt, dass die Spucke auf dem Weg nach unten gefriert und die Flugbahn ändert.«

Zwei Volkspolizisten liefen am Haus vorbei.

Jensi zog den Rotz hoch. »Kennt ihr den schon? Was sind die vier schwersten Jahre im Leben eines Polizisten?«

»Uralt«, sagten Andreas und ich gleichzeitig. »Die erste Klasse.«

Jensis Spucke klatschte einen Meter unter uns an die Hauswand.

»Mir ist kalt.« Ich öffnete die Tür zum Flur und wir gingen zurück zum Fahrstuhl.

Während wir warteten, lehnte sich Andreas an die Wand und steckte seine Hände in die Jeans. »Nun rate mal, Sachse, wie viele Leute hier im Jahr so runterspringen.«

Jensi starrte auf den blank geputzten Boden und überlegte. »Fünf ungefähr.«

»Daneben! Mindestens sieben. Jedes Mal, wenn ein Stasifritze auffliegt, wenn zum Beispiel alle im Betrieb wissen, dass er einer ist, dann muss er sich umbringen. Das ist Pflicht, das hat er unterschrieben. Und dann springt er hier runter.«

Die Fahrstuhltür öffnete sich und wir stiegen ein.

»Glaub ich nicht«, murmelte Jensi. »Ihr denkt wohl auch, ich bin bescheuert, nur weil ich neu hier bin!«

Auf der achtzehnten Etage hielt der Fahrstuhl. Ein Mann mit grauem Spitzbart stieg ein. Er war kein Selbstmörder, denn er wollte auch nach unten. Als der Fahrstuhl losfuhr, schrie er uns an: »Was macht ihr hier? Ihr wohnt hier nicht!«

Er hatte fiesen Mundgeruch.

Ich lehnte mich zurück. »Wir wollen mit Sabine Müller Mathe machen.«

»Genau«, rief Jensi. »Die Aufgabe mit den Werktätigen und dem Ersten Mai.«

»Sabine Müller wohnt in der fünften Etage«, schnauzte der Spitzbart. »Was also habt ihr hier verloren? Name? Schule?«

Andreas hielt sich die Nase zu und drückte den Knopf für die fünfte Etage. Er zeigte auf Jensi und nuschelte: »Der hat den falschen Knopf gedrückt. Er ist aus Sachsen und wollte mal Fahrstuhl fahren.«

Jensi nickte. »Es gibt in Sachsen nämlich keine Fahrstühle.«

»Schule?«

»Rosa-Luxemburg«, sagte ich.

Der Spitzbart starrte uns finster an. Endlich hielt der Fahrstuhl und wir stiegen aus.

»Oh Mann, hat der gestunken«, sagte ich. »Wie von innen verwest.«

»Der Blödian observiert nun die falsche Schule«, rief Andreas schadenfroh.

»Und was machen wir jetzt hier in der fünften Etage?«, fragte Jensi.

»Nix, wir nehmen die Treppe nach unten«, rief Andreas und rannte los.

Wir hätten uns mehr Zeit lassen sollen. Am Ausgang lauerte der Spitzbart. Als wir um die Ecke kamen, packte er Jensi am Ohr und Andreas an den blonden Locken.

»Aua«, schrien beide laut.

»Lügner seid ihr also auch noch! Lasst euch hier nie wieder blicken.«

Draußen schubste der Spitzbart sie so sehr, dass sie fast hinfielen.

Mir schlug er auf den Rücken, als ich an ihm vorbeilief. »Und du auch nicht, Fräulein!«

Jensi sah ihm nach und rieb sich das Ohr. »Und was machen wir jetzt?«

Andreas knöpfte sich die Jacke zu. »Wir gehen auf den Reifer.«

»Was ist das denn?«, fragte Jensi.

»Ein Spielplatz.«

Wir liefen durch das Schneetreiben. Auf dem Reifer war fast niemand, weil es so kalt war. Wir drängelten uns im überdachten Heck des Holzschiffs aneinander. Unser Atem war zu sehen.

»Kennt ihr *Die Söhne der Großen Bärin*?« Jensi rieb sich die Hände. »Das ist mein Lieblingsbuch! Ich habe alle Bände!«

»Klar kennen wir das. Ich habe neulich meinem Vater daraus vorgelesen, aber er will immer nur Jack London hören.«

Jensi sah mich erstaunt an. »Wieso liest du ihm vor? Kann er das nicht selber?«

»Der hat ein kleines Rad ab«, sagte Andreas, doch ich sah ihn so böse an, dass er den Mund hielt.

»Wir könnten Blutsbrüderschaft schließen«, sagte Jensi. »Wie Harka. Harka heißt später Tokei-ihto!«

Ich sah ihm ins Sommersprossengesicht. »Wir kennen dich überhaupt nicht richtig.«

Andreas zeigte ihm einen Vogel. »Du bist aus Sachsen! Was denkst du denn! Blutsbrüderschaft geht nicht.«

»Ich will aber. Ich muss hier zu einer Gruppe gehören.«

Er streckte die dünnen Beine aus, verschränkte die Arme vor dem Pelz und starrte in den Sand.

Andreas kramte in seinem Parka herum und gab mir Handzeichen. Ich verstand nicht, was er wollte.

Jensi sah auf. »Was ist?«

Andreas zog eine Rasierklinge hervor.

»Ach, du liebe Neune«, schrie Jensi.

Ich grinste ihn an. »Damit hast du nicht gerechnet, was?«

»Gib deinen Arm her, Sachse!«, rief Andreas.

Jensi sträubte sich. »Nö.«

»Ich denke, du willst. Hast du doch eben gesagt!«

Jensi rührte sich nicht.

»Na los, du Sachsen-Memme!«

Jensi streckte im Zeitlupentempo seinen Arm aus und schloss die Augen. Andreas schob den Bärenpelz hoch und setzte die Rasierklinge an. Sofort schrie Jensi los und zog den Arm wieder weg. Die Klinge schnitt in sein Fleisch. Er sprang auf und knallte mit dem Kopf gegen die Holzdecke.

»Aua! Scheiße!«

Er plumpste zurück in den Sand und hob seinen Arm hoch. »Ich blute!«

Andreas rutschte heran. »Zeig mal!«

Das rote Blut tropfte in den hellen Sand. Es war nicht nur ein Kratzer.

»Sieht echt kacke aus«, sagte Andreas.

Jensi heulte los.

»Du musst in die Poliklinik! Schnell!« Ich zerrte ihn hoch.

Der Arzt in der Poliklinik schimpfte mit uns, weil Sachsen-Jensi sich die Pulsader angeschnitten hatte. Er heulte auf dem Weg nach Hause, weil er Schiss vor seinen Eltern hatte.

Seinen ersten Schultag bei uns hatte er sich bestimmt anders vorgestellt.

Obwohl er aus Sachsen gekommen war, freundeten wir uns mit ihm an. Andreas sagte immer nur Sachsen-Jensi zu ihm. Nachdem seine Wunde verheilt war, haben wir ihn mit auf den Wall genommen und sind mit unseren Gleitschuhen die Todesbahn hinuntergefahren. Wir merkten dann gleich, dass Sachsen-Jensi ein richtiger Angeber war. Er erklärte uns nach jeder Fahrt, dass die Berge in Sachsen hundertmal größer waren als unsere Todesbahn. Die hohen Berge in Sachsen haben ihm aber auch nichts genutzt, denn beim Gleitschuhfahren ist er andauernd hingefallen.

Ein Brummen, lauter werdend.

Ich ziehe an der Schnur. Andreas hört auf zu schwimmen, wendet sich mir zu. Die Wellen schaukeln uns gegeneinander. Er stemmt seine Hand gegen meine Schulter, um Abstand zu halten. Um uns ist es dunkel, wir sehen gar nichts.

Anschwellendes Motorengeräusch.

»Ein Boot«, sagt Andreas.

Das ohne Licht umherfährt. Sie suchen uns, haben vielleicht schon unsere Klamotten gefunden.

Ich packe Andreas am Arm. »Die können uns nicht sehen! Wir müssen nur ruhig bleiben.«

»Und was machen wir jetzt?«

»Nichts. Wir bleiben ruhig. Wenn das Licht kommt, tauchen wir ab.«

»Und wenn die wild um sich schießen?«

»Quatsch. Wir sind doch nicht im Wilden Westen!«

»Woher willst du das wissen?«

Ich weiß es nicht.

Das Motorengeräusch wird lauter. Noch immer kein Licht.

Ungewiss, woher der Lärm kommt.

Ich drehe mich im Wasser, lausche, doch das Geräusch kommt von allen Seiten. Was sollen wir machen?

Der Strahl kann uns jeden Augenblick treffen, dann ist alles aus. Wenn sie so dicht an uns dran sind, können sie uns tatsächlich kriegen.

Ich tauche unter, das Geräusch ist noch viel lauter, doch auch unter Wasser kann ich den Schall nicht orten, er kommt aus allen Richtungen. Ich tauche wieder auf.

Sie müssen ganz nah sein. Ich liege starr im Wasser, bewege mich nicht.

Andreas packt meine Schulter. »Oh Scheiße.«

Auch ich fühle, dass etwas Großes auf uns zukommt.

Sie werden uns überfahren.

Motorenlärm hüllt mich ein. Ich halte die Luft an.

Dann plötzlich verändert sich das Geräusch, es wird nicht leiser, doch es klingt weniger bedrohlich. Seine Frequenz verändert sich. Das Boot entfernt sich von uns.

»Himmel, die sind direkt an uns vorbeigefahren!« Andreas hustet und spuckt Wasser.

Eine große Welle schlägt mir ins Gesicht, nimmt mir den Atem, noch eine. Ich drehe mich weg, bis die Wellen kleiner werden. Wir bewegen uns mit ihnen auf und ab, während der Motorenlärm leiser wird.

»So ein Theater. Die sind echt bescheuert.« Er hustet erneut. »Ich muss mich fünf Minuten ausruhen.«

Er legt sich auf den Rücken und sagt nichts mehr.

Mein Magen krampft, ich habe Salzwasser geschluckt. Und außerdem Schiss.

Opas Geschichten. Ich wäre froh, wenn er mir nicht alle erzählt hätte, vor allem nicht die von den Kampfschwimmern. Sind in Kühlungsborn stationiert, über hundert Mann. Die springen von Booten und sogar von Hubschraubern aus ins Wasser und schwimmen kilometerweit, auch im Winter. Sie trainieren in der Ostsee und schwimmen mitunter bis an die dänische Grenze.

Wenn die jetzt aus dem Boot gesprungen sind, um uns zu suchen, können wir einpacken. Die können uns einfach unter Wasser ziehen und niemand würde etwas merken.

Die werden uns finden!

Ich versuche, gleichmäßig zu atmen, schaue hoch in den Himmel. Nur ein paar Sterne leuchten diffus durch die Wolken. Das Boot höre ich nicht mehr, um uns ist es still. Aber das bedeutet nichts. Kampfschwimmer tauchen lautlos.

Ich darf nicht darüber nachdenken.

»Wir schwimmen jetzt weiter, aber ganz leise«, flüstere ich.

Andreas dreht sich im Wasser wieder auf den Bauch. »Was?«

»Leise«, sage ich.

»Wieso, das Boot ist doch weg.«

»Egal, wir machen besser keine Geräusche.«

»O. k.«

Andreas fügt sich, das ist nicht typisch für ihn. Doch er weiß, dass ich mehr Ahnung habe, was die Ostsee betrifft, außerdem habe ich ihm heute früh im Bus gesagt, dass er unbedingt auf mich hören soll, vor allem wenn es brenzlig wird. Opa hat mir so viele Details erzählt, die will ich Andreas nicht alle ausbreiten. Er würde nur Angst bekommen und das ist nicht gut. Es ist so schon schlimm genug.

Wir schwimmen weiter, vorsichtig und leise.

Plötzlich ein schwarzer Schatten links von mir.

Was ist das?

Nun ist der Schatten rechts.

Die Kampfschwimmer!

Sie sind im Wasser neben uns, umzingeln uns, ziehen immer engere Kreise.

Überall, die Schatten sind überall!

Merkt Andreas das denn nicht?

Wir müssen weg von ihnen. Ich stoße meine Arme ins Wasser, schwimme schneller, bekomme kaum noch Luft, reiße an der Schnur. Andreas ist viel zu langsam. Die Schnur schneidet in mein Handgelenk, ich will weiter!

Doch die Schnur bremst zu stark, es geht nicht.

Ich höre auf zu schwimmen, atme schwer über den Schnorchel, der voller Wasser ist, ein ratterndes, gurgelndes Geräusch in der Stille.

»Was ist los?«, fragt Andreas. Er ist dicht hinter mir. »Wieso schwimmst du wie eine Irre?«

Die Schatten sind weg. Wasser rauscht in meinen Ohren, doch ansonsten ist es ganz ruhig. Niemand ist hier. Wir sind allein.

Ich nehme den Schnorchel aus dem Mund, mein Zahnfleisch schmerzt.

Alles nur Einbildung.

Werde ich nicht zugeben. Andreas weiß, dass mein Vater verrückt ist. Er soll nicht denken, dass das auf mich abgefärbt hat.

»Ich bin doch nicht so schnell wie du«, sagt Andreas vorwurfsvoll.

»Tut mir leid, war keine Absicht.«

Und wir schwimmen weiter. Ich achte auf meinen Rhythmus, auf die Atmung. Manchmal sehe ich einen Schatten, ein Trugbild, gemalt von meiner Angst. Wie beim Erlkönig. Das Kind ist überhaupt nicht in Gefahr. Es stirbt, weil es Angst hat.

Eine Berührung am Arm, ich fahre zusammen, stoppe meine Bewegungen.

Vor mir ist Andreas. »Sieh mal, die Küste.«

Ich drehe mich im Wasser, schaue zurück.

Noch immer leuchten Scheinwerfer die Ostsee ab. Sie können uns nicht mehr erfassen, wir sind zu weit draußen.

Wir brauchen sie nicht mehr zu fürchten. Im Gegenteil, wir können uns mit ihrer Hilfe orientieren. Solange sie hinter uns sind, schwimmen wir in die richtige Richtung.

Doch wir sind noch lange nicht außer Gefahr. Sie suchen uns, das ist sicher.

»Ob wir die Dreimeilenzone schon erreicht haben?«

»Weiß nicht«, murmle ich. Woher auch, bin das erste Mal hier draußen. Ich habe Wasser im Ohr, ist unangenehm und gar nicht gut, es kann den Gleichgewichtssinn stören.

Opa hat mir erzählt, dass die Dreimeilenzone nicht markiert sei, man nur am zunehmenden Schiffsverkehr merken würde, dass man sie hinter sich gelassen hat.

Ich habe Durst, viel zu früh. Wir haben nicht viel Wasser dabei.

»Es kann doch sein«, sagt Andreas. »Wir schwimmen schließlich schon eine ganze Weile.«

Ich sollte ihm Mut machen. »Im Schwimmbecken hätten wir die Strecke jedenfalls längst geschafft.«

»Ich schwimme sechs Kilometer locker in 'n paar Stunden«, sagt Andreas. »Kann also sein, dass wir bereits raus sind. Dann sollten wir doch jetzt besser nach Westen abbiegen, oder?«

Witzig, das Wort *abbiegen*. Als würden wir im Trabbi durch die Lange Straße fahren.

»Besser noch nicht. Wir müssen sicher sein, dass wir nicht mehr im Grenzbereich sind. Sonst erwischen wir irgendeine Strömung und landen am Ende wieder am Strand.«

Ich lasse mich einen Moment treiben, schaue hoch zum Himmel. Von Opa weiß ich, dass die internationalen Gewässer nicht sicherer sind. Dort ist mehr Betrieb, fahren mehr Schiffe, das ist gut. Irgendjemand wird uns früher oder später sehen. Es kommt aber darauf an, wer uns sieht. Wenn wir Pech haben, sind es osteuropäische Schiffe. Die würden unsere Stellung den Behörden melden. Und die würden Boote schicken und uns holen, selbst wenn wir bereits aus der Dreimeilenzone raus sind. Alles schon vorgekommen laut Opa. Die haben sogar mal jemanden ein paar Hundert Meter vor der dänischen Küste aufgegriffen und zurück in die DDR gebracht.

»Ist dir eigentlich auch ein wenig schlecht hier draußen?«, fragt Andreas.

Seltsam, Andreas nur zu hören, sehen kann ich ihn nicht. »Nein.«

»Haste Glück gehabt. Ich wusste bisher nicht, dass ich seekrank werde. Im Wellenbad ist mir das nie passiert. Hoffentlich muss ich nicht kotzen.«

Dabei ist der Wellengang gar nicht stark.

»Dahinten ist jetzt Warnemünde«, sagt Andreas.

Ich blicke zurück in die Richtung, wo ich das Hotel Neptun vermute. Erkennen kann ich es nicht, doch ich kann es mir vorstellen, habe es oft genug gesehen. »Der Intershop, weißt du noch? Die Westfrau, in die sich Sachsen-Jensi verknallt hat?«

»Der Held«, sagt Andreas und lacht auf. »Die Geschichte

kann er im Westen nicht herumerzählen, die ist superpeinlich.«

Andreas schwimmt los, die Schnur zwischen uns spannt sich.

»Riecht ihr das?«

Sachsen-Jensi zog das Wort *riecht* total sächsisch in die Länge. Er raste mit zerzausten Haaren durch den Intershop. »Das riecht ganz anders als bei uns in der Kaufhalle. Viel blumiger und nicht so nach Wofasept. Ist auch viel besser geheizt hier!«

Vor den Matchboxautos hielt er an und starrte mit offenem Mund durch die Glasscheibe. Sie beschlug sofort. Außer uns war noch eine Frau mit blonden Haaren im Intershop. Sie war braun gebrannt, trug eine schicke weiße Hose und eine goldene Armbanduhr.

Andreas schaute hoch zu den Platten. Da standen Paul Young, Nena, Michael Jackson und David Bowie. »*Let's Dance* hätte ich so gern!«

Sachsen-Jensi grabschte mit seinen fettigen Fingern überall hin. »Mensch, das riecht hier so gut!«

Die Augenlider der stark geschminkten Intershopverkäuferin zuckten. Aufgebracht strich sie sich über ihre rosafarbene Strickjacke.

»Was würdest du kaufen, wenn du zehn Westmark hättest?«

Andreas zog die picklige Stirn kraus. »Eine Platte kriegt man dafür nicht.«

»Aber Nutella! Und Lakritzschnecken und Eiskonfekt«, rief Sachsen-Jensi.

»Mars und Raider«, sagte ich.

»Gummibärchen.«

»Duplo.«

Die Frau mit den schicken Sachen war an der Reihe.

»Die ist aus dem Westen«, flüsterte mir Andreas ins Ohr.

Sie kaufte eine Flasche Jack Daniels und viele Süßigkeiten.

»Für eine Flasche Jack Daniels kriegt man fünfundzwanzig Tüten Lakritzschnecken, sechzig Duplo, vierzig Mars oder fünfzehn Gläser Nutella«, zischte Sachsen-Jensi. Auf einmal war er richtig gut in Mathe.

Die Intershopverkäuferin ließ uns nicht aus den Augen. Ihre knallrosa Lippen wurden spitz. »Und, was wollt ihr kaufen?«

»Wir gucken nur«, antwortete Andreas.

»Sie hält sich für was Besseres, weil sie im Intershop arbeiten darf und nicht jeden Morgen ins Fischkombinat muss«, flüsterte ich.

»Wie deine Mutti.« Sachsen-Jensi wippte in seinen Turnschuhen auf und ab und starrte den Schweinespeck an. In seinen Mundwinkeln sammelte sich Spucke. Plötzlich verspritzte er die über den Verkaufstresen. »Kennt ihr den schon? Neulich ist ein Polizist im Intershop über den Tresen gesprungen und hat um politisches Asyl gebeten.«

»Hahaha, blöd muss man sein«, rief Andreas.

Die Westfrau lächelte freundlich.

»Und kennt ihr den schon? Kommt ein Mann in den Laden. Haben Sie Unterwäsche? Ne, keine Unterwäsche gibt es nebenan. Hier gibt's nur keine Laken.«

Die Intershopverkäuferin räusperte sich. Die Westfrau lächelte noch immer freundlich.

»Ein Mann kommt nach Hause. Er stürzt in die Wohnung,

sieht seine Olle mit einem Liebhaber im Bett und brüllt: Ihr mährt hier rum und in der HO gibt's Apfelsinen!«

»Es reicht jetzt, erzählt eure Witze woanders«, rief die Intershopverkäuferin wütend.

Die Westfrau grinste und nahm ihre Tüten. Auf dem Weg zum Ausgang zwinkerte sie uns zu. Sachsen-Jensi fiel fast in Ohnmacht und krallte sich an mir fest. »Die soll mich mitnehmen! In ihrem BMW«, wimmerte er.

»Raus hier. Ihr habt genug geglotzt! Abmarsch!«

»Wieso dürfen wir nicht gucken?«, fragte Andreas.

»Weil ihr nichts kaufen könnt.«

»Und woher wollen Sie das wissen?«

Sie zeigte mit dem Finger zur Tür. »Raus!«

»Morgen bring ich meine zwanzig Forumschecks mit, da werden Sie sehen, was Sie davon haben!«

Sachsen-Jensi streckte ihr die Zunge raus. Wir liefen aus dem Intershop. Auf dem roten Teppich knöpfte ich mir meine Steppjacke zu. Es war kalt und dunkel.

»Ob die schicke Frau wohl gemerkt hat, dass wir aus der DDR sind?«

»Du Sachse bist so blöd. Hör dich mal reden! Und guck dich mal an, Mensch!«

Andreas zeigte auf Sachsen-Jensis Germina-Schuhe und die ausgebeulte Boxer-Jeans. »Und dann noch dein hässlicher Braunbärenpelz!«

Sachsen-Jensi schaute bekümmert aus der Wäsche. »Hannover meldet sich paketemäßig grad nicht. Ihr habt offenbar mehr Glück.«

Ich trug meine blau-weißen Puma-Schuhe und Andreas seine Levis-Jeans. Inzwischen war die kürzer als er. Seine Mutter nähte unten immer Stoff ran, damit es nicht zu blöd aussah.

Wir liefen Richtung Leuchtturm.

»Heute Abend kommt James Bond auf dem Ersten West!« Sachsen-Jensi hüpfte auf und ab, weil ihm so kalt war. »Kennt ihr den schon? Wie heißt ARD richtig? Außer Raum Dresden.«

Niemand lachte. Der Witz war uralt.

»Hallo! Hallo! Wartet mal.«

Wir drehten uns um. Es war die Westfrau. Wie eine Irre kam sie auf uns zugehetzt. Abrupt blieb sie stehen und starrte uns an. Ihre blonden Haare wehten im Wind.

»Flüchten Sie vor dem KGB oder was?«, fragte Andreas.

Sie schaute sich ängstlich um. Dann streckte sie ihren Arm aus. »Das ist für euch.«

Ich nahm die Tüte.

»Macht's gut!«

Sie rannte zurück zum Hotel Neptun und drehte sich nicht mehr um. Wir schauten ihr nach wie die Deppen.

Sachsen-Jensi rührte sich als Erster. Er riss mir die Tüte aus der Hand und peste davon. Andreas und ich holten ihn ein und alle zerrten an der Tüte herum.

Ich hielt sie hoch über meinen Kopf. »Wir werden gerecht teilen!«

Wir setzten uns unter eine Laterne.

»Habt ihr gemerkt, wie gut die gerochen hat?«, fragte ich.

»Logo«, sagte Andreas. »Westparfüm.«

Drei Raider, drei Mars, drei Maoam, drei Duplo, drei Luftschokoladen. Eine Tüte mit Lakritzschnecken, eine Tüte mit Gummibärchen. Das Aufteilen der Lakritzschnecken ging schnell, das Zählen der Gummibärchen und das Ordnen nach Farben dauerten lange. Ich schenkte Sachsen-Jensi meine Lakritzschnecken und bekam seinen Marsriegel. Andreas durfte die Tüte behalten.

Am Ende starrten wir das Glas Nutella an. »Was machen wir damit?«

»Umfüllen«, schlug Andreas vor.

»Wohin denn?«

»Ich weiß was, ich weiß was!« Sachsen-Jensi riss den Arm hoch wie in der Schule. »Ich nehme es mit und ihr kommt jeden Morgen zum Frühstück vorbei.«

Andreas zuckte mit den Schultern. »Warum nicht? Aber friss nicht alles weg!«

»Nö. Niemals.« Er grinste froh. Natürlich würde er heimlich weiteressen.

Wir liefen zur S-Bahn.

»Wie kann man nur so eine blöde Frage stellen«, nölte Sachsen-Jensi herum. »Ob sie vor dem KGB flüchtet.«

Andreas warf ein Gummibärchen hoch und fing es mit dem Mund auf. »Mir ist nichts anderes eingefallen. Was hättest du denn gefragt?«

»Na zum Beispiel, ob sie uns im Kofferraum ihres BMW mitnimmt. Zum Kurfürstendamm!«

»Was willst du denn da?«

»Nichts. Nur gucken.«

»Wie öde«, sagte Andreas. »Mein Vater sagt, dass der Kurfürstendamm auch nicht anders ist als die Lange Straße. Man muss da nicht unbedingt hin.«

Sachsen-Jensis Gummibärchen landete auf dem Bürgersteig, weil er mal wieder zu ungeschickt war. Er hob es auf und steckte es sich in den Mund. »Die kontrollieren an der Grenze nicht jedes Auto, das hätte klappen können.«

»Aber uns alle drei hätte sie gar nicht in den Kofferraum gekriegt«, sagte ich. »So groß ist ein BMW auch wieder nicht.«

Die S-Bahn stand schon auf dem Gleis. Wir setzten uns

in ein Viererabteil. Andreas legte genervt seine Füße auf die Sitze.

»Mann, stinkt das hier wieder nach Pisse!«

»Die ist urst nett gewesen!« Sachsen-Jensi packte die Lakritzschnecken aus. »Wollen wir morgen noch mal hinfahren? Vielleicht treffen wir sie wieder.«

»Zapple nicht so rum, Mensch. Außerdem ist das total peinlich!«

»Was denn?«

»Na, wir hätten das nicht annehmen sollen«, sagte Andreas.

Sachsen-Jensi zog seine wild wuchernden Augenbrauen zusammen. »Warum denn nicht?«

»Na, weil die auf uns herabsieht!«

»So ein Quatsch!« Ich biss in den Mars.

»Wie die uns angesehen hat, als sie ›Macht's gut‹ sagte. Als wären wir auf dem Weg ins KZ oder so.«

Sogar Sachsen-Jensis Sommersprossen wurden blass. »Spinnst du oder was?«

Andreas knabberte am Raider. »Wahrscheinlich erzählt die ihren reichen Westfreunden beim Tennisspielen, wie sie den armen, armen DDR-Kindern geholfen hat.«

»Warum nicht?« Sachsen-Jensi entrollte eine Schnecke. »Was ist daran schlimm? Stell dir vor, du bist in Afrika und kannst viel Brot kaufen. Würdest du den Kindern nichts abgeben?«

»Das kann man nicht vergleichen.«

»Doch!«

»Ich fand die arrogant«, widersprach Andreas.

»Also, ich fand die urst nett!«

Die S-Bahn hielt in Lütten Klein. Andreas hackte weiter auf der Frau herum. Irgendwann hatte Sachsen-Jensi die Nase voll. »Wenn das dein Standpunkt ist, darfst du die Süßigkeiten nicht essen. Gib sie uns!«

Er sprach mit vollem Mund, wobei ihm das Ende der Lakritzschnecke wie ein Regenwurm heraushing.

»Ne!« Andreas sah ihn wütend an.

»Dann halt endlich die Schnauze!«

Noch nie habe ich Sachsen-Jensi so reden hören. Auch Andreas war überrascht. Er aß den zweiten Raider-Riegel und schwieg.

In der Schule konnte er mal wieder nicht die Klappe halten und erzählte rum, was wir Tolles erlebt hatten. Jemand verpetzte uns, wahrscheinlich Sabine. Wir übten in Mathe gerade mit dem SR1, als es an der Tür klopfte.

Sofort roch es nach Lavendel. »So, nun legt mal alle eure Taschenrechner weg!«

Frau Thiel ließ ihren Blick durch den Raum wandern. »Hanna, Andreas und Jens.«

Wir schauten auf Kommando runter auf die Schulbank.

»Ihr solltet euch sehr, sehr schämen!«

Ich lugte hoch zu ihr. Sie stützte sich auf den Lehrertisch und schnaufte. Das goldene Medaillon wogte zwischen ihren Brüsten wie eine Boje in der Ostsee.

»Was ihr getan habt, ist sehr verwerflich. Und abscheulich.«

Hinter uns kicherte jemand.

Frau Thiel sah auf. »Und warum ist das so? Na, Ronny, was meinst du?«

»Weiß nicht«, murmelte der.

»Aha.«

Sie ging durch die Reihen. »Hätten sie vom Klassenfeind etwas annehmen dürfen? Christian!«

»Nein«, sagte der.

»Aha. Und warum bist du dieser Meinung?«

»Weil es abscheulich ist, vom Klassenfeind was anzunehmen. Und verwerflich.«

»Genau! Die drei sind ein sehr, sehr schlechtes Beispiel und müssen sich sehr, sehr schämen.«

Anstatt sie einfach reden zu lassen, schnippte Andreas mit dem Finger. »Es war aber nicht der Klassenfeind, sondern eine wunderschöne blonde Frau.«

Wieder kicherte jemand.

Frau Thiel lief rot an. »Das macht keinen Unterschied! Der Klassenfeind hat viele Gesichter!«

Sachsen-Jensi meldete sich und plapperte wirres Zeug über hungernde Kinder in Afrika. Davon wollte Frau Thiel erst recht nichts wissen.

»Raus, Jens Blum! Das ist doch wohl die Höhe! Den Freiheitskampf des afrikanischen Volkes mit eurer Gier nach westlichen Süßigkeiten zu vergleichen! Raus, sofort!«

Er schlurfte hinaus. Seine Jeans rutschte ihm mal wieder über den Hintern.

»Und von dir hätte ich eine andere Haltung erwartet, Hanna Klein«, schrie sie mich an.

Ich schaute wieder runter auf die Schulbank.

»Antworte gefälligst!«

Dabei hatte sie gar nichts gefragt.

»Antworte!«

»Was denn?«

»Sabine, könntest du diese Frage bitte beantworten!«

Die ratterte wie ein Maschinengewehr los: »Hanna hätte sagen müssen, dass Kinder der DDR nicht auf Gaben aus dem imperialistischen Ausland angewiesen sind.«

Frau Thiel nickte im Takt.

»Die Gaben kommen aber nicht aus dem Ausland, sondern können in einem Geschäft in der DDR gekauft werden.«

»Wie bitte?« Frau Thiel starrte Andreas fassungslos an.

»Man braucht nur das richtige Geld dafür.«

»Willst du damit sagen, dass die Währung der DDR, also die Währung eines Mitgliedslandes des RGW, kein richtiges Geld ist?«

Andreas starrte auf den Tisch. Seine blonden Locken verdeckten sein Gesicht.

»Wir hören!«

»Es ist so leicht«, sagte er trotzig.

Ich dachte an Opa, der sich auch immer über die Aluchips aufregte. Spielgeld für Spielmenschen, war einer seiner Lieblingssprüche beim Einkaufen in der HO.

»So leicht?!«

»Wie im Kaufmannsladen«, sagte ich, um von Andreas abzulenken.

Jetzt langte es ihr. »Raus. Alle beide! Und nach der Stunde zum Direktor! Das ist doch wohl unmöglich!«

Direktor Schneider humpelte vor uns umher und hielt eine lange Rede über sozialistische Errungenschaften und wie furchtbar es sei, dass wir uns vom Feind des Volkes hätten erniedrigen lassen. Wir mussten vor seinem Schreibtisch stehen und dabei zusehen, wie er alle seine Bleistifte anspitzte, abbrach und wieder anspitzte.

Am Ende bekamen wir fette rote Einträge in unsere Hausaufgabenhefte.

Um uns ist es finster.

Immer wieder kommen Boote dicht heran. Sie geben nicht auf, wollen uns unbedingt finden. Motorengeräusch baut sich in der Dunkelheit auf, wird immer lauter. Nichts ist zu sehen, vor mir und um mich nur schwarzes Wasser.

Ich schwimme blind, von Lärm umhüllt, höre ich meinen Atem nicht mehr. Dann wird es leiser und die Wellen kommen. Ich hole tief Luft, breite die Arme auf dem Wasser aus, lasse mich treiben. Nicht dagegen ankämpfen, man kann nur verlieren.

Wellenberg, Wellental, Wellenberg.

Der Wellenschlag kommt dieses Mal von rechts, dort ist auch das Boot gewesen. Gleich wird er von vorn und auf der linken Seite kommen.

Sie umkreisen uns. Vielleicht sind es mehrere, vielleicht immer dasselbe.

Seltsam. Jagen uns ohne Licht. Überfahren uns fast, ohne es zu merken.

Andreas schwimmt neben mir, nur selten fühle ich ein Ziehen an der Schnur. Er hält das Tempo mit, bleibt manchmal etwas zurück. Ich kann froh sein, dass er überhaupt so schnell schwimmt, nach der kurzen Trainingszeit. Das hätte ich nie gedacht.

Das Ziehen am Handgelenk ist ein gutes Gefühl, als wäre ich dadurch sicher. Obwohl ich Andreas nicht sehe, weiß ich, dass er da ist.

Ich habe kein Gefühl für die Entfernung, weiß nicht, wie weit ich geschwommen bin.

Beim Training ist es einfach, man zählt die Bahnen. Achtzig, hundert, hundertzwanzig Bahnen. Viertausend, fünftausend, sechstausend Meter. Die letzten Male bin ich mindestens hundertfünfzig Bahnen geschwommen: siebentausendfünfhundert Meter.

Hier draußen ist alles anders, viel anstrengender. Keine Pausen, kein Beckenrand.

Nur Strömung, Wind und Wellen. Und Wasser, das mir in den Schnorchel läuft.

Habe Schmerzen in der rechten Wade, ein Krampf naht. Und ich kann nichts machen. Wenn ich das rechte Bein schone und mehr mit dem linken schwimme, kommen wir vom Weg ab, müssen den Kurs korrigieren. Das kostet Energie.

Auf einmal tanzen unzählige grüne Punkte durch das schwarze Wasser, wirbeln umher, sind vor mir, unter mir. Wunderschön. Als würde ich träumen.

Meeresleuchten. Hatten wir im Biounterricht. Kleinstlebewesen im Wasser senden nach einem Berührungsreiz Lichtsignale aus und das Meer scheint zu leuchten.

Ich drehe mich ein, schaue unter Wasser zurück. Hinter uns bahnt sich ein heller, glitzernder Streifen einen Weg durch das Schwarz. Um Andreas' Flossen leuchten grünliche Punkte auf, es ist, als würde sich der Sternenhimmel im Meer fortsetzen, als würden wir hier unten unsere eigene Milchstraße formen.

Ein Ziehen an der Schnur, ich muss weiter, mache ein paar kräftige Schwimmzüge und hole auf. Dank des Leuchtens kann ich den Kompass entziffern.

Die Nadel liegt auf Norden.

Wenn wir Glück haben, sind wir raus aus der Dreimeilenzone. Sobald es hell wird, werden wir Schiffe erkennen können. Hoffentlich werden es keine Grenzboote sein.

Es fällt mir jetzt schon schwer, die Arme aus dem Wasser zu heben, ich kann nicht so viel kraulen, wie ich gern würde, schwimme oft Brust. Dadurch werde ich langsamer. Andreas hält gut mit. Hoffentlich teilt er sich seine Kräfte ein. Ich sollte ihn darauf hinweisen, doch gerade schwimmt er so kontinuierlich, ich will ihn nicht unterbrechen. Es ist gut, im Fluss zu sein, nichts zu denken, einfach nur zu schwimmen. Doch man muss auch darauf vorbereitet sein, dass diese Phase nicht ewig anhält.

Wir können es schaffen. Müssen einfach durchhalten wie beim Training, dürfen uns nicht auf die Schwäche konzentrieren. Nach vorne schauen! Eine Bahn, noch eine! In Etappen denken, hat Ulrich immer gesagt. Nicht die ganzen zehn Kilometer vor Augen haben, sondern nur hundert Meter, dann noch mal hundert. Und so weiter. Bis man die Hälfte hinter sich hat. Ab dann wird es leichter.

Hätte schließlich vor einem Jahr auch nie geglaubt, dass ich mal von Wilhelmshöhe bis zum Turm 3 schwimmen würde. Und schon gar nicht von Kühlungsborn nach Warnemünde. Das ist erst vier Wochen her. Über zwanzig Kilometer. War anders als das hier, nicht zu vergleichen, die Küste immer in greifbarer Nähe. Andreas war krank, konnte nicht mittrainieren. Opa hat mich nach Kühlungsborn gebracht, fuhr dann weiter nach Warnemünde, wartete mit meinen Klamotten an Turm 3.

Seit diesem Tag weiß ich, wie schlimm Krämpfe im Wasser sind, wenn man sich nicht am Beckenrand festhalten kann, im kalten Wasser bleiben muss, keine Pause machen darf.

Musste mich vor Anstrengung übergeben, ekelhaft. Und der Badeanzug scheuerte mir den Hals auf.

Was Opa jetzt wohl gerade macht? Bestimmt schläft er, aber nicht mehr lange. Bald steht er auf, noch vor der Dämmerung, und löst Kreuzworträtsel.

Hoffentlich hält Andreas durch. Er ist ein unerfahrener

Schwimmer, dafür hat er viel Mut. Den Mut der Verzweiflung. Konnte im Winter nicht mehr, kein Wunder.

Die ließen ihn nicht mehr in Ruhe. War kein guter Ort für uns, das Dieselmotorenwerk. Alle wussten, woher wir kamen. Die Elite landet in der Produktion, das war mal was anderes. Wir wären eingebildet und arrogant, meinten die Arbeiter, doch das waren wir nicht, haben versucht klarzukommen. Einige kannten uns von früher, als wir dort Unterricht hatten und stundenlang Metallplättchen feilen mussten, im Fach Produktive Arbeit. Alle vierzehn Tage mussten wir dort antanzen und machten laut unsere Witze. Die sozialistische Produktion muss von Schülern unterstützt werden, die Werktätigen schaffen allein die Norm nicht. Als wir ein Jahr später dann ins Dieselmotorenwerk strafversetzt wurden und täglich hinmussten, bekamen wir die Quittung. Wurden ignoriert oder beschimpft, uns wurde vorgeworfen, dass wir unsere Arbeit falsch machten. Einmal beschwerte ich mich beim Leiter. Er meinte nur: »Hast du dir selber zuzuschreiben. Jammere nicht rum. Umsonst wird niemand strafversetzt.«

Andreas saß immer allein beim Mittagessen, niemand redete mit ihm. War blöd, aber immerhin hatte er seine Ruhe.

Ich nicht. Jeden Tag fragte mich der Kollege Hannes, ob ich nach der Schicht mit in seine Wohnung kommen würde. Die anderen, die das hörten, lachten nur. Manchmal verfolgte er mich nach Feierabend bis zu meiner Haustür. Ich hatte echt Schiss vor dem und sehnte mich zurück an die Penne. Das hätte ich nie gedacht, so blöd, wie ich es am ersten Schultag dort fand. Ich kannte dort niemanden. Thomas war der Einzige aus meiner alten Klasse, der auch Abitur machen konnte und auf die Erweiterte Oberschule kam, doch der ging in die Parallelklasse. Die hatten absichtlich die Schüler getrennt, damit sich keine Gruppen bildeten. Alle hatten Schiss, den Anschluss zu verpassen, und wollten keine Fehler machen. Niemand blödelte herum so wie früher. Und die Lehrer hielten uns einen Vortrag darüber, dass nun der Ernst des Lebens beginnen würde. Wir saßen alle stocksteif auf unseren Stühlen und gaben keinen Mucks von uns. In der Pause rannten wir auf dem Schulhof alle im Kreis, wie im Knast.

Aber es war immer noch besser als das Dieselmotorenwerk, besser als der blöde Hannes. Mutti erzählte ich nichts von dem, sie machte sich genug Sorgen wegen meiner Versetzung. Und Vati bekam nichts mit. Ein neues Medikament. Wollte nur noch seine Ruhe haben und nicht mehr Jack London vorgelesen bekommen, warf mich einfach aus dem Zimmer.

Wenn sie uns jetzt kriegen, kommen wir nicht mehr zurück ins Dieselmotorenwerk, sondern direkt in den Knast. Alles würde noch viel schlimmer werden.

Ein Stich in meiner Lunge. Die kalte Luft schmerzt. Was soll ich machen, atmen muss ich. Kenne das vom Training im Freiluftbecken, manchmal waren wir noch im November draußen, allerdings war damals nur die Luft kühl, das Wasser warm.

Hier draußen ist alles kalt, ich friere, obwohl ich mich bewege.

Ob es Andreas auch so geht? Vermutlich konnte er es sich gar nicht richtig vorstellen. Gewarnt hab ich ihn. Habe es kaum geglaubt, als er mitten im Winter mit dieser Wahnsinnsidee ankam. Er meinte es ernst, sagte es nicht so dahin. Über die Ostsee nach drüben. Unfassbar.

Und er fing an, wie ein Wilder zu trainieren.

Ich wollte es nicht wahrhaben.

Doch irgendwann war klar, dass ich mitmachen würde.

Konnte ihn nicht allein lassen. Er braucht mich schließlich. Ich brauche ihn auch.

Nur ein einziger Tag ohne ihn im Dieselmotorenwerk war unvorstellbar, also musste ich mit. Viel Zeit hatten wir nicht. Training im Winter, Frühjahr und Sommer und Start im Spätsommer. Über die Ostsee schwimmen! Im ersten Moment klang das völlig verrückt, absolut daneben. Aber mit der Zeit wurde es greifbarer, realer. Und nach einigen Wochen war der Plan folgerichtig, wir hatten ohnehin keine Alternative.

Warum also sollten wir es nicht versuchen?

»Wir warten nicht mehr auf ein Wunder«, sagte Andreas immer. »Wir nehmen die Sache selbst in die Hand.«

Als ich ihm schließlich sagte, dass ich mit dabei sein wollte, war er total begeistert. Ich konnte es mir danach nicht mehr anders überlegen, konnte ihm seine Freude nicht wieder nehmen. Mitunter war mir mulmig und ich wollte alles abblasen, aber das ging nicht. Andreas zählte auf mich. Er hat außer mir niemanden. Er musste weg, keiner hielt zu ihm, nicht einmal seine Eltern. Er konnte nicht bleiben.

Außerdem muss ich auf ihn aufpassen, schließlich ist er kein perfekter Schwimmer.

Hoffentlich wird es bald hell.

Hoffentlich finden die uns nicht.

Unglaublich, dass die sogar wissen, wohin wir schwimmen. Machen uns das Leben schwer und lassen uns nicht mal weg. Idiotisch.

Das Wasser wird immer kälter. Kann meine Zehen kaum fühlen, sie sind taub.

Die Handschuhe stören beim Schwimmen, wärmen außerdem nicht, sind mittlerweile völlig sinnlos.

Ich streife sie ab, lasse sie im Wasser los. Wohin sie wohl treiben?

Irgendwann wird die Sonne aufgehen und die Luft erwärmen.

Ich muss nach vorne schauen. Wenn es Tag wird, ist es leichter.

Und wir haben ein Ziel.

Das hat uns schon im Winter geholfen. Alles sieht anders aus, wenn man ein Ziel hat. Die Umstände können einem dann nicht mehr so viel anhaben, weil man weiß, dass es nicht ewig so bleiben wird.

Andreas war nach unserem Entschluss wieder so aufgeweckt wie früher, brachte mich das erste Mal nach Wochen wieder richtig zum Lachen, so wie damals, als wir klein waren. Da hat er viele Streiche gemacht. Als wir einmal in einer Stunde ohne Lehrer im Klassenraum waren, schob er einen Tisch an die Wand und kletterte hoch. Er stand direkt vor dem Bild von Erich Honecker, ich sehe noch sein blau-weiß kariertes Hemd und die blonden Locken. Und sein verschmitztes Lächeln, als er den Kaugummi aus dem Mund nahm und ihn auf die Nase des Staatsratsvorsitzenden klebte. Dafür bekam er einen Eintrag ins Hausaufgabenheft.

Ich weiß noch, dass wir nach der Schule herumtrödelten. Andreas bereute es, dass er mal wieder aufgefallen war, wollte nicht nach Hause, hatte Angst vor seinem Vater. Wir liefen zum Wall und spielten im Gebüsch, gruben ein Loch, um das Hausaufgabenheft mit seinem Eintrag zu verstecken. Andreas wollte später seinem Vater sagen, dass er es verloren habe.

Beim Graben fanden wir einen Soldatenhelm, in dem noch ein Teil des Schädels lag. Und der Unterkiefer mit sieben Zähnen.

Wir brachten alles zu Opa in die Paulstraße. Der machte eine neue Flasche Goldbrand auf, hielt eine Rede über die Wehrmacht und untersuchte den Unterkiefer mit seiner Kuchengabel. Er meinte, dass der Soldat zu viel Vita Cola getrunken und deswegen Zahnausfall gehabt habe. Das war mal wieder einer seiner blöden Witze, ich glaub nicht, dass die Soldaten im Krieg Vita Cola getrunken haben. Opa erzählte, dass auch er mal so einen Helm hatte. In Stalingrad, bevor ihn die Sowjetarmee erwischte.

Noch heute hängt der Helm an einem Garderobenhaken in Opas Flur. Er muss immer weggeräumt werden, wenn sensible Gäste kommen, zum Beispiel Tante Erna, die ihren Mann im Krieg verloren hat. Die erträgt es nicht, den Helm zu sehen.

An seinem Geburtstag trug Opa mal den Helm an der Kaffeetafel und aß schweigend seinen Sandkuchen. Als Mutti sich aufregte, meinte er, er sei ein wichtiger Zeitzeuge.

»Zum Glück pennt der mal wieder, obwohl er Aufsicht hat.«

Herr Behrens saß zusammengesunken auf der kleinen Steinmauer. Wir liefen über den Schulhof zur Karlstraße.

»Die können heute allein Altstoffe sammeln und ihren Beitrag zum Weltfrieden leisten!« Sachsen-Jensi schnappte nach Luft und blieb einen Meter hinter uns zurück. »Ist doch echt doof, überall zu klingeln und zu fragen: Haben Sie Altstoffe, haben Sie Altstoffe, Papier oder Gläser, Gläser oder Papier?« Er schnaufte laut. »Oma Wulff wird wieder sagen, dass sie die Gläser für ihre Marmelade braucht. Und der alte Schröder in der Augustenstraße wird allen ein Pfefferminzbonbon geben, ekelhaft. Haben die euch geschmeckt?«

»Ne, wir stopfen uns auch nicht alles in den Mund, so wie du«, rief Andreas und drehte sich zu ihm um. »Nun komm, du lahme Ente.«

Auf dem Wall kämpften wir uns durchs Gestrüpp runter zur Teufelskuhle. Der Weg war sehr steil. Unten an der Weide zog Andreas ein Buch aus dem Ranzen. »Hab ich aus der Kinderbibliothek im Barnstorfer Weg.«

Es war ein Buch über die Teufelskuhle.

Wir schauten uns die Bilder an. Früher waren die Wände nicht so steil gewesen und es hatte viel mehr Schwäne gegeben.

Kurz vor zwölf Uhr erzählte uns Andreas, was er in dem Buch gelesen hatte. »Vor vielen Jahren ist in der Teufelskuhle ein Schloss untergegangen. Die Bronzefrau am Eingang des Walls war eine Prinzessin und ist nun dazu verdammt, bis in alle Ewigkeit Wasser zu trinken. Es sei denn, jemand erlöst sie. Sie kann jedoch nur an einem einzigen Tag im Jahr erlöst werden, und zwar zur Mittagsstunde des Johannis. Dann steigt von dem Grund des Sees eine silberne Schüssel auf. Die muss man mit Wasser füllen und am Teufelsberg über die linke Schulter kippen. Dadurch wird der Fluch gebrochen.«

»Wahnsinn«, rief Sachsen-Jensi.

»Im Buch steht auch, dass das Wasser der Teufelskuhle unergründlich und mit der Ostsee verbunden ist.«

»Was?«

»Die Ostsee ist doch so weit weg!«

Ich griff nach einem Weidenzweig. »Opa hat mir mal erzählt, dass unter der Teufelskuhle viele Bunker und Tunnel sind. Die sind alle voll Wasser gelaufen, weil im Krieg dort eine Bombe explodiert ist.«

»Eine Bombe?« Sachsen-Jensi fing an zu zappeln. »Wahnsinn. Steht darüber auch was in dem Buch?«

Andreas schüttelte den Kopf. »Mein Vater hat mir mal erzählt, dass es auf dem Wall einen Schacht gibt, in dem unten Bahngleise sind. Und dass es vom Bunker oben auf dem Wall eine Verbindung zur Teufelskuhle gibt.«

Über eine Stunde saßen wir am Wasser, doch es kam keine Schüssel nach oben. Nur eine Ente schwamm an uns vorbei und guckte blöd. Um halb zwei schmiss Andreas wütend ein paar Steine in die Teufelskuhle.

»Macht nichts! Gehen wir einfach zum Bunker und spielen da!« Sachsen-Jensi stapfte den steilen Hang nach oben.

Der Eingang zum Bunker war hinter Gestrüpp versteckt. Ich kroch ins Loch und knipste die Taschenlampe an, die wir in der Ecke unter einem Ziegelstein versteckt hatten. Drinnen roch es muffig und feucht. Ich griff in etwas Glitschiges.

»Wollen wir den Weg zur Teufelskuhle suchen?«

»Ne«, rief Sachsen-Jensi.

»Logo!« Andreas kroch mir hinterher.

»Vielleicht liegen hier noch Bomben rum oder so«, sagte Sachsen-Jensi. »Ich bewache den Eingang und halte die Stellung. Zu eurer Sicherheit!«

»Memme«, sagte Andreas.

Das Taschenlampenlicht huschte über Ziegelsteine, morsche Bretter, einen Schuh und eine Bierflasche.

»Seht ihr was?«

»Schnauze dahinten!«

Es wurde kühler, je tiefer wir krochen. Wir kamen bis zu einer Stahltür, deren Griff halb abgebrochen und verrostet war. Ich leuchtete und Andreas rüttelte. Sie ging nicht auf. Nur etwas Putz fiel von der Decke.

»Mist!« Andreas war enttäuscht. »Das wird nichts, dafür brauchen wir Werkzeug.«

»Was macht ihr da?«

Andreas drehte sich um. »He, Sachse, wir haben einen Toten gefunden, in Faschistenuniform.«

»Was?«

Sachsen-Jensis Kreischen dröhnte so laut im Bunker, dass wir uns die Ohren zuhalten mussten.

»Wir bringen ihn mit raus, dann kannst du ihn sehen«, rief ich.

»Ne!« Sachsen-Jensis struppige Haare standen zu Berge. Er starrte uns aus aufgerissenen Augen an.

Ich hielt die Lampe schräg unter das Gesicht. »Uaaah!«

»Hör auf«, schrie Sachsen-Jensi.

Andreas stöhnte laut. »Mann, ist der schwer! Dafür, dass er vierzig Jahre hier rumlag, hat er sich echt gut gehalten.«

Ich konnte vor Lachen kaum kriechen. Sachsen-Jensi duckte sich und trat ein paar Schritte zurück.

»Sogar der Totenkopf am Kragen ist noch zu erkennen!«

»Ihr spinnt urst doll!« Er lief vom Eingang weg.

Wir kletterten aus dem Bunker. Draußen war es richtig warm. An meiner Hand klebte etwas Grünes, das komisch roch. Meine Bluse war eingesaut.

»Igitt, ich kotz gleich«, rief Andreas. Auch er war total verschmiert.

Einige Meter weiter raschelte es im Hagebuttenstrauch. Sachsen-Jensi hatte sich versteckt.

»Eins, zwei, drei, vier, Eckstein«, schrie Andreas.

Ich hockte mich hin und band mir den Schuh zu.

»Kannst rauskommen, Sachse!«

Einige Zweige bewegten sich hin und her.

»War doch nur Spaß, Mensch!«

Sachsen-Jensi schmiss eine Hagebutte aus dem Busch. Sie landete mehrere Meter neben mir.

»Und ihr habt kein Skelett dabei?«

»Ne.«

Er kroch unter dem Strauch hervor. Ein Knopf seiner Sachsen-Lederhose stand offen. Er hatte vor Angst pinkeln müssen.

»Du bist echt ein Held.« Andreas klopfte sich die Jeans ab. Seine Locken waren voller Staub.

Sachsen-Jensi schnaufte in sein riesiges Taschentuch. »Ihr könnt einem richtig Angst einjagen!«

»Ich muss nach Hause«, sagte ich. »Vorlesen.«

»Nur weil ich nicht von hier bin, müsst ihr mich immer ärgern. Das ist total gemein!«

»Was ist heute dran?«, fragte Andreas, als wir hoch zum Weg kletterten.

»*Abenteuer eines Tramps.* Der fährt mit dem Zug durch Amerika. Mal auf dem Dach, mal unter den Waggons.«

»Ich geh echt wieder zurück nach Dresden, dann werdet ihr sehen, was ihr davon habt, ihr blöden Fischköppe!«

»Der Tramp muss sich immerzu verstecken, damit er nicht vom Zug geworfen wird. Mein Vater mag die Geschichte.«

»Dein Vater ist ja auch bekloppt!«

Ich drehte mich um und knallte ihm eine. »Sag das nicht noch mal!«

Sachsen-Jensi hielt sich die Backe und heulte los. Dann versuchte er, mich zu treten. Dabei fiel er hin und kullerte den Hang wieder hinunter. Wir lachten uns halb schlapp.

Über mir ist noch immer der Sternenhimmel. Ich kann kaum atmen, habe Seitenstechen.

Wann wird es endlich hell? Im Dunkeln schwimmen ist so anstrengend. Ich bin müde, würde gern schlafen.

Einfach schwimmen, mehr kann ich nicht tun.

Andreas krault neben mir, ist langsamer geworden. Wir müssen aufpassen, dürfen nicht unaufmerksam sein. Die Grenzboote werden in der Dämmerung zurückkommen.

Seit einer Weile ist es ruhig um uns, niemand umkreist uns mehr. Die Boote können schließlich auch nicht überall sein. Das Meer ist groß.

Plötzlich tut es mir leid, dass ich Sachsen-Jensi damals auf dem Wall eine geknallt habe. Er war lange eingeschnappt und hat mich kaum beachtet. Er und seine blöden Sprüche. Er hat nicht verstanden, warum ich Vati vorgelesen habe.

Einfach nur deshalb, weil ich dann bei ihm sein konnte. Normalerweise warf er jeden sofort aus dem Zimmer. Jack London mochte er am liebsten. Wenn er nicht mehr zuhören konnte, zog er sich die Decke über den Kopf, und ich wusste, dass es Zeit war zu gehen.

Ich konnte es nicht leiden, wenn man sich über Vati lustig machte. Mir war selber klar, dass er nicht normal war, darauf musste Sachsen-Jensi nicht auch noch herumreiten.

Am Tag nach der Ohrfeige gab es Ärger mit Vati. Er ist völlig ausgeflippt, als hätte er den Spruch von Sachsen-Jensi gehört. Hat versucht abzuhauen, im Schlafanzug und mit dem Sparbuch in der Hand ist er zur Sparkasse gerannt. Ich habe ihn zufällig gesehen, als ich mit Andreas durch den Rosengarten ging. Wir sind ihm hinterher in die Bank und holten ihn da wieder raus. Hat einen riesigen Aufstand gemacht, alle haben uns angestarrt. Natürlich hätte er in der Aufmachung sowieso kein Geld bekommen. Wir schleppten ihn zurück nach Hause. Er rief andauernd, dass er mit der Fähre nach Gedser fahren wollte. Am Gebäude der Staatssicherheit blieb er stehen und winkte dem Wachposten zu. Der rührte sich zum Glück nicht. Zwei Kinder mit Schulranzen und ein Mann im Schlafanzug, damit konnte er nichts anfangen. Wir zogen Vati weiter, er hörte nicht mehr auf zu winken. Eine Oma winkte sogar zurück und er freute sich. Wieder in seinem Zimmer, legte er sich ins Bett.

»Hab es wenigstens versucht«, sagte er, als ich ihm seine Tablette gab und ihm die Decke überlegte.

Kann mir nicht vorstellen, dass er mal normal gewesen ist und wie alle anderen gearbeitet hat. Als Mutti ihn kennenlernte, war alles noch gut, hat sie mir mal erzählt. Vati hat an der Rostocker Universität Marxismus-Leninismus unterrichtet.

Opa meinte immer, dass er deswegen verrückt geworden sei, aber das ist Blödsinn. Das Fach ist öde, aber verrückt wird man davon sicher nicht.

Quallen, direkt vor mir, ganz viele.

Sie leuchten im Wasser, ich kann sie gut erkennen, berühre eine mit der Hand und zucke zurück. Das Gefühl ist unangenehm. Ich höre auf zu kraulen und paddle nur mit den Beinen, um ohne viele Armbewegungen durch den Schwarm zu kommen. Habe Quallen immer eklig gefunden, wenn wir uns am Strand damit beworfen haben. Jetzt bewegen sie sich majestätisch durchs Wasser, machen sich rund und lang und wieder rund, schimmern bläulich im Dunkeln. Achtundneunzig Prozent Wasser. Kann ich kaum glauben, sie sind so wunderschön. Ganz sicher frieren sie nicht.

Sie sollten besser nicht zu den Stränden schwimmen. Dort sind sie den Kindern hilflos ausgeliefert, die sie in ihren Sandburgen verbauen. Lieber auf dem offenen Meer bleiben, so wie wir.

Vati war manchmal wie eine Qualle. Wenn er einen Anfall hatte, lag er regungslos auf den Dielen, alles war schlaff, seine Hand knallte auf den Boden, sobald man sie losließ.

Er verstand mich nicht, schaute mich komisch an, als würde er mich gar nicht kennen. Und blieb einfach da liegen. Wenn er stundenlang nicht aufstand, rief Mutti den Krankenwagen. Der brachte Vati nach Gehlsdorf, ans andere Ufer der Warnow.

Wochenlang wohnte er dort. Irgendwann holten wir ihn mit unserem blauen Trabbi wieder ab. Meistens hatte er weniger Haare als vorher, war ganz ruhig und starrte an die Wand. Nach jedem Aufenthalt musste er mehr Tabletten als davor nehmen.

Ich zucke zurück, mein Herz rast.

Was ist das?

Etwas Dunkles, direkt vor mir!

Meine Hand! Ich kann sie plötzlich sehen, im schwarzgrauen, diffusen Wasser.

Das kann nur eines bedeuten.

Es wird hell. Endlich ist es so weit.

Ich hebe meinen Kopf aus dem Wasser. Andreas bemerkt das Zupfen an der Schnur, schwimmt nicht weiter. Es ist ganz ruhig um uns.

Ich schaue nach Osten. Der Himmel ist dunkel, die Sonne ist noch nicht aufgegangen, doch auf dem Wasser liegt bereits ihr zarter rosafarbener Schimmer, der sich zum Horizont hin verdichtet.

»Es wird Tag.« Andreas' Stimme klingt heiser.

Wir paddeln weiter.

Die Ostsee verändert allmählich ihre Farbe. Sie wird heller, verliert die Dichte. Ich schwimme durch Nebel, sehe nur wenige Zentimeter weit, doch das ist ein Anfang. Wenn es Tag ist, wird es leichter sein.

Wir werden sehen, wohin wir schwimmen.

Vor allem werden wir uns gegenseitig wieder sehen, müssen keine Angst mehr haben, uns im Dunkeln zu verlieren, sollte die Schnur sich lösen.

Schrecklicher Gedanke.

Das Wasser ist nun dunkelgrau.

Wir können endlich von anderen bemerkt werden, müssen nur aufpassen, dass es die richtigen sind. Bald sind wir in internationalen Gewässern, damit steigen unsere Chancen. Wir müssen durchhalten, dürfen nicht aufgeben, müssen uns zwischendurch ausruhen und aufpassen, dass wir nicht abtreiben. Vielleicht sieht uns eine westdeutsche Fähre.

Ein Schimmer durchzieht das Wasser.

Wenn ich meinen Arm im Wasser ausstrecke, kann ich bis zu den Fingerspitzen sehen. Ich höre auf zu schwimmen, hebe den Kopf.

Die Dämmerung ist da!

Ich reiße Schnorchel und Taucherbrille herunter, atme tief ein. Angenehm, mal nicht den Druck der Brille zu spüren.

Andreas rudert neben mir mit den Armen durchs Wasser, um die Position zu halten. Ich sehe ihn das erste Mal nach der Nacht. Er schaut mich durch das Plexiglas seiner Taucherbrille an, nimmt sie langsam ab. Seine Augen sind dunkel und ernst, die Haut sehr blass. Er wirkt ausgezehrt. Das kommt von der Anstrengung und der Müdigkeit.

»Du siehst geschafft aus«, sagt er.

Ich versuche zu lächeln, schaue an ihm vorbei zum Horizont.

Vor mir die silberfarbenen Wellen der Ostsee und ihre unendliche Weite, erschreckend und schön zugleich. Im Osten glühen die Wolken dunkelrot vor dem noch nächtlichen Himmel.

Die Sonne ist nicht zu sehen, noch nicht.

Ich stehe fast im Wasser, bewege langsam die Flossen, kann den Blick nicht abwenden. Gleich wird es so weit sein.

Auch Andreas' Blick ist starr nach Osten gerichtet.

Ein Glitzern am Horizont, es verstärkt sich, geht in ein intensives Leuchten über, das sich halbrund über dem Wasser ausbreitet.

Ich blinzle, das Licht blendet mich, außerdem brennt Salzwasser in meinen Augen.

Die Sonne geht auf, ein funkelnder roter Ball, der im Grau einer Wolke langsam emporsteigt. Lichtstrahlen brechen hindurch, der Himmel beginnt zu leuchten. Orange und rosa und gelb und rot.

Endlich ist es Tag. Und kein Boot in der Nähe.

Meine Badekappe ist verrutscht, ich ziehe sie mir über Kopf und Stirn, setze die Brille auf. Andreas nickt mir zu.

Wir schwimmen weiter.

Opa stand in seinem dunkelgrünen Wollanzug im Flur. Seine weißen Haare hatte er in Strähnen quer über den Kopf gezogen, dazwischen schimmerte rosa Kopfhaut durch.

Mutti rollte die Augen nach oben, als sie ihn sah. »Den Anzug hattest du schon bei unserer Hochzeit an!«

»Stimmt!«

»Ich will hierbleiben«, sagte Vati.

Er war gerade erst aus Gehlsdorf zurückgekommen und pennte die ganze Zeit.

»Nein. Du musst mit«, sagte Mutti. Sie schmiss seine schwarzen Lederschuhe aufs Bett. »Nun komm, steh auf! Wir machen einen Ausflug mit dem Auto.«

Vati warf die Decke von sich und zog sich an. Er liebte Ausflüge. Mutti trug ein schwarzes Kleid und eine Perlenkette. Sie sah aus wie eine traurige Prinzessin.

Vati und ich krabbelten im Trabbi nach hinten. Opa setzte sich auf den Beifahrersitz. Er durfte vorn sitzen, weil er uralt war.

Ich hatte mein Deutschbuch dabei, weil ich zur nächsten Stunde *Die Kraniche des Ibykus* auswendig lernen musste.

Der Trabbi machte beim Start komische Geräusche.

»Wo ist Korinthus' Landesenge?«, fragte ich. Das Gedicht fing damit an.

»Sibirien. Ungünstige strategische Lage«, antwortete Opa.

»Quatsch«, fuhr Mutti ihn an. »Irgendwo in Griechenland, mein Kind.«

Vati war immer glücklich, wenn wir mit dem Auto durch Rostock fuhren. Er zeigte mit dem Finger aus dem Fenster. »Sport- und Kongresshalle. Da geh ich oft zum Handballturnier. SC Empor Rostock!«

»Blödsinn«, rief Opa und schnaufte. Er hatte recht. Vati ist noch nie zu einem Handballspiel gegangen.

Der Trabbi machte sehr komische Geräusche. »Sozialistische Qualitätsarbeit«, meckerte Opa. »Holen wir jetzt Liselotte ab?«

Mutti nickte.

»Und wo liegt Akrokorinth?«, fragte ich.

»Auch in Griechenland. Das ganze Gedicht spielt da.«

Ich las weiter, während Vati die Orte aufzählte, an denen wir vorbeifuhren. »Hundertmännerbrücke. Saarplatz.«

»Und was ist ein Prytan?«

»Der Chef«, sagte Vati. »Und das ist der Klement-Gottwald-Bahnhof.«

»Ist ja langsam gut!«, rief Mutti genervt.

»Und was ist ein Schaugerüst?«

»Na, Kind, da kannst du von allein draufkommen«, rief Opa. »Da sitzen die Menschen drauf, glotzen blöd und winken, wie beim Ersten Mai.«

Wir hielten am Straßenrand in der Leninallee. Tante Lilo wartete schon vor der Haustür und zitterte so doll, dass ihre Krücke wackelte. Sie hatte sich für die Warnemünder Promenade hübsch gemacht, ein knallroter Lockenwickler hing ihr im weißen Haar. Ich kicherte, als ich das sah.

Opa stieg aus, hielt ihr die Tür auf und brüllte: »Na? Haare gemacht?«

Sie zuckte zusammen und quetschte sich zwischen Vati und mich, was nicht gut klappte. Sie war sehr dick und ihre Krücke überall im Weg.

»Darf ich mal?« Mutti griff nach hinten und zog ihr den roten Lockenwickler raus.

»Danke, mein Kind!« Tante Lilo steckte ihn in ihre Handtasche und zupfte an meiner Bluse herum.

»Was liest du denn da Schönes, Kind?«

»Schiller.«

Sie zupfte weiter an meiner Bluse. Es kitzelte.

»Ostseestadion! Neptunschwimmhalle«, schrie Vati.

»In der Neptunschwimmhalle gehe ich immer trainieren«, sagte ich. »Und wo ist Theseus' Stadt?«

»Herrgott noch mal! In Griechenland!« Mutti trat aufs Gas und der Trabbi machte einen Sprung nach vorn.

Aus Tante Lilos Kinn, das von roten Äderchen durchzogen war, wuchs ein langes schwarzes Haar.

Sie zeigte auf mein Buch. »Schiller ist sehr romantisch. Lies uns doch was daraus vor.«

Sie verwechselte ihn wohl mit Goethe, aber ich las trotzdem.

Inzwischen war ich bei Strophe vierzehn angekommen.

»Ein schwarzer Mantel schlägt die Lenden, sie schwingen in entfleischten Händen der Fackel düsterrote Glut, in ihren Wangen fließt kein Blut.«

Ich sah auf. Tante Lilo schaute mich verwundert an.

»Und wo die Haare lieblich flattern, um Menschenstirnen freundlich wehn, da sieht man Schlangen hier und Nattern die giftgeschwollenen Bäuche blähn.«

Tante Lilo schüttelte entsetzt den Kopf.

»Echt romantisch«, murmelte Opa.

Mutti trat auf die Bremse. »Wir sind da.«

Wir standen vor dem Neuen Friedhof.

Tante Lilo fing an zu weinen.

»Na, na.« Opa griff durch den Spalt zwischen den Sitzen und tätschelte Tante Lilos Knie. Mir war nun klar, wohin es ging. Auf den Friedhof, zur Beerdigung von Onkel Max, Lilos Ehemann.

Vati wäre niemals mitgekommen, hätte er es vorher gewusst. Er konnte Onkel Max nicht leiden, weil der ihn angeblich ausspioniert hatte. Aber da konnte Tante Lilo auch nichts für.

Es tat mir plötzlich sehr leid, dass ich diese finstere Strophe vorgelesen und keine hübschere ausgesucht hatte.

»Entschuldigung«, sagte ich zu Lilo. »Nächstes Mal lese ich *Willkommen und Abschied* von Goethe.« Sie nickte mir traurig zu.

Als wir alle ausgestiegen waren, holte Mutti ein Päckchen aus ihrer Handtasche. Es war Zeit für Vatis weiße Tablette. Er steckte sich die Tablette zufrieden in den Mund, sein Adamsapfel sprang dabei hoch und wieder runter.

Vati und ich nahmen Tante Lilo an die Hand, Mutti lief vorneweg, Opa trödelte hinter uns her. Tante Lilo wollte nicht so richtig laufen. Wir mussten sie über die Straße zum Friedhof ziehen. Als wir vor dem gusseisernen Tor standen, fing sie wieder an zu weinen. Wir schleppten sie über den Schotterweg.

Hinter uns meckerte Opa über die hässlichen Blumenbeete und murmelte, dass selbst der Tod im Sozialismus eine Belastung sei.

Vor der Trauerhalle blieb Vati stehen, sah Tante Lilo an und öffnete seine Hand. Darin lag die Tablette. Er hatte sie doch nicht genommen. »Sie hilft, nimm du sie«, sagte er zu Tante Lilo. »Dann ist es einfacher.«

Sie öffnete den Mund und streckte ihre Zunge raus. Vati legte die Tablette darauf.

In der Trauerhalle trafen wir Bekannte, die sich sofort um Tante Lilo kümmerten. Alle waren leise und gefasst.

Wir setzten uns in eine Reihe. Opa hob seinen Stock und zeigte zwischen Frau und Herrn Hagen hindurch auf den Sarg, der vorn auf einem Podest stand.

»Max. Lilos Ehemann.«

Der Pfarrer hielt eine Rede, die ich nicht verstehen konnte, weil Vati andauernd sagte, dass Max bei der Stasi gewesen sei, und Opa »Ruhe« rief. Tante Lilo schlief bei der Rede des

Pfarrers ein und fing an zu schnarchen, später war sie nicht wach zu kriegen. Sie saß auf dem Stuhl und rührte sich nicht, schlief einfach weiter. Alle waren ratlos. Da die nächste Beerdigung beginnen sollte, wurde sie schließlich von mehreren Verwandten aus der Halle getragen und im Freien auf eine Bank gesetzt.

In diesem Trubel achtete niemand auf Vati. Draußen nahm er meine Hand und zeigte hoch zum Himmel, der blau und wolkenlos war. »Weg hier.«

Wir liefen zum Trabbi. Vati zog den Schlüssel aus seiner Tasche. Offenbar hatte er ihn Mutti aus ihrer Handtasche geklaut.

Ich setzte mich auf den Beifahrersitz. Vati sah mich feierlich an. »Und nun fahren wir ans Meer.«

»Und was ist mit Mutti? Und Opa?«

Er grinste. »Die müssen heute mal mit der Straßenbahn nach Hause fahren.«

Und er fuhr einfach los. Ich fand es blöd, dass Mutti nichts von unserer Fahrt wusste, konnte aber nichts machen.

Vati raste wie ein Irrer durch Rostock, über den Schutower Ring und an den Neubaugebieten vorbei nach Warnemünde.

Am Neptunhotel knallten wir fast gegen einen fetten Westdeutschen, der einfach auf der Straße stand und sich nicht rührte. Vati bremste wie ein Irrer. Nur einen halben Meter vor dem Mann blieb der Trabbi stehen.

Der Dicke hob seine Arme und schimpfte los, obwohl wir überhaupt nichts dafür konnten.

Vati kurbelte das Fenster runter: »Platz da, hier kommt Mazda!«

Der Mann glotzte uns blöde nach, als wir an ihm vorbeifuhren.

Wir parkten hinter dem Hotel und rannten hinunter an den Strand. Eigentlich war es viel zu kalt zum Baden, aber Vati merkte solche Sachen nicht. Er zog sich seine Klamotten aus und sprang in Unterwäsche durch die Brandung. Ich folgte ihm, obwohl das Wasser bestimmt nicht mehr als vierzehn Grad hatte. Es machte trotzdem Spaß, etwas mit Vati zu unternehmen. Ich kletterte an ihm hoch und er warf mich mit Schwung in die Wellen. Ich wusste nicht mehr, wo oben und wo unten war. Als ich wieder auftauchte, hörte ich die Sturmmöwen, die über meinem Kopf kreischten, während der weiße Schaum der Wellen um mich herumtanzte.

Starkes, unrhythmisches Ziehen an der Schnur. Ich schaue hoch.

Andreas hat den Arm aus dem Wasser gerissen. »Ein Schiff!«

Mein Herz klopft vor Aufregung. Ich trete mit den Flossen, um mich ein Stück aus dem Wasser zu heben, damit ich etwas sehen kann. Ich erkenne durch die Brille etwas Großes, Dunkles am Horizont, vermutlich ein Tanker. Immer wieder gerät Wasser in mein Blickfeld. »Der ist kilometerweit weg. Aber immerhin, ein gutes Zeichen.«

Der Schifffahrtsweg ist nicht mehr weit.

Andreas legt sich auf den Rücken, bewegt langsam seine Flossen, um im Wasser das Gleichgewicht zu halten. Auf dem Bauch hat er die Tasche liegen, die er nun vorsichtig öffnet, damit nichts herausfällt. Er holt die Plastetüte mit der Schokolade heraus.

»Wo ist dein Schnorchel?«, frage ich.

»Hab ihn in die Tasche gepackt. Er reißt mir das Zahnfleisch auf, ich atme lieber normal, auch wenn ich dann manchmal Wasser schlucke.«

Er reicht mir das kleine Päckchen.

Die gute Blockschokolade.

»Sachsen-Jensi würde ausflippen und uns alles wegfressen.« Andreas grinst.

Mit tauben Fingern breche ich die Tafel in der Mitte durch und reiche ihm die Hälfte. »Du musst ganz langsam essen, am besten lutschen, sonst kommt es dir wieder hoch.«

Mühsam ziehe ich das Papier ab und betrachte es. »Wohin damit?« Eigentlich eine blöde Frage.

Andreas grinst wieder. »Nimm es mit in den Westen, die flippen aus vor Freude.«

Ich lasse das Papier treiben. Andreas knabbert an einem Stück Schokolade. Ich muss aufpassen, dass ich mich nicht verschlucke. Versehentlich tauche ich die Schokolade unter. Vorsichtig beiße ich ein Stück ab, es schmeckt salzig, doch dann überwiegt die Süße.

Der Zucker tut gut, ich fühle richtig, wie er durch meine Adern und in die Zellen wandert. Meine Kopfschmerzen, die ich seit einiger Zeit habe, lassen nach, mein Blickfeld weitet sich.

Ich schaue dem orange-braunen Papier hinterher, das langsam Richtung Süden treibt.

»Wir hinterlassen eine Spur«, bemerkt Andreas.

»Vor allem schwimmen wir gegen eine Strömung an. Wir dürfen uns jetzt nicht zu lange treiben lassen, müssen weiter.«

»Hm.« Andreas schaut hoch in den Himmel und wirkt nachdenklich, als hätte er nicht zugehört. Doch dann bewegt er die Beine stärker. Ich schaue auf den Kompass.

Wir paddeln langsam auf dem Rücken Richtung Norden, lutschen weiter Schokolade.

Über uns der blaue Himmel und etliche Wolken. Es sind Haufenwolken, dick und weiß, manche von Grau durchsetzt.

Ich höre auf zu paddeln, um aus der Feldflasche zu trinken. Auch Andreas ist durstig. Wir müssen uns das Wasser gut einteilen.

Die Sonne scheint nun stärker, etwas Dampf steigt vom Wasser auf, man sieht die leichten Bewegungen der Wellen. Der Wind ist stärker geworden, scharf weht er über das Wasser.

»Muss pinkeln«, sagt Andreas in die Stille.

Total eklig, wir müssten in den Neoprenanzug pinkeln, können ihn nicht einfach ausziehen, weil es unmöglich ist, das Ding im Meer wieder anzuziehen. Man braucht dafür Widerstand, festen Boden unter den Füßen. Das habe ich auch erst vor Kurzem herausgefunden. Außerdem dürfen wir nicht einfach pinkeln.

»Denk dran, was Opa gesagt hat.«

»Ja«, murmelt Andreas. »Toller Trick. Hat er den auch von seinem Saufkumpel bei der Grenzbrigade Küste bekommen?«

»Glaube nicht. Ist eine Kriegserfahrung.«

»Oder Hörensagen.«

»Solange die Blase voll ist und man gegen das drückende Gefühl ankämpfen muss, schläft man nicht ein. Opas Kamerad ist beim stundenlangen Schwimmen im Wasser eingeschlafen und ertrunken.«

»Und woher wusste dein Opa, dass der Kamerad gepinkelt hat?«

»Weiß ich doch nicht. Vielleicht haben alle, die überlebt haben, nicht gepinkelt.«

Andreas schweigt eine Weile, ist nicht überzeugt. »Ich kann mir nicht vorstellen, dass die sich im Krieg über solchen Kram unterhalten haben.«

Wir schwimmen weiter auf dem Rücken, den Blick zum Himmel gerichtet. Die Sonne scheint mir auf den Bauch, wärmt ihn, ein angenehmes Gefühl.

»Andererseits reden wir jetzt auch übers Pinkeln«, sagt Andreas, mehr zu sich selbst als zu mir. »Ist hier ja so ähnlich wie im Krieg, mit Booten, die uns jagen.«

Abschalten und weiterschwimmen, das ist das Beste.

Nicht denken und nicht pinkeln.

Die Sonnenstrahlen verändern die Farbe des Wassers. Es wird dunkelblau, dann wieder heller. In der Ferne scheinen manche Wasserschichten bewegter als andere, vielleicht ist dort die Strömung stärker.

Wir müssen uns auf das Schwimmen konzentrieren, das ist jetzt das Wichtigste.

»Beim Kraulen blendet mich übrigens die Sonne«, sagt Andreas. »Das Licht kommt genau von rechts, wo ich atme.«

»Geht mir auch so.« Die Schwimmbrille verstärkt den Effekt, aber abnehmen können wir sie nicht.

»Kannst du zur anderen Seite atmen?«, frage ich.

»Geht nicht, dann komme ich aus dem Rhythmus. Woran man alles denken muss bei so einer Flucht, das glaubt einem auch keiner.«

Ulrich wollte immer, dass ich lerne, nach beiden Seiten zu atmen, damit die Wasserlage besser ist. Man schwimmt mit der Atemseite immer stärker als mit der anderen, atmet man bei jedem dritten Armzug, schwimmt man ausgeglichen. Ich hab das nie geschafft.

Ich will mich gerade auf den Bauch drehen, als ich hinter

mir Stäbe sehe, die hintereinander und parallel zur Küste aus der Ostsee ragen.

Ich rüttle an Andreas' Arm, zeige auf die Stäbe. »Was ist das?«

Andreas betrachtet die Stäbe mehrere Sekunden und sieht mich dann durch die Taucherbrille an. Ich erkenne Staunen in seinem Blick. »Ist das die Grenze?«

»Ich weiß es nicht.«

»Ist sie markiert?«

Ich glaube nicht, aber woher soll man das wissen?

Laut Opa fangen die internationalen Gewässer einfach so an, ohne besondere Zeichen. Das hat ihm Genosse Johnson von der Grenzbrigade Küste geflüstert, doch ob der besoffen immer die Wahrheit gesagt hat, ist fraglich.

Opa, Genosse Johnson. Unsere Quellen sind nicht gerade zuverlässig.

»Lass uns wieder kraulen, das geht am schnellsten.«

Ich drehe mich auf den Bauch, blicke nach Norden. Wir sehen es gleichzeitig.

»Noch ein Schiff«, ruft Andreas aufgeregt. »Ein Tanker! Sogar mehrere!«

Mindestens drei Schiffe in der Ferne, unerreichbar für uns. Immerhin ein Hoffnungsschimmer. Noch ein paar Stunden durchhalten und wir werden unsere Chance bekommen.

»Heute Abend sind wir in Hamburg«, sagt Andreas.

Die Schokolade hat uns Energie gegeben. Außerdem ist es endlich hell und wir können sehen, wohin wir schwimmen. Hätte nie gedacht, dass das so viel ausmachen würde.

Ich bin nicht mehr müde, auch Andreas neben mir wirkt sehr lebendig.

Ich schaue auf den Kompass. »Wir schwimmen weiter nach

Norden, um uns so weit wie möglich von der DDR zu entfernen. Und wenn wir einige Stunden hinter uns haben, korrigieren wir nach Nordwesten.«

»Du klingst wie ein richtiger Seebär«, murmelt Andreas.

Ich glaube einfach, dass es so richtig ist. Ich hoffe, dass ich recht habe. »Wir müssen aufpassen, dass wir nicht zu weit nach Osten abtreiben.«

»Und wenn! Entweder wir kommen auf Fehmarn an oder in Gedser. Beides ist doch in Ordnung.«

Andreas beginnt zu kraulen, ich fühle das Ziehen der Schnur und folge ihm.

So einfach ist das nicht. Es gibt in der Ostsee so viele Strömungen, von denen man nichts merkt. Wir könnten theoretisch die ganze Zeit nach Norden schwimmen und am Ende doch im Osten landen.

Aber ich werde ihn nicht bremsen.

Wir schwimmen nebeneinander, gleichmäßig und ohne uns zu stören. Nicht einmal die Schnur spannt sich mehr, wir haben unseren Rhythmus gefunden. Manchmal zieht Andreas an der Schnur, wahrscheinlich um zu kontrollieren, ob ich noch da bin. Ich antworte, indem ich ihm das gleiche Signal gebe.

Ich weiß nicht, wie lange ich schwimme, verliere das Gefühl für Zeit.

Überall ist Wasser. Es fließt durch meine Finger, vorbei an meinem Gesicht, gibt überall nach, bietet keinen Halt. Es ist da, aber nicht zu fassen.

Wünsche mir festen Widerstand, gegen den ich mich stemmen kann, der nicht zurückweicht. Doch den gibt es im Meer nicht. Kein Boden, keine Wand, kein Beckenrand. So weit draußen wird sich keine Sandbank mehr unter uns schieben.

Das Traumschiff wird auch nicht auftauchen.

Fast muss ich lachen, wegen Sachsen-Jensi. Als die DDR dem ZDF das Traumschiff abgekauft hat, war er stolz wie Bolle, dachte echt, dass er nun selbst mal mitfahren könne, als normaler FDGB-Urlauber. Dabei war das Schiff nur für die Bonzen gedacht. Es hieß auch nicht mehr Astor, sondern Arkona, wie der Ort auf Rügen, der nördlichste Punkt der DDR.

Opa meinte, dass der neue Name unbedingt mit A anfangen musste, weil im edlen Schiffsbesteck ein großes A eingeritzt gewesen war. Somit musste man nicht alle Messer, Gabeln und Löffel austauschen. Dann wäre die DDR bankrott gegangen.

Das Wasser leuchtet inzwischen nicht mehr wie zum Sonnenaufgang, vielleicht habe ich mich auch einfach nur an die Helligkeit gewöhnt. Hier draußen scheint gar nichts mehr zu sein, kein Leben. Die Ostsee ist trübe, es gibt keine Fische, nicht einmal Quallen.

Auch das Schwimmen hat sich verändert, ist vorhersehbarer, die See nicht mehr so bewegt wie in Küstennähe. Dort wurden die Wellen gebrochen, und wir mussten tauchen, um nicht aus dem Rhythmus zu kommen. Hier draußen ist der Rhythmus gleichmäßiger, die Wogen kommen langsam und gehen langsam, heben uns hoch und wieder runter, rollen weiter. Manchmal habe ich das Gefühl, zu fliegen, über den Dingen zu schweben.

Die tiefe Leere unter mir macht mir Angst.

Was ist, wenn ich falle, mich nicht halten kann? Wenn ich aufhöre zu schwimmen, gehe ich einfach unter. Kann nichts dagegen tun.

Denk an was anderes!

Du bist im Schwimmbad!

Ulrich, er steht am Beckenrand, schaut auf dich herab und

dann hoch zur Hallenuhr, ist unzufrieden, weil du zu langsam bist.

An der Wand hängt der orangefarbene Rettungsring. Gleich musst du wenden. Der schwarze Strich am Boden des Beckens, das große T am Ende der Bahn, das die bevorstehende Wand ankündigt.

Eins, zwei, zack, Wende. Und nun zurück! Schwimm schneller!

Ulrich läuft am Beckenrand entlang, gibt die Geschwindigkeit vor. Ich muss an ihm dranbleiben, muss einfach nur schwimmen. Er hat die Trillerpfeife im Mund und läuft viel zu schnell, pfeift mehrmals hintereinander, gibt den Takt der Schwimmzüge vor.

Er hält die Stoppuhr hoch, das Zeichen, dass ich zu langsam bin.

Ich muss einfach nur schwimmen.

Er wird enttäuscht sein, wenn ich nicht durchhalte. Dreißig Kraulzüge auf fünfzig Metern, richtig durchziehen.

Schneller. Ziehen und gleiten, ziehen und gleiten.

Denk an ein Gedicht, das wird dich ablenken.

Ziehen und gleiten.

Es kommen, es kommen die Wasser all.

Nein, nicht das Gedicht, ein anderes.

Besser eins, das an Land spielt.

Vor seinem Löwengarten, das Kampfspiel zu erwarten, saß König Franz.

Ziehen und gleiten. Und um ihn die Großen der Krone.

Ein Gedicht nach dem anderen, alle, die dir einfallen.

Damit kommst du schon ein paar Kilometer weiter.

Und die Gedichte führen zu anderen Gedanken, die dich ablenken.

Bloß nicht ans Wasser denken.

Ist nicht leicht, sich auf ein Gedicht zu konzentrieren und dabei zu schwimmen.

Jedes Gedicht hat einen eigenen Rhythmus, den man an die Schwimmbewegungen anpassen muss, ohne dabei langsamer oder schneller zu werden. Manche Gedichte passen zum Brustschwimmen, bei anderen krault man besser.

*Der Taucher* geht nur beim Brustschwimmen, beim Kraulen komme ich mit dem Text durcheinander.

Und man muss die Strophen zu Ende denken, es reicht nicht, sie nur im Kopf zu haben. Doch beim Schwimmen fließen die Gedanken, sind kaum zu halten, muss mich konzentrieren, auf jede einzelne Zeile. Wie im Deutschunterricht bei Frau Kröger.

Sie mochte ich von allen Lehrern am meisten. Früher hat sie in unserer Klasse nur Vertretung gemacht, für den alten Behrens, der andauernd krank war. Doch am ersten Schultag der achten Klasse kam sie zu uns und sagte, dass sie nun unsere richtige Deutschlehrerin sei. Die Jungs zappelten gleich alle rum und waren ganz aufgeregt, wahrscheinlich weil sie viel hübscher war als der alte Behrens.

»Fangen wir den ersten Schultag mal entspannt an.«

Frau Kröger legte die *Ilias* auf den Tisch und griff nach dem Klassenbuch. Sie trug ein blaues Kleid.

Sie fuhr mit dem Finger über unsere Namen und schaute dann über den Rand ihrer Brille: »Wer ist Jens Blum?«

Einige kicherten. Jeder ahnte, was gleich passieren würde.

Sachsen-Jensi meldete sich brav.
»Komm bitte nach vorn und lies vor.«
Sachsen-Jensi stand auf. »Ich kann das aber nicht so gut!«
Er schlurfte zum Lehrertisch. Seine Boxer-Jeans hing ihm mal wieder sonst wo.
»Nach den Ferien ist sein Sächsisch immer schlimm«, sagte Andreas.
»Die vielen Wochen im Feindesland«, rief Ronny.
»Und ihr stinkt total nach Fisch und merkt es nicht mal«, schrie Sachsen-Jensi.
»Jetzt seid aber alle mal ruhig!« Frau Kröger nahm ihre Brille ab.
Sachsen-Jensi setzte sich und schlug das Buch auf. Er blätterte ewig hin und her, schaute auf, zappelte mit den Beinen, blätterte erneut.
»Der rote Zettel«, sagte Frau Kröger geduldig.
Endlich fand er den und starrte auf die Seite. »Das kann ich nicht lesen.«
»Versuch es wenigstens.«
Sachsen-Jensi beugte sich über das Buch. Er stöhnte. Dann begann er stockend: »Singe den Zorn, o Göttin, des Peleiaden Achilleus, ihn, der entbrannt den Archaiern unnennbaren Jammer erregte. Und viele tapfere Seelen der Heldensöhne zum Ais sendete, aber sie selbst zum Raub darstellte den Hunden und dem Gevögel umher. So ward Zeus' Wille vollendet.«
Einige kicherten, vermutlich weil der Text auf Sächsisch noch blöder klang.
Hilflos schaute er sich in der Klasse um. »Was ist das denn?«
Frau Kröger drehte sich zum Fenster, sodass wir ihr Gesicht nicht sehen konnten. »Homer ist das. Lies bitte einfach weiter.«

Sachsen-Jensi verlor immer wieder den Faden und musste von vorne beginnen, mit der Zeit war es total öde. Kein Mensch verstand etwas.

Irgendwann erlöste uns Frau Kröger. »Vielen Dank, Jens. Du kannst wieder auf deinen Platz gehen.«

»Das sind ja komische Wörter. Ich habe überhaupt nichts verstanden.« Kopfschüttelnd stand er auf.

»Und wer von euch kann besser lesen als Jens Blum?«

Andreas schlug sein Lineal auf den Tisch. »Hanna! Die liest nämlich jeden Tag ihrem Vater vor, weil der krank im Bett liegt!«

Ich haute ihm von hinten meine Faust in den Rücken.

»Aua«, schrie er.

Frau Kröger schaute mich böse an. »Was soll das werden, Hanna?«

Ich sah auf den Fußboden und ging vor zum Lehrertisch. Ich machte nicht wieder den Fehler und erzählte vor der ganzen Klasse über meinen Vater. Als ich klein war, hatte ich mal in einem Aufsatz zum Thema »Mein schönstes Ferienerlebnis« über einen Ausflug mit der Fähre nach Gehlsdorf berichtet. Mutti und ich fuhren mit der Fähre über die Warnow und besuchten Vati in der Anstalt. Alle in der Klasse haben mich hinterher geärgert und herumerzählt, dass Vati bekloppt sei. Frau Pinnow gab mir für den Aufsatz eine Eins und ermahnte mich, zukünftig nicht mehr über meinen Alltag zu schreiben, sondern mir was Schönes auszudenken. Das fand ich blöd, schließlich war Jack London mein Vorbild, und der hat sich auch nicht irgendwas ausgedacht, sondern alles selbst erlebt.

Ich setzte mich an den Lehrertisch, schlug die *Ilias* auf und las den Rest der Stunde vor. Jack London liest sich auf jeden Fall leichter.

Als es zur großen Pause klingelte, trödelte ich herum. Niemand außer mir war im Raum, als ich plötzlich Opa schreien hörte.

»Dem Morgenrot entgegen, Ihr Kampfgenossen all.«

Ich rannte zum Fenster und öffnete es. Er stand am Schulzaun unter der Kastanie und fuchtelte mit seinem Stock.

»In den Barnstorfer Wald! Kettenkarussell fahren, Zuckerwatte essen!«

Ich lief hinaus auf den Flur, doch ich kam nicht weit. Jemand hielt mich am Ranzen fest. Am Lavendelgeruch erkannte ich sie.

»Wo willst du hin, Fräulein?«

»Zu Opa.«

»Nichts da!«

Frau Thiel kann ihn nicht leiden. Er hat sie auf dem Solidaritätsbasar für Nicaragua mal als fette Schnalle beschimpft, weil sie drei Stück Kuchen gegessen hatte.

Sie zog mich zurück ins Klassenzimmer. »Hinsetzen. Und du solltest dich schämen!«

Sie kramte ihren Schlüssel aus der Handtasche und schloss mich einfach ein. Ich lief wieder zum Fenster und sah hinaus. Zum Rausspringen war es viel zu hoch.

»Ich bin hier eingeschlossen!«

»Was ist?« Opa hielt sich die Hand ans Ohr.

»Ich bin hier eingeschlossen!«, schrie ich noch lauter.

»Was?«

»Ich kann nicht raus!«

Aufgeregt riss er den Stock hoch und hielt ihn wie ein Gewehr, als er über den Schulhof rannte. Die Krawatte wehte im Wind und seine Haare gerieten völlig durcheinander. Die Schüler wichen ihm ängstlich aus.

Auf dem Flur brüllte er: »Ich will sofort den Direktor dieser Bildungseinrichtung sprechen!«

»Das kommt nicht infrage, Herr Klein. Ihre Enkelin hat den Unterricht zu besuchen!«

»Aha, die fette Schnalle!«

Es knallte laut auf dem Flur. Opas Stock. »Ich will zu meiner Enkelin!«

Einige Schüler sammelten sich und lachten.

Frau Thiel rief: »So, alle gehen nun zurück in die Klasse, hurtig, hurtig!«

»Hurtig, hurtig«, äffte Opa sie nach.

Offenbar wurde Frau Thiel grob, denn Melanie Paul kreischte laut. Die kreischte bei jeder Gelegenheit ganz furchtbar.

Es knallte wieder. »So sieht also sozialistische Erziehung aus! Mein lieber Herr Gesangsverein. Erinnert mich an die Zeit im Arbeitslager.«

»Halten Sie gefälligst den Mund!«

Parteisekretärin Karlow. Ich erschrak. Die Schlimmste von allen. Sie spuckte immer beim Reden, weil sie sich so über die Imperialisten aufregte. Oft störte sie einfach den Unterricht und schimpfte über die NATO, Ronald Reagan oder das Westfernsehen. Dabei sah sie uns alle böse an, als ob wir etwas dafür könnten. Sabine, die ganz vorne saß, hat immer die Spucke von der Karlow abgekriegt, aber das geschah ihr recht. Sie war eine alte Petze.

»Aha. Wo ein Genosse ist, da ist auch die Partei«, rief Opa über den Flur.

Und er begann zu singen, wobei er rhythmisch den Stock auf die Fliesen knallte: »Denn wer kämpft für das Recht, der hat immer recht …«

»Das hat Konsequenzen«, keifte Parteisekretärin Karlow.

»Er hat zu mir fette Schnalle gesagt«, rief Frau Thiel.

Ich donnerte von innen gegen die Tür. »Opa, hör auf und geh nach Hause!«

»Sie hören es selbst«, giftete Parteisekretärin Karlow. »Gehen Sie, damit es für Ihre Enkelin nicht noch schlimmer wird!«

Opa schnäuzte sich die Nase. »Sagen Sie mal, Genossin Karlow, welche Fächer unterrichten Sie eigentlich?«

Er wusste genau, dass Parteisekretärin Karlow nicht unterrichtete, sondern agitierte.

Und wieder schlug ich gegen die Tür. Das brachte Opa offenbar zur Besinnung. »Ich gehe nun, damit sich die Angelegenheit nicht unnötig hochschaukelt und Sie sich ganz auf die Erziehung unserer glorreichen Jugend konzentrieren können.«

Er schlurfte über den Flur und zog den Stock hinter sich her.

»Ihre Enkelin kann sich für so einen Großvater wirklich bedanken«, schnauzte Parteisekretärin Karlow.

Ich lief wieder zum Fenster. Es klingelte zum Unterricht.

Opas kariertes Taschentuch hing ihm aus der Hosentasche. Mit gebeugtem Kopf ging er über den Hof. Er war so erschöpft, dass er nicht einmal zu mir hochsah.

Dann hörte ich den Schlüssel. Die fette Schnalle, dachte ich und versteckte mich hinter dem Vorhang. Jemand betrat den Raum und summte *Jenseits von Eden* von Nino de Angelo. Ich atmete tief ein. Es roch nicht nach Lavendel. Vorsichtig lugte ich durch den Vorhang und sah Frau Kröger, die einige Bücher auf den Lehrertisch legte.

Ich trat hervor. »Hallo.«

Sie fuhr zusammen. »Meine Güte, hast du mich erschreckt. Was um Himmels willen machst du hier?«

»Frau Thiel hat mich eingeschlossen. Wegen Opa.«

»Aha.«

»Sie wollte nicht, dass ich mit ihm in den Barnstorfer Wald gehe.«

»Nun ja.« Sie richtete den Bücherstapel akkurat am Rand des Tisches aus. »Da hättest du um die Uhrzeit wohl auch nichts verloren.«

Sie wandte sich zur Tür. »Die nächste Stunde hat längst begonnen, also solltest du in deine Klasse gehen.«

Ich nahm den Ranzen und verließ mit ihr den Raum. Auf dem Flur hörte ich Stimmen. Jemand sagte meinen Namen.

»Mist«, flüsterte ich. »Die wird mich fertigmachen. Opa hat sich über Frau Karlow lustig gemacht!«

Die Stimmen kamen näher. Ich wollte wieder zurück in den Klassenraum laufen und mich hinter dem Vorhang verstecken.

»Nein, warte.« Frau Kröger hielt mich am Arm fest und überlegte kurz. »Komm mit und halt den Mund!«

Wir gingen in die kleine Kammer am Ende des Flures. Sie drückte mir einen Stapel Bücher in die Hand. Obenauf lag das Buch *Wie der Stahl gehärtet wurde.*

»Was soll ich denn damit?« Die Bücher rochen alt und waren sehr schwer, ich verlor beinah das Gleichgewicht.

»Stell dich nicht so an«, meckerte Frau Kröger. »Du bist doch Sportler, oder?«

Sie selbst nahm sich auch ein paar Bücher.

Auf der großen Freitreppe kamen uns Direktor Schneider, Frau Thiel und Parteisekretärin Karlow entgegen. Ich hielt den Stapel so, dass niemand mein Gesicht sehen konnte, sondern immer nur den hässlichen Buchdeckel von *Wie der Stahl gehärtet wurde.*

»Da bist du ja«, zischte Parteisekretärin Karlow. Ihr brauner Zopf war streng nach hinten gebunden. Kein einziges Haar konnte daraus entkommen. Ihre Haut war von der ständigen Wut gereizt und mit winzigen roten Pusteln übersät.

»Aha«, grummelte Direktor Schneider.

»Du kommst sofort mit«, rief Frau Thiel.

»Tag, Klaus, ist grad ungünstig.« Frau Kröger ging einfach weiter. »Hanna muss mir die Bücher tragen. Sind ganz schön schwer.« Sie stöhnte übertrieben. Ich lief ihr hinterher. Parteisekretärin Karlow war damit natürlich nicht einverstanden.

»Können Ihre Bücher nicht warten?«, fragte sie spitz.

Frau Kröger sah sich nicht um. »Leider nicht. Bei all den Vertretungen, die ich derzeit machen muss. Das Halbjahr für drei Klassen. Ist nicht wenig.«

»Wir müssen uns mit Hanna Klein unterhalten.«

Frau Kröger drehte sich zu Direktor Schneider um. »Muss das unbedingt jetzt sein, Klaus?«

Direktor Schneider wackelte unentschlossen mit dem Kopf. Schon waren wir auf der nächsten Stufe. Die drei hinter uns rührten sich nicht. Direktor Schneider kam mit seinem Klumpfuß nicht hinterher.

Im Deutschraum legten wir die Bücher in den Schrank.

»Die muss ich später alle wieder runtertragen.«

»Das war gerade richtig stark!« Ich setzte mich auf die Schulbank. »Ich finde, die Karlow hat böse Augen. So kalt und starr.«

Frau Kröger kramte im Schrank herum.

Ich blätterte im Buch *Wie der Stahl gehärtet wurde.*

Frau Kröger kam aus dem Schrank hervor. Sie sah zerzaust aus. »Das ist nächstes Jahr Pflichtlektüre.«

»Ich finde die Sachen, die wir in der Schule lesen müssen, immer langweilig. Das einzige Buch, das mir gut gefallen hat, war *Käuzchenkuhle.*«

Ein roter Zettel markierte eine Seite im Buch. Ich schlug sie auf. Ein Absatz war eingekringelt. Ich las ihn laut vor.

»Das Kostbarste, was der Mensch besitzt, ist das Leben. Es wird ihm nur einmal gegeben, und leben soll er so, dass nicht sinnlos vertane Jahre ihn schmerzen, dass nicht die Scham um eine schäbige und kleinliche Vergangenheit ihn brennt und dass er im Sterben sagen kann: Mein ganzes Leben und all meine Kräfte habe ich hingegeben für das Schönste der Welt – den Kampf um die Befreiung der Menschheit.«

Ich lehnte mich zurück.

Frau Kröger lächelte müde und nahm mir das Buch aus der Hand. Dann legte sie mir ein anderes auf den Tisch. »Lies das. Auch ein Russe.«

Draußen auf dem Flur schrie Parteisekretärin Karlow jemanden an. Frau Kröger zuckte zusammen und rückte ihr Kleid zurecht. »Wir warten besser noch, bevor wir wieder rausgehen.« Sie setzte sich zu mir auf die Schulbank.

Wir beide schauten zur Tafel. In krakeliger Schrift standen dort die Braunkohlestätten der DDR geschrieben. Daneben hatte jemand die Oder-Neiße-Friedensgrenze gemalt.

Vor mir auf der Bank lag *Schuld und Sühne* von Fjodor Michailowitsch Dostojewski.

»Ist es gut?«

Frau Kröger legte ihre Arme übereinander, so wie wir es in der ersten Klasse lernen. Ihr Ehering funkelte im Sonnenlicht, das in den Raum fiel. Sie nickte.

»Und worum geht es?«

»Um Moral. Um Recht und Unrecht. Und um Menschlichkeit.«

»Die ganze Zeit?«

Sie nickte.

»Klingt urst langweilig.«

Draußen wurde es noch lauter. Frau Kröger stand auf, huschte zur Tür und öffnete sie vorsichtig.

»Passen Sie bloß auf, dass die Karlow Sie nicht sieht«, flüsterte ich. »Sonst sind wir dran!«

Frau Kröger duckte sich und blickte durch den Spalt. Ich schlich von hinten ran und schaute über ihre Schulter. Am Ende des Flures schimpfte Parteisekretärin Karlow mit einem Jungen aus der Zehnten, der teilnahmslos an seinen Adidas-Turnschuhen herumfummelte.

»Das ist ja eine schöne Einstellung, wunderbar. FDJler wie Sie haben unserem Land gerade noch gefehlt!«

Auf einmal schaute Parteisekretärin Karlow in unsere Richtung. Frau Kröger zog ruckartig ihren Kopf zurück und knallte gegen meine Nase. Sie fing sofort an zu bluten.

»Auch das noch«, schimpfte sie und schlug die Tür zu. Sie lief zum Waschbecken und ließ kaltes Wasser über ein Handtuch laufen. Dann schob sie mich auf einen Stuhl, legte es mir in den Nacken und presste ein weißes Stofftaschentuch mit grünem Rand auf meine Nase.

»Toller Tag«, sagte sie.

»Was kann ich denn dafür«, murmelte ich dumpf durch das Tuch. Kälte wanderte von meinem Nacken über den Kopf bis zur Stirn.

»Dein Opa sollte der Schule fernbleiben. Man sieht ja, was dabei herauskommt.«

Die Tür ging auf. Parteisekretärin Karlow starrte uns an. Ein Blick, als hätte sie die letzten tausend Jahre im Eis verbracht.

Frau Kröger versteifte sich, ein wenig nur, aber ich spürte es.

»Was tun Sie da?«

Das Taschentuch war inzwischen blutgetränkt.

»Erste Hilfe leisten. Sieht man das nicht?«

Frisches Blut schoss nach und spritzte auf meine Bluse.

»Verdammt!« Frau Kröger beugte sich über mich. »Haben Sie vielleicht noch ein frisches Taschentuch? Meins ist völlig ruiniert.«

Parteisekretärin Karlow rührte sich nicht. Sie war überhaupt keine Hilfe. Ich tastete im Ranzen nach dem Matheheft und holte das Löschblatt heraus. Ich teilte es in zwei Streifen, knüllte sie zusammen und stopfte sie mir in die Nasenlöcher.

»Gute Idee«, sagte Frau Kröger anerkennend und tätschelte meine Schulter. »Auch wenn es blöd aussieht.«

»Das hat ein Nachspiel!« Parteisekretärin Karlow knallte die Tür zu.

Das Nachspiel kam auch gleich am nächsten Tag. Herr Parek erklärte gerade die Abstammungslehre und schmierte die Tafel voll.

»So viel unverständliches Zeug«, murmelte Sachsen-Jensi neben mir. »Homo erectus, Homo neanderthalensis, Homo sapiens.«

Andreas drehte sich um und grinste doof. »Und Homo sexuell, so wie du!«

Sachsen-Jensi schlug ihm das Lineal auf den Rücken. »Kennt ihr den schon? Warum können DDR Bürger nicht vom Affen abstammen?«

»Keine Ahnung.«

»Na, ist doch logo! Oder habt ihr schon mal einen Affen gesehen, der so lange ohne Bananen auskommen kann?«

Die Lautsprecher begannen zu knacken. Direktor Schneiders Stimme ratterte durch den Raum: »Eins, zwei, eins, zwei!«

Herr Parek hörte auf mit der Kritzelei und sah verwirrt nach oben. »Was ist denn nun schon wieder los?«

»Gott hat gesprochen«, sagte Andreas.

Die Klasse lachte.

»Eins, zwei. Hanna Klein, ins Direktorenzimmer. Sofort.«

Herr Parek zeigte mit dem Stück Kreide zur Tür. »Dann geh mal schnell.«

Andreas meldete sich. »Darf ich aufs Klo, Herr Parek?«

»Nein, das darfst du nicht.«

»Ich muss dringend!«

»Aber nicht jetzt.«

Sachsen-Jensi krähte: »Wenn er aber muss! Soll er sich in die Hose pinkeln oder wie?«

»Ruhe. Verdammt. Nur Hanna verlässt den Raum. Ansonsten steh ich am Ende allein hier, das kennt man ja.«

Er drehte sich zur Tafel und malte weiter am Fell des Australopithecus herum.

Ich ging hinaus auf den leeren Flur. Im Direktorenzimmer warteten schon Direktor Schneider, Parteisekretärin Karlow und Frau Thiel. Sie trug ein gelbes Kleid mit hässlichen Blumenvariationen.

»Aha«, sagte Direktor Schneider. »Hanna Klein. Wir möchten uns mit dir über deinen Großvater unterhalten. Wie stehst du zu seinem Verhalten?«

Alle starrten mich an. Ich betrachtete die verkrüppelte Zimmerpflanze am Fenster. Nie goss sie jemand.

»Bezieh gefälligst Stellung«, keifte Parteisekretärin Karlow. »Und zwar sofort!«

Ich rief mir den Beginn des *Seewolfs* ins Gedächtnis. Das tat ich immer, wenn ich mich ablenken wollte.

»Wir warten, angehende Jugendfreundin Klein!« Direktor

Schneider hinkte im Raum umher. Der Klumpfuß prallte dumpf auf dem Linoleum auf.

Parteisekretärin Karlow kam dichter. »Dir ist hoffentlich bewusst, dass unser Staat nur den fähigsten Schülern die Möglichkeit gibt, das Abitur zu machen.« Sie lief um mich herum. »Meinst du, dass du zu diesen fähigen Schülern gehörst?«

Ich stellte mir Wolf Larsen vor und überlegte, was er an meiner Stelle getan hätte.

»Glaubst du, du solltest auf Kosten unserer sozialistischen Gemeinschaft eine höhere Ausbildung erlangen?«

Vermutlich hätte er alle totgeschlagen. Oder eine rohe Kartoffel zerquetscht.

»Sag was«, zischte Frau Thiel.

Parteisekretärin Karlow packte mich an den Oberarmen. »Hältst du dich für ein Studium geeignet, obwohl dein eigener Großvater die Erziehungsmaßnahmen unseres Staates verunglimpft?« Sie schüttelte mich. »Antworte gefälligst!«

Es war das Beste, gar nichts zu sagen, solange sie auf Opa herumhackte. Ihm konnte Frau Karlow schließlich nichts mehr tun, er war schon Rentner.

Direktor Schneider gab ihr ein Zeichen, dass sie sich beruhigen sollte. Bockig setzte sie sich an seinen Schreibtisch und nahm einen Kugelschreiber in die Hand, so als wollte sie mitschreiben.

»Nun mach endlich den Mund auf«, rief Frau Thiel aus der Ecke.

Plötzlich war alles ganz einfach. Ich hob den Blick, schaute aus dem Fenster in den blauen Himmel und schloss dann die Augen.

»Ich weiß kaum, wo beginnen, wenn ich auch mitunter im Scherz die Ursache all dessen auf das Konto von Charley Furuseth schreibe. Er besaß ein Sommerhäuschen in Mill Valley, im Schatten des Mount Tamalpais, und bewohnte es nie, außer wenn er die Wintermonate vertrödelte und Nietzsche und Schopenhauer las, um sein Gehirn auszuruhen.«

Im Raum war es ganz still.

»Wenn der Sommer kam, zog er es vor, sich mit einem heißen und staubigen Dasein in der Stadt zu schinden und unablässig zu schuften. Wäre es nicht meine Gewohnheit gewesen, ihn jeden Sonnabendnachmittag zu besuchen und bis Montagmorgen zu bleiben, hätte mich dieser besondere Montagmorgen im Januar nicht an Bord in der Bucht von San Francisco gesehen.«

»Was soll das?«

Ich öffnete die Augen wieder. Direktor Schneider sah Frau Thiel an, die mit den Schultern zuckte. Parteisekretärin Karlow starrte mit verkrampftem Kiefer auf den silbernen Kugelschreiber in ihrer Hand.

Ich sah Vati vor mir liegen, selig lächelnd, weil er den *Seewolf* so sehr liebt.

»Nicht als hätte ich mich nicht an Bord eines zuverlässigen Fahrzeugs befunden, denn die ›Martinez‹ war eine neue Dampffähre und machte ihre vierte oder fünfte Fahrt auf der Strecke zwischen Sausalito und San Francisco. Die Gefahr lag in dem dichten Nebel, der die Bucht einhüllte und den ich als Landratte wenig fürchtete.«

Parteisekretärin Karlow stand auf und ging einfach raus. Frau Thiel rührte sich nicht.

Direktor Schneider verschränkte die Arme vor der Brust und trat ans Fenster. »Bin ich hier im Volkstheater oder was«, murmelte er. Er drehte sich leicht zu mir, sah mich aber nicht an. »Du kannst gehen. Sitzung beendet.«

Erleichtert riss ich die Tür auf und rannte auf den Flur. Beinah knallte ich mit Frau Kröger zusammen.

»Na, na, sachte!« Sie hielt meinen Arm fest und betrachtete mich. »Alles in Ordnung? Eben hat mich schon Parteisekretärin Karlow über den Haufen gerannt. War sie deinetwegen so wütend?«

Frau Thiel kam auf den Flur gewalzt. »Du solltest dich sehr, sehr schämen! Das hat ein Nachspiel! Schämen solltest du dich! Einfach nur schämen.«

Sie schnaufte die Treppe hinunter.

»Das ist doch eigenartig«, sagte Frau Kröger leise, als sie ihr nachblickte.

»Was denn?«

»Nun, sollte ich mir einen Schüler aussuchen, der regelmäßig Probleme mit der Autorität hat, würde ich nicht auf dich kommen.«

Ich blies die Backen auf.

»War es schlimm?«

»Nein, ich habe mich mit Jack London aus der Affäre gezogen.«

Sie zog ihre rechte Augenbraue nach oben. »Tatsächlich?«

Ich nickte. »Literatur ist also doch zu etwas gut!«

Sie schaute mich vorwurfsvoll an. »Natürlich ist sie das, davon rede ich die ganze Zeit im Unterricht!«

Zusammen liefen wir den Flur hinunter.

»Es ist wegen Opa Franz. Weil er sich blöd benommen hat, haben die es auf mich abgesehen.«

Frau Kröger schwieg. Dann hörten wir die bekannte Stimme. »Aha, da bist du also!«

»Die schon wieder«, seufzte ich. »Langsam reicht es mir echt.«

»Nimm das nicht auf die leichte Schulter, Hanna«, warnte Frau Kröger leise.

Parteisekretärin Karlow kam auf uns zu.

»Das war ja eine wunderbare Vorstellung! Vielleicht solltest du Schauspielerin werden.«

Verbiestert sah sie mich an, drehte sich dann zu Frau Kröger. »Was meinen Sie, Frau Kröger? Sie sind ihre Deutschlehrerin. Ist Hanna Klein nicht für das große Theater geeignet? Was?«

»Mag sein.«

»Vielleicht sollten wir über das Biologiestudium nachdenken«, sagte die Karlow. »Vielleicht ist das ein Irrtum. Und das Abitur vielleicht auch.«

»Bis dahin ist wohl noch etwas Zeit«, entgegnete Frau Kröger.

Die Karlow sah sie prüfend an. »Zeit? Meinen Sie tatsächlich, Hanna Klein sollte sich mit einer korrekten Haltung Zeit lassen?«

»Natürlich nicht«, murmelte Frau Kröger. Einige Sekunden war Schweigen. Ich wusste nicht, wo ich hinsehen sollte. Beim Anblick von Frau Karlow wurde mir übel.

»Na dann …« Frau Kröger nahm mich am Arm und zog mich über den Flur.

»Ich hab jetzt Mathe bei Frau Bauermeister, das ist die andere Richtung«, flüsterte ich.

»Halt den Mund«, zischte Frau Kröger. »Erst mal weg hier.«

Ich kam natürlich viel zu spät in den Unterricht.

In der Klasse war es ruhig. Alle schrieben in ihren Heften. Frau Bauermeister zeigte auf die Tafel. »Forme den Term mithilfe der zweiten binomischen Formel um!«

Ich schlug mein Heft auf.

»Ich habe überhaupt keinen Schimmer«, sagte Sachsen-Jensi neben mir.

Ich half ihm rasch bei der Aufgabe. Als Frau Bauermeister fragte, wer die Lösung wisse, meldete er sich und ging angeberisch mit seinem Heft vor zur Tafel.

Als Sachsen-Jensi seine Eins bekommen hatte und wieder neben mir saß, drehte sich Andreas um. »Und? Wie war es?«

»Nicht so schlimm. Frau Kröger hat mich vor der Karlow in Schutz genommen.«

»Echt?«, rief Sachsen-Jensi. »Stark! Die ist voll in Ordnung. Die plappert auch nicht einfach alles nach, was bei Appellen oder in der *Aktuellen Kamera* so gesagt wird. Das hab ich auch schon gemerkt.«

»Ruhe!«

»Wollt ihr wissen, was mir Nachbarin Kresse erzählt hat?« Sachsen-Jensi zwinkerte verschwörerisch. »Der Verlobte von Frau Kröger war im Knast, weil er sich mit dem Staat angelegt hat. Sie haben ihn dann aus der DDR geworfen. Und Frau Kröger wurde aufgefordert, sich von ihm loszusagen.«

»Und?«, fragten Andreas und ich gleichzeitig.

»Was und?«

»Wir kommen nun zur dritten binomischen Formel …«

»Hat sie?«

»Was?«

»… wenn Andreas, Jens und Hanna ihr sicherlich wichtiges Gespräch beendet haben!«

»Sich losgesagt, Mensch.«

Sachsen-Jensi sah erschrocken auf. »Keine Ahnung! Das wusste Nachbarin Kresse auch nicht.«

»Bestimmt hat sie«, zischte Andreas. »Sonst dürfte sie nie im Leben Lehrerin sein.«

»Das ist doch traurig«, sagte ich.

Sachsen-Jensi wackelte mit dem Kopf. »Ihr Verlobter ist jetzt wenigstens drüben und kann zum Kurfürstendamm. Dem ist es bestimmt schnuppe, dass sie jemand anderen geheiratet hat.«

Auf dem Bahnsteig, beim Brunnen,
steht ein Mann, und er schöpft mit
beiden Händen das Wasser.
Und die Wartenden sehn die
Uniform und die Stiefel
voller Staub; auf den Schienen
nebenan stehen Wagen
mit Kanonen. Sie sehen:

Ihretwegen
ist er durstig,
ihretwegen
sind die Schuhe
voller Staub –
ihretwegen
geht er nun zu den Kanonen.

Blödes Gedicht, ohne jeden Rhythmus.

Das letzte in meiner Sammlung.

Reimt sich nicht. Man kann dazu nicht vernünftig schwimmen.

*Der Trinkende*. Weiß nicht mehr, wer das Gedicht geschrieben hat. Sicher nicht Goethe. Habe es im Ostseestadion auswendig gelernt, bei der Kinder- und Jugendspartakiade, in den Pausen, wenn ich nicht laufen musste.

Spartakiadesieger von heute, Olympiasieger von morgen.

Das stand auf dem Transparent, das über uns allen schwebte. Unlogisch. Nicht jeder Spartakiadesieger kann Olympiasieger werden, allein mathematisch schon nicht.

An dem Tag teilte mir mein Trainer Manfred Sandhagen mit, dass ich aussortiert worden war, nicht auf die Sportschule durfte. War nicht schnell genug und kein Potenzial für Verbesserungen sichtbar.

Olympia hatte sich für mich erledigt. Ich saß unter diesem blöden Transparent und heulte. Ich hätte so gern an den internationalen Meisterschaften teilgenommen, das ging nun nicht mehr. Konnte nun nicht mein sozialistisches Vaterland im sportlichen Wettkampf vertreten, so wie es in meiner Berufungsurkunde stand. Alles vorbei.

Ein Lichtblick an dem Tag war Marita Koch. Sie hat die Spartakiade eröffnet und mit uns geredet. Alle kannten sie, schließlich war sie die berühmteste Sportlerin der DDR und überhaupt nicht eingebildet.

Ich hab am Rand gestanden, weil ich mich wie ein Versager fühlte. Wollte ihr nicht sagen, dass ich aussortiert worden war. Sie hätte mir wahrscheinlich Mut gemacht, aber es war mir zu peinlich.

In der Zeit fing ich an, in der Entengruppe zu trainieren. So wurde die von den Leistungsschwimmern genannt. Total peinlich. Die aus meiner alten Trainingsgruppe warfen mir unter der Dusche mitleidige Blicke zu, nahmen dann ihre Handtücher und gingen zum üblichen Platz auf der Tribüne. Ich musste zur Entengruppe gehen, die sich weiter entfernt versammelte. Mein neuer Trainer war Ulrich. Er stellte mich den anderen vor. Wir schwammen mehrmals vierhundert Meter auf Zeit. Ulrich rannte mit seiner Stoppuhr am Beckenrand entlang und schrie rum. Ich wusste nicht, was das Theater sollte. Die Zeit war doch nicht mehr wichtig. Wir würden nie besser sein als die anderen.

In dem Jahr ging es mit Andreas den Bach runter. Er kriegte sich nicht mehr ein, schwänzte die Schule und prügelte sich mit irgendwelchen Kunden, die er nicht mal kannte. Sachsen-Jensi und ich haben ihn oft ermahnt, aber er hat einfach nicht auf uns gehört. Ende September verschwand er für mehrere Tage, kam nicht mehr zur Schule. Sachsen-Jensi und ich suchten ihn überall, auf dem Wall, im Barnstorfer Wald, sogar in Warnemünde. Irgendwann stand er völlig verdreckt vor unserer Wohnungstür und bat mich, ihn zu seinen Eltern zu bringen. Er hatte Angst vor seinem Vater, der ihn schon unter normalen Umständen dauernd schlug. Nach dieser Aktion würde er es erst recht tun. Wir liefen mit gesenkten Köpfen in die Augustenstraße. Leise erzählte er, dass er sich nach einem Streit mit seinem Vater den Schlafsack geschnappt hatte und mit dem Zug nach Stralsund gefahren war. Von dort nahm er die Fähre nach Hiddensee und stromerte ein paar Tage über die Insel. Nachts pennte er in einer alten Scheune und von seinem Taschengeld kaufte er sich Brötchen, Schmelzkäse und Brause.

Im Treppenhaus fragte ich Andreas, warum er abgehauen war. Er schaute auf den Fußboden und fing an zu zittern. Er schüttelte den Kopf und sagte nur, dass er irgendwann achtzehn sei und dann zum Glück von zu Hause ausziehen könne.

Damals wussten wir beide noch nicht, dass das bereits mit sechzehn geschehen würde.

Am nächsten Tag kam Andreas nicht in die Schule. Nach dem Unterricht brachte ich ihm die Hausaufgaben. Er sah so schlimm aus wie nie. Sein linkes Auge war zugequollen, die Unterlippe war aufgeplatzt. Weil er einen langen Dederon-Pullover trug, konnte ich seine Arme nicht sehen.

Das Schuljahr blieb für ihn so schwierig, wie es angefangen hatte. Andauernd lief er von zu Hause weg und schwänzte die Schule. Sachsen-Jensi und ich gaben es auf, ihn zu suchen. Wir fanden ihn sowieso nicht, er fuhr mit dem Zug einfach irgendwohin, Wismar, Neubrandenburg, Grevesmühlen. Er erhielt mehrere Tadel und einen Verweis. Im Winter brach er in den Kiosk am Rosengarten ein, klaute Zigaretten und Schnaps und verkaufte das Zeug an ältere Schüler, um Geld für seine Zugfahrten zu haben. Danach war Schluss.

Leute von der Jugendhilfe kamen in die Schule und holten Andreas ab, mitten im Staatsbürgerkundeunterricht. Er musste vor der Klasse seinen Ausweis abgeben und mit den Leuten den Raum verlassen. Wir liefen zum Fenster, obwohl Frau Grahl rief, dass wir auf unseren Plätzen sitzen bleiben sollten. Andreas ging mit gesenktem Kopf über den Schulhof, ein Mann hielt seinen Unterarm fest. Er musste in einen gelben Moskwitsch einsteigen und sie fuhren mit ihm weg.

Frau Grahl sagte, dass Andreas nun in einem Jugendwerkhof zu einem besseren Staatsbürger erzogen werden würde. Niemand hörte hin. Er würde danach mehr Kollektivbewusstsein zeigen und nicht mehr so verwerfliche Sachen machen. Außerdem hätte der Klassenfeind Andreas negativ beeinflusst. Sachsen-Jensi rutschte auf seinem Stuhl herum, auch ich fand den Spruch völlig daneben. Schuld war sein Vater, nicht der Klassenfeind. Ich kniff Sachsen-Jensi in den Arm, damit er die Klappe hielt. Es war so schon schlimm genug.

Am Nachmittag rief mich Andreas' Mutter an. Niemand hatte ihr gesagt, dass Andreas abgeholt worden war. Sie fragte mich aus und weinte die ganze Zeit. Am Ende wollte sie wissen, was nun mit Andreas geschehen würde. Das konnte ich ihr auch nicht sagen.

Sie fragte mich, wie das alles überhaupt passieren konnte, so als wäre das meine Schuld.

Ich hatte doch selber keine Ahnung.

»Er hat mehrfach die Schule geschwänzt, deshalb wurde ihm heute ein Verweis ausgesprochen!« Frau Thiel stand mit erhobenem Zeigefinger vor uns. Andreas schaute auf die Schulbank. »Das ist sehr, sehr schlimm!«

Sachsen-Jensi beugte sich vor und stupste ihm das Lineal in den Rücken. »Alter, mach dir nichts draus.«

Andreas saß gebeugt da und zuckte mit den Schultern. Man sah ihm an, dass er Schiss hatte.

»Seine Noten sind im Vergleich zum letzten Jahr viel schlechter geworden! Er ist kein gutes Beispiel für die Klasse, im Gegenteil.«

»Er ist der Beste im Sport«, rief Sachsen-Jensi. Einige in der Klasse murmelten zustimmend.

»Mag sein, aber sportliche Leistungen sind nicht allein ausschlaggebend.«

Sachsen-Jensi knallte sein Lineal auf den Tisch. »Doch!« Er flüsterte: »Ich hasse die fette Schnalle! Die sieht aus wie ein alter Sack Kartoffeln.«

»Hört auf zu tuscheln! Seine besten Freunde haben offenbar

auch keinen positiven Einfluss auf Andreas. Hanna!« Sie kam schnaufend auf mich zu. »Noch vor zwei Jahren war Andreas in der Schule so gut wie du. Wie erklärst du dir seinen Leistungsabfall?«

Ich hatte keine Lust zu antworten.

Frau Thiel wartete einen Moment, schüttelte den Kopf und ging zurück zur Tafel.

Ihr braunes Samtkleid war total ausgeleiert.

»Ich bin sehr enttäuscht von dir, Hanna.«

Mir war nicht klar, was ich eigentlich falsch gemacht hatte, aber es war besser, einfach die Klappe zu halten.

Sachsen-Jensi meldete sich, vorlaut wie immer.

»Bitte, Jens!«

»Fragen Sie doch bitte mal seinen Vater, der kann Ihnen dazu vielleicht was sagen!«

»Wie bitte?«

Andreas drehte sich zu Sachsen-Jensi um. Er war sehr wütend. »Schnauze halten!«

Sachsen-Jensi war sehr aufgebracht. »Fragen Sie mal seinen feinen Herrn Vater. Der ist schuld daran, dass Andreas manchmal aufmüpfig ist.«

Andreas starrte ihn an. Er konnte nichts dagegen tun, dass Sachsen-Jensi einfach weiterredete.

Frau Thiel verschränkte die Arme vor der Brust. »Willst du Herrn Kuschwitz vor allen hier schlechtmachen?«

Bockig umklammerte Sachsen-Jensi sein Lineal. »Ich mach ihn nicht schlecht, er ist schlecht.«

Andreas holte blitzschnell aus und knallte ihm eine. Sachsen-Jensi schrie. Ich hielt Andreas' Arm fest, damit er aufhörte. Wir beide rutschten vom Stuhl auf das Linoleum.

Frau Thiel tobte. »Raus, alle drei! Nehmt eure Klamotten

und verschwindet. Ich will euch heute nicht mehr sehen. Das hat Konsequenzen, das sag ich euch!«

Wir packten die Hefte in unsere Ranzen und gingen an Frau Thiel vorbei. Sie sah so aus, als würde sie uns gleich vermöbeln.

Sachsen-Jensi knallte die Tür hinter sich zu. »Das hat Konsequenzen, das hat Konsequenzen«, äffte er Frau Thiel nach.

Andreas hatte sich wieder eingekriegt und ließ Sachsen-Jensi in Ruhe.

Wir standen blöde auf dem Schulflur herum. Es war sehr still, alle Schüler waren in ihren Klassen.

»Besser, wir gehen woandershin, bevor der Schneider vorbeischlurft«, meinte Sachsen-Jensi.

Wir verließen die Schule und gingen über den Hof zur Turnhalle. Dort setzten wir uns auf die Stufen. Sachsen-Jensi trat gegen seinen braunen Turnbeutel, als wäre der ein Fußball, und Andreas schmiss kleine Steine auf den riesigen Kohlenberg vor dem Heizkeller. Der lag dort und wurde niemals weniger. Die gesamte Schule wurde damit geheizt.

Endlich klingelte es zur Pause. Die nächste Stunde hatten wir Sport. Lustlos liefen wir in den stinkenden Umkleideraum und zogen uns um. Allmählich gesellte sich der Rest der Klasse zu uns.

In der Turnhalle nahmen wir mit allen anderen vor Frau Kröger Aufstellung. Einige Mädchen saßen auf Bänken am Rand und konnten nicht mitmachen, weil sie ihre Periode hatten.

»Ihr seht wie immer begeistert aus«, rief Frau Kröger und klatschte in die Hände. »Ich werde diese Begeisterung noch steigern.« Sie zeigte auf Sabine. »Was habe ich letzte Stunde angekündigt?«

»Keine Ahnung.«

»Richtig! Zweihundertmeterlauf auf Zeit.«

Alle stöhnten auf.

»Jeder hat zwei Läufe, um sich eine gute Note zu holen!«

Sachsen-Jensi blies die Backen auf. »Null Bock, echt!«

»Das hätte mich auch erstaunt, Jens Blum!« Erneut klatschte sie in die Hände. »Also los! Ab nach draußen!«

Wir gingen hinaus auf den Schulhof und nahmen bei den Fahnenmasten Aufstellung. Es war kalt und windig.

»Also los, also los«, murmelte Sachsen-Jensi schlecht gelaunt.

Andreas pfiff durch die Zähne und zeigte auf Frau Kröger. »Schicken Sportanzug hat sie an!«

»Aus dem Westen, Alter«, flüsterte Sachsen-Jensi. »Nur echt mit drei Streifen. Und das an einer sozialistischen Schule.«

»Jens Blum, Andreas Kuschwitz, Frank Kötter. Ihr seid die Ersten. Danach kommt eine Mädchengruppe dran. Einmal um die Schule rum, das sind in etwa zweihundert Meter.«

»Es ist viel zu kalt zum Laufen«, sagte Sachsen-Jensi. »Und hat das überhaupt schon mal jemand vernünftig ausgemessen? Glaube nämlich, dass das mindestens zweihundertzwanzig Meter sind.«

Immer hatte er was zu meckern. Frau Kröger ignorierte ihn, zog den Reißverschluss des dunkelblauen Sportanzuges höher und steckte sich die silberne Trillerpfeife in den Mund. Sachsen-Jensi, Andreas und Frank stellten sich an den Startpunkt.

Der Pfiff ertönte. Andreas schubste Sachsen-Jensi zur Seite und drängelte sich nach vorne. Alle drei verschwanden hinter dem Schulgebäude.

Wir schauten zur anderen Seite. Andreas kam als Erster um die Ecke geschossen.

»28,42!«

Dann war Sachsen-Jensi zu sehen. Er passte nicht auf und rannte voll gegen einen Fahnenmast. Humpelnd und meckernd kam er bei uns an.

Frau Kröger schüttelte den Kopf. »45,13. Nicht gerade eine Glanzleistung!«

Er hielt sich den Kopf. Seine roten Haare waren total durcheinander. »Was kann ich dafür, dass es ein Hindernislauf ist!«

»Du bist lange genug an dieser Schule, um zu wissen, dass der Fahnenmast dort steht. Das gibt leider nur eine Fünf.« Sie schrieb etwas in ihr Heft.

Sachsen-Jensi heulte los. »Wie fies!«

Ich rannte zusammen mit Karin Meier und Susanne Buhrmeister und war am schnellsten.

»31,21«, rief Frau Kröger.

Karin und Susanne waren total lahm und trudelten Hand in Hand ins Ziel. Keine wollte verlieren.

Frau Kröger schüttelte genervt den Kopf. »48,90. Marita Koch wäre nicht stolz auf euch.«

»Die ist aber auch nicht gegen einen Fahnenmast geknallt«, rief Sachsen-Jensi und rieb sich den Kopf.

Alle lachten, auch Frau Kröger. Nur Andreas blickte erschrocken an mir vorbei.

Ich drehte mich um. Herr Kuschwitz lief über den Schulhof. Andreas' Vater.

Andreas wurde blass und sah auf den Asphalt. Sein Vater beachtete ihn gar nicht, sondern ging schnurstracks ins Schulgebäude.

»Was macht der denn hier?«, fragte Sachsen-Jensi.

»Ist doch egal«, sagte Andreas. »Interessiert mich nicht die Bohne.«

Frau Krögers Trillerpfeife schrillte. »Hopp, hopp! Wir laufen die gleiche Strecke noch einmal, damit auch Jens Gelegenheit hat, den Fahnenmästen auszuweichen.«

Der nächste Pfiff ertönte und Sachsen-Jensi peste los wie ein Irrer. Dieses Mal kam er überhaupt nicht mehr um die Ecke. Wir warteten mehrere Minuten.

Frau Kröger seufzte. »Welche Hindernisse könnte es wohl hinter der Schule geben?«

»Den Kohlenhaufen«, brummte Andreas.

»Ich geh ihn suchen«, rief ich und rannte los.

Sachsen-Jensi stand am Hintereingang der Schule und winkte. »Komm schnell!«

Ich sprang die Stufen hoch und rannte ihm nach. »Jetzt kriegen wir beide eine Fünf in Sport! Was soll das überhaupt?«

»Der Kuschwitz ist beim Direktor. Wir gehen da jetzt hoch, vielleicht bekommen wir ja mit, was das Arschloch hier will!«

Wir liefen die zwei Etagen nach oben, schlichen zur Tür und lauschten eine Weile. Zum Glück war es noch immer leer auf dem Schulflur.

Wir standen blöd rum, es passierte nichts.

»Andreas' Vater ist unheimlich. So stell ich mir Leute von der Stasi vor«, flüsterte Sachsen-Jensi.

»Die war vor einigen Tagen bei uns im Haus«, flüsterte ich.

Er fuhr zusammen. »Was? Warum denn?«

»Wegen Opa. Er hetzt immer gegen den Staat, wenn er in der Kaufhalle einkaufen ist. Irgendjemand hat ihn verpetzt.«

»Und was haben die gemacht?«

»Nichts, nur bei Frau Lewandowski geklingelt, unserer Nachbarin. Sie hat der Stasi gesagt, dass Opa manchmal im Treppenhaus rülpst und dass er sehr tollpatschig ist und immer über ihren Wäschesack stolpert.«

Sachsen-Jensi kicherte. »Das hat die bestimmt total interessiert.«

»Frau Lewandowski hat mir später erzählt, dass sie gelauscht hat, was die anderen Nachbarn so sagen. Es war aber nur die schwerhörige Frau Block zu Hause, die ganz laut schrie, dass sie die netten Herren leider gar nicht verstehen könne, sie aber gern auf einen Eierlikör einladen würde. Dann sind die wieder abgezogen.«

Sachsen-Jensi presste sich die Hand auf den Bauch, weil er so lachen musste. »Tolle Nachbarn.«

Plötzlich hörten wir hinter der Tür Stimmen, die näher kamen. Rasch versteckten wir uns hinter der großen Palme. Die Klinke wurde heruntergedrückt.

Andreas' Vater trat aus dem Raum, drehte sich auf der Türschwelle aber nochmals zu Direktor Schneider um, der hinter ihm stand. »Es ist mit Sicherheit die beste Lösung für alle. So kann es mit ihm einfach nicht weitergehen.«

Dann schloss er die Tür, ging an uns vorbei und die Treppe hinunter.

Sachsen-Jensi stieß mich hinter der Palme an. »Was meint der damit?«

»Sicher nichts Gutes.«

Die harten und entschlossenen Schritte von Andreas' Vater hallten durch die Schule. Er war jetzt eine Etage tiefer.

»So ein Arschloch«, flüsterte Sachsen-Jensi. »Ich hasse ihn. Der ist total arrogant und gemein.« Wir schlüpften hinter der Palme hervor. »Wie kann man nur so fies sein und den eigenen Sohn beim Direktor anschwärzen.« Plötzlich rastete er aus. »Du blödes Arschloch«, rief er über den Flur.

Die Schritte von Andreas' Vater wurden langsamer.

»Mist«, sagte ich.

Sachsen-Jensi schrie weiter. »Genau, du bist gemeint, du Arschloch!«

Andreas' Vater blieb stehen.

Es hallte stärker, als Sachsen-Jensi erwartet hatte. Er sah mich erschrocken an.

Ich schüttelte ihn. »Bist du völlig übergeschnappt?«

Die Schritte waren erneut zu hören. Sie wurden lauter, kamen schnell näher.

»So eine Scheiße. Er kommt!«

Wir rannten über den Flur in Richtung Klassenzimmer.

»Tut mir leid«, japste Sachsen-Jensi. »Wo rennen wir hin?«

Wir konnten schlecht in eines der Klassenzimmer gehen, überall war Unterricht.

»Hoch zum Dachboden!«

Dort hatten wir früher Werken gehabt, meistens war da niemand.

Wir rannten die Treppe zum Dach hinauf, ich nahm zwei Stufen auf einmal und drückte die Klinke der Holztür herunter. Zum Glück war sie nicht verschlossen.

Kurz vorher war dort Unterricht gewesen, es roch nach verbrannter Plaste und Klebstoff. Wir machten die Tür hinter uns zu. Durch eine Ritze im Holz beobachtete ich die Treppe und den Flur. Viel konnte ich nicht sehen.

Schritte hallten durch das Schulhaus. Dann sah ich Andreas' Vater. Er blieb vor der Treppe zum Dachboden stehen.

Sachsen-Jensi presste sich an mich. »Ich mach mir in die Hosen«, wimmerte er. »Siehst du was? Was macht er?«

»Schaut hoch.«

»Mist!«

»Was bist du auch so blöd«, flüsterte ich.

»Zum Glück hat er uns nicht gesehen! Was macht er?«

»Er wartet.«

Sachsen-Jensi stöhnte leise. »Was machen wir, wenn er hochkommt?«

»Dann verstecken wir uns im Werkraum.«

Sachsen-Jensis Sportklamotten stanken nach Käsefüßen, ich hielt es kaum neben ihm aus.

Plötzlich zerschnitt eine scharfe Stimme die Stille. »Komm raus, Sachse!«

Sachsen-Jensi schaute mich aus weit aufgerissenen Augen an. Wir wagten nicht zu atmen.

»Los, Sachse! Oder willst du, dass ich dich hole?«

Sachsen-Jensi kniff mir vor Angst in den Arm. »Aua«, zischte ich und zog ihn weg.

In diesem Moment klingelte es zur Pause. Türen öffneten sich, Schüler trabten über den Flur, lachten laut und grölten.

»Ich kriege dich, das ist sicher«, rief Andreas' Vater nach oben. Dann verschwand er. Wir atmeten aus und lehnten uns mit dem Rücken an die Tür.

»Schwein gehabt«, sagte ich erleichtert.

Sachsen-Jensi knallte verzweifelt seinen Hinterkopf gegen das Holz. »Wieso hat er mich bloß erkannt?«

»Wieso wohl? Diese blöde Frage kannst du dir selbst beantworten.«

»Meine Oma sagt immer, dass ich schon wie ein Fischkopp rede und nicht mehr wie ein Sachse.«

»Vergiss es. Du bist und bleibst ein Sachse.«

»Und jetzt noch dieser affige Zirkel, ich hab null Bock darauf. Ich würde echt lieber auf den Wall gehen.«

Wir öffneten die Tür unseres Verstecks und stiegen die Treppe hinunter. Da wir vorsichtig durchs Haus schlichen und Andreas' Vater hinter jeder Ecke vermuteten, kamen wir zu spät zum Zirkel »Unter der blauen Fahne«. Den leitete unsere Staatsbürgerkundelehrerin Frau Grahl, weshalb er total langweilig und öde war.

Wegen der Verspätung bekamen wir sofort Einträge in unsere Hausaufgabenhefte. Außerdem trugen wir noch unsere Sportklamotten, was Frau Grahl gar nicht gefiel.

»Eure Kleidung ist sehr unangemessen«, sagte sie.

»Wir hatten gar keine Zeit zum Umziehen«, sagte Sachsen-Jensi. »Wir mussten heute im Sportunterricht zehnmal vierhundert Meter laufen, das dauert länger als eine Schulstunde.«

Die Klasse kicherte.

Frau Grahl zog die Augenbrauen zusammen, als würde sie nachrechnen, schüttelte dann entmutigt den Kopf.

Andreas saß schon da und hatte offensichtlich schlechte Laune. »Eure Ranzen sind noch in der Turnhalle«, sagte er mürrisch.

Wir setzten uns auf unsere Plätze.

»Mann, das stinkt aber«, sagte Frank und schaute Sachsen-Jensi vorwurfsvoll an.

Frau Grahl öffnete ein Fenster. »Pünktlichkeit ist das Mindeste, was man leisten muss, um in die FDJ aufgenommen zu werden«, sagte sie.

»Jaja«, murmelte Sachsen-Jensi. »Schon klar.«

Andreas meldete sich.

»Bitte, Andreas.«

»Was passiert eigentlich, wenn man gar nicht aufgenommen werden will?«

»Alter«, flüsterte Sachsen-Jensi und sah sich hektisch um, als würde gleich ein Unglück geschehen.

Frau Grahl wurde blass. »Das habe ich nicht gehört.«

»So allgemein gefragt«, sagte Andreas. »Soll nicht bedeuten, dass es um mich geht.«

»Dann ist die Frage nicht relevant.«

»Wieso denn nicht?«

»Du musst mir schon sagen, um wen es geht, wenn ich darauf antworten soll.« Frau Grahl drehte sich zur Tafel, nahm die Kreide in die Hand.

»Donald Duck«, murmelte Ronny. »Der will nicht in die FDJ eintreten.«

Sachsen-Jensi kicherte.

Frau Grahls Hand zitterte, als sie anfing zu schreiben.

Andreas las laut mit. »Prinzip des demokratischen Zentralismus.«

»Noch eine fiese Frage und sie fängt an zu heulen, so wie immer«, flüsterte Sachsen-Jensi.

Frau Grahl drehte sich um, schaute zu uns herüber. »Was gibt es hier zu tuscheln?«

Andreas setzte sich gerade hin. »Jens Blum hat eine wichtige Frage.«

»Ja, genau«, rief Sachsen-Jensi. »Neulich im Geografieunterricht haben wir Afrika behandelt. Dabei tauchte die Frage auf, ob es die FDJ eigentlich auch in Burkina Faso gibt. Können Sie uns das sagen?«

Frau Grahl wurde knallrot, kniff ihre Augen zusammen.

»Oder ist das mal wieder nicht relevant?«, fragte Andreas.

Frau Grahl ließ die Kreide fallen und rannte aus dem Klassenzimmer.

»Hab ich's doch gewusst«, sagte Sachsen-Jensi verächtlich. »Eine richtige Heulsuse.«

Wasser umfließt mich, hebt mich hoch.

Wellen kommen und gehen, die stetige Bewegung überträgt sich auf mich, ich fließe mit dem Wasser, bin ihm ausgeliefert. Meine Hände dringen ein, ich höre das Plätschern der Flossen. Unter mir die Tiefe, dunkel und unheimlich.

Atmen. Ein und aus, ein und aus. Immer wieder, endlos.

Ich komme nicht vorwärts. Die Wellen werfen mich zurück, ich schwimme gegen einen Widerstand, bewege mich nicht von der Stelle.

Alles ist anders als beim Training. Stundenlang nur Kälte, Wellen, Wind. Meine Koordination ist schlecht, mitunter kann ich meine Finger nicht kontrollieren, sodass Wasser widerstandslos hindurchfließt und der Armzug wirkungslos bleibt. Ich muss die Finger besser zusammenhalten, sonst verschwende ich zu viel Energie.

»Bald sind wir da«, ruft Andreas.

Ich schaue hoch. Um uns ist nichts.

»Wieso?«, frage ich.

»Nur so.«

Er verzieht den Mund, sollte vielleicht ein Lächeln werden.

Hat gute Laune, im Gegensatz zu mir.

»Weißt du, was ich im Westen als Erstes machen werde?«

Ich habe keine Lust zu denken, keine Lust zu reden. Mir ist kalt.

»Eine Bockwurst essen! Wenn es die da gibt.«

Jetzt ist mir auch noch übel. Ich kann nicht an Essen denken, schon gar nicht an Bockwurst. Ich hasse die Dinger.

»Mit schön viel Senf.«

»Hör auf.«

»Was ist denn?«

»Mir wird schlecht.«

»Nun stell dich nicht so an.« Er berührt meinen Arm, ich ziehe ihn weg. »Was soll das denn, wir haben es bald geschafft.«

»Lass mich in Ruhe schwimmen. Hab keinen Bock zu quatschen.«

Ich mache einen langen Armzug, um von ihm wegzukommen. Zerre an der Schnur. Andreas schwimmt nicht mit. Genervt stoppe ich, starre ihn an.

»Leg dich auf den Rücken und ruh dich aus«, sagt er wie ein Profi.

Vielleicht hat er recht, vielleicht brauche ich eine Pause. Doch dann schlafe ich ein, das geht nicht.

Ich schüttle den Kopf. »Ich will schwimmen.«

Er nickt, schwimmt mit mir weiter.

Ich muss mich auf meine Technik konzentrieren, den Rhythmus wiederfinden.

Arme aus dem Wasser heben, vor dem Kopf und parallel zur Schulter wieder eintauchen, kräftig durchziehen. Gleichmäßiger Beinschlag, keine zu große Amplitude, sonst komme ich ins Trudeln. Der Körper darf nicht rotieren, das ist schlecht für die Wasserlage.

Ein Zug nach dem anderen, dann kommen wir ans Ziel.

Leichter Schmerz im rechten Knie. Wie soll man sich konzentrieren, wenn man Schmerzen hat?

Eins, zwei, eins, zwei. Salz brennt in meinen Mundwinkeln.

Eins, zwei. Ich kann nur noch zählen, die Gedichte entgleiten mir.

Wieder werde ich von der Schnur gebremst, bin wütend.

Andreas sieht heiter aus, ohne Grund. »Wir haben die Strömung im Rücken«, ruft er.

Ich schaue aufs Wasser, versuche, einen Anhaltspunkt zu finden, den es hier nicht gibt. Doch Andreas hat recht, wir werden nach Norden geschoben, ich fühle es nun auch.

»Mal 'ne gute Nachricht«, ruft Andreas. »Ab nach Dänemark! Tschüss, DDR!«

Im Zug nach Bad Kleinen drehte Sachsen-Jensi andauernd am Sternrecorder herum und spielte mindestens zehnmal *Take On Me* von a-ha. Irgendwann waren vom Herumspulen die Batterien leer, der Song fing an zu leiern.

Sachsen-Jensi hatte sofort schlechte Laune. »Als wir im Frühjahr nach Bad Doberan zur Gedenkstätte für die Opfer des Faschismus gefahren sind, haben die Batterien länger gehalten.«

Da war Andreas noch in unserer Klasse gewesen und nicht im Jugendwerkhof. Die Zugfahrt war sehr lustig. Thomas hatte seinen Recorder mitgebracht und gab damit total an, denn er war der Einzige in der Klasse, der schon einen hatte. Alle anderen mussten bis zur Jugendweihe warten. Sachsen-Jensi verhielt sich mal wieder sehr peinlich, denn er wollte unbedingt *You Can Win If You Want* von Modern Talking hören und ging uns allen damit auf den Keks, auch Frau Grahl. Sie befahl uns andauernd, die Westmusik auszumachen und Lieder von uns zu hören. Puhdys und Stern Meißen wollte aber keiner hören. Von Karat hatten wir leider nichts dabei. Die fand Andreas gut.

Sachsen-Jensi grinste. »Weißt du noch? Als Frau Grahl zusammen mit Sabine an der Gedenkstätte den Kranz ablegte, hat Thomas in der letzten Reihe *Live is Life* abgespielt. War eine echt würdige Veranstaltung.«

Wir stiegen in den Bus um, saßen auf den Sitzen und langweilten uns.

»Ich weiß überhaupt nicht, wie ich mir einen Jugendwerkhof vorstellen soll«, sagte Sachsen-Jensi. »Wie das schon klingt.« Und er betonte jede Silbe: »Ju-gend-werk-hof.«

Wir waren die Einzigen, die aus dem Bus stiegen. Draußen war es nass und kalt.

»Echt öde hier«, sagte ich.

Der Bus fuhr durch tiefe Pfützen davon, Wasser spritzte hoch auf den Bürgersteig.

»Bei uns in Dresden gibt es wenigstens Berge«, seufzte Sachsen-Jensi und starrte auf die Reihenhäuser. »Hier ist echt nichts los.«

Wir liefen über glänzendes Kopfsteinpflaster. Auf einer Wiese blühten Buschwindröschen. Sachsen-Jensi trug den Recorder auf der Schulter. »Im Elbsandsteingebirge ist es echt viel schöner!«

Ein alter Mann kam uns entgegen.

»Können Sie uns bitte sagen, wo der Jugendwerkhof ist?«

Er hob die Hand. »An der Kirche vorbei und am Trafohäuschen rechts in den Teerweg einbiegen. Habt ihr was ausgefressen?«

»Ne«, sagte Sachsen-Jensi brav. »Sind nur zu Besuch!«

Nach einer Viertelstunde Fußmarsch standen wir vor einem schweren Holztor und schauten durch die Ritzen. Dahinter erhob sich ein zweistöckiges Haus aus rotem Backstein. Auf dem Hof standen mit Ziegelsteinen beladene Schubkarren. Es roch nach schwelendem Holz. Niemand war zu sehen.

Sachsen-Jensi atmete tief ein. »Hier wohnt Andreas also.«

Ich legte meine Hand auf den Eisengriff.

»Halt!«

Wir drehten uns um. Ein großer Mann in weiter Cordhose kam auf uns zu. Er hatte schwarze Haare und eine riesige Adlernase. Freundlich sah er nicht aus.

»Was wollt ihr hier?«

»Andreas Kuschwitz besuchen«, sagte ich.

Sachsen-Jensi stellte den Recorder auf den geteerten Weg und plapperte los. »Blonde Locken, eins fünfundsechzig ungefähr, sportlich.«

Der Adlernasenmann blieb vor uns stehen und verschränkte seine schweren Arme vor der Brust. »Unangemeldet darf niemand kommen!«

»Und wo müssen wir uns anmelden?«

»Bei den Organen der Jugendhilfe.«

Sachsen-Jensi schüttelte verwirrt den Kopf. »Was ist das denn? Organe der Jugendhilfe.«

»Gehört ihr zur Familie?«

»Ne, wir sind seine besten Freunde.«

»Dann könnt ihr gleich verschwinden. Erlaubt sind nur Familienmitglieder. Also ab, sofort!«

»Wir sind extra aus Rostock gekommen«, sagte ich.

»Pech!«

Wir rührten uns nicht. Der Adlernasenmann breitete drohend seine Arme aus. »Habt ihr Tomaten auf den Ohren?«

»Moment bitte!« Sachsen-Jensi bückte sich. Umständlich fummelte er am Recorder herum, holte die Musikkassette heraus und hielt sie hoch.

»Können wir die hier abgeben? Die habe ich für Andreas aufgenommen. Auf der einen Seite ist *Take On Me* von a-ha drauf und auf der anderen *Cheri, Cheri Lady* von Modern

Talking! Jeder Song achtmal!« Angeberisch wedelte er mit der Kassette umher.

»Du hast für Andreas achtmal Modern Talking aufgenommen?«, rief ich.

Er reckte sich stolz. »Ja!«

»Spinnst du? Die findet er doch blöd!«

»Aber ich finde die gut. Und wenn Andreas die Kassette hört, erinnert er sich an uns.«

»Tolle Idee, echt.« Ich schubste ihn.

»Aua«, schrie er und schlug mir mit der Kassette auf den Rücken.

»Die müsst ihr wieder mitnehmen«, sagte der Adlernasenmann streng. »Die kann er hier nicht hören.«

Wir hörten auf mit der Rangelei. »Warum nicht? Gibt es kein Kassettenabspielgerät?«

»Nein.«

Sachsen-Jensi kratzte sich nachdenklich am Kopf. Schließlich hob er den Sternrecorder hoch und hielt ihn dem Adlernasenmann hin. Ich traute meinen Augen kaum.

»Du willst den Recorder deiner Eltern verschenken?«

»Nur borgen.« Er sah traurig zu mir hoch.

Der Adlernasenmann schob den Riegel des Eingangstors zurück. »Eigene Musik ist nicht erlaubt. Das hättet ihr euch ja wohl denken können! Westmusik schon gar nicht!«

»Wie öde!«

»Wir sind hier nicht in einem FDGB-Heim. Und nun ab mit euch!« Der Adlernasenmann öffnete das Tor und trat hindurch.

»Ich kann ihm aber nicht die Puhdys aufnehmen«, sagte Sachsen-Jensi aufgeregt. »Er würde mich sofort verkloppen, wenn er wieder raus ist.«

»Du hättest ihm Karat aufnehmen können.«

»Von denen hat er doch schon alle Songs auf Kassette!«

Der Adlernasenmann schloss schweigend das Tor. Wir sahen ihn durch die Ritzen auf das Gebäude zugehen.

»Der sieht aus wie Chingachgook, die große Schlange«, sagte Sachsen-Jensi mürrisch.

»Komm, wir schauen uns mal die Gegend an«, schlug ich vor.

Sachsen-Jensi nahm den Recorder auf die Schulter und trottete hinter mir her. Überall lagen Schutt und Müll. Das Gelände war eingezäunt. Einige Fenster des roten Gebäudes waren vergittert.

»Ist ja wie im Knast hier.«

An einem breiten Wassergraben ging es nicht weiter. Wir versuchten hinüberzukommen, versanken im Boden und holten uns nasse Füße.

»Mistdreck, verfluchter«, rief Sachsen-Jensi. »Wir kommen hier nicht rein!«

»Und Andreas nicht raus. Ein halbes Jahr lang nicht.«

Als wir wieder in Rostock waren, wollte mich Sachsen-Jensi unbedingt zum Eis einladen. Ich hatte keine Lust, ging dann aber trotzdem mit ins Café Meeresschaum und bestellte einen Ananaseisbecher.

Sachsen-Jensi aß total hektisch. »Weißt du, dass es gar keine Ananas, sondern nur in Ananassaft eingelegte Zuckerrüben sind?«, fragte er mich wie ein Schlaumeier. »Hat mir Vati erzählt. Die Ananasstücke werden für Devisen verkauft!«

»Glaub ich nicht, dann würden sie den Saft doch mitverkaufen.«

»Bist du vielleicht blöde!«

Die beiden blauhaarigen Omas, die am Nachbartisch riesige Schwedeneisbecher aßen, drehten sich zu uns um. Er beugte sich vor und flüsterte: »Das ist doch der Trick, Menschenskind!«

Plötzlich wurde er knallrot.

»Was ist los?«

Er drehte seinen Kopf weg und schaute aus dem Fenster. Ein Mann rannte seinem Schirm hinterher, der über den Boulevard flog.

»Hast du das gesehen?« Sachsen-Jensi lachte künstlich.

Er gab über eine Mark Trinkgeld. Als die Kellnerin weg war, stauchte ich ihn zusammen. »Bist du total bescheuert? Eine Mark Trinkgeld! Was hast du denn?«

»Nichts!« Er sprang auf und zog wütend seinen blauen Blouson an. Ich folgte ihm nach draußen. Mit verschränkten Armen stand er am Brunnen der Lebensfreude und betrachtete die Bronzefiguren. »Am besten finde ich das dicke Wildschwein. Willst du mit mir gehen?«

»Was?«

Er starrte auf seine Turnschuhe. »Weißt schon«, murmelte er.

Ich war total genervt. Erst dieser blöde Ausflug zum Jugendwerkhof und nun das. »Nö, weiß ich nicht.«

»Ich will aber mit dir gehen«, sagte er trotzig.

»Nö!«

Ich lief los Richtung Friedrich-Engels-Straße. Sachsen-Jensi trug den Recorder auf der Schulter und hielt zum Glück die Klappe. Ecke Paulstraße blieben wir stehen. Umständlich drehte er an den Recorderknöpfen herum.

»Die Batterien sind doch alle!«

»Weiß ich selbst«, schimpfte er. »Und die Kaufhalle hat zu! Scheißtag!« Bekümmert sah er aufs Pflaster.

Ich wusste nicht, was ich sagen sollte, und druckste rum. »Hast du schon Mathe gemacht?«

»Natürlich nicht«, schrie er los. »Was denkst denn du? Wann denn?«

»Ist ja gut!«

Sachsen-Jensi fummelte wieder am Recorder herum, ohne mich anzusehen.

»Mensch, Jensi, was soll Andreas denken, wenn er rauskommt und du laberst so einen Blödsinn. Wir sind Freunde, wir gehen doch nicht miteinander.«

»Aha.« Er sah nicht so aus, als hätte er das kapiert.

»Schwöre, dass du dich ab morgen wieder normal benimmst.« Ich stieß ihm den Ellenbogen in die Seite.

»Aua«, schrie er und trat einen Schritt von mir weg.

»Mann, das war doch nicht doll!«

»Es hat total wehgetan. Scheiße, Mann!«

Er stellte den Recorder auf den Boden und rieb sich die Rippen.

»Du spinnst echt. Ich hab keinen Bock auf so einen Quatsch.« Ich ließ ihn stehen und lief allein die Straße hinunter.

»Und du hast keine Ahnung, wie das ist«, brüllte er mir nach. »Du hast immer nur dein blödes Schwimmen und deinen komischen Vater im Kopf.«

Ich reagierte gar nicht.

»Und außerdem hat Dynamo Dresden gegen Hansa gewonnen!«

Als ich nach Hause kam, begrüßte mich der übliche Krach. Vati lag mit dem Gesicht zur Wand, seine Hände umklammerten den Rand der Decke. Opa versuchte, sie ihm wegzuziehen.

»Wenn der Herr Aktivist faul im Bette liegt, kann es mit der Norm ja nichts werden!«

Ich schubste ihn zur Seite. »Lass ihn in Ruhe!«

»Frau Meier hat vorhin wie eine Verrückte gegen die Wand geklopft.« Opa schraubte seinen Flachmann auf und trank einen Schluck.

»Ist wohl auch kein Wunder, wenn du ihn immer ärgerst.«

Ich suchte im Regal nach dem richtigen Buch und setzte mich zu Vati aufs Bett. »*Wolfsblut*?«

Er drehte sich zu mir um und lächelte glücklich.

Am nächsten Morgen hatte sich Sachsen-Jensi zum Glück wieder eingekriegt und war wie immer. Er flüsterte mir ins Ohr: »Wir müssen mit Frau Thiel reden. Die weiß sicher nicht, dass Andreas in einem richtigen Knast gelandet ist.«

Herr Kowalski schlug das Klassenbuch auf. »Wir haben letzte Stunde über den elektrischen Widerstand gesprochen.« Sein Finger wanderte über die Namen. »Jens Blum.«

Er wurde steif. »Was ist los?«

»Leistungskontrolle!«

»Oh nö«, stöhnte er.

Während Sachsen-Jensi nach vorn schlurfte, klappte Herr Kowalski die Tafel auf. Er seufzte, weil ihm mal wieder sein Rücken wehtat. »In einem Betrieb wird ein neuer Tauchsieder mit einem elektrischen Widerstand von 60 Ohm entwickelt. Wie groß ist die Stromstärke?«

Sachsen-Jensi glotzte blöde.

»Welche Formel brauchst du?«

Hilflos sah er mich an. Ich zeigte auf Ronny, Ulrike und Inge. Sachsen-Jensi glotzte noch blöder. Er kapierte mal wieder nichts.

»Das haben wir in der letzten Stunde ausführlich behandelt! Der Widerstand ist das Verhältnis von Spannung und Stromstärke.«

Sachsen-Jensi blickte auf das Stück Kreide in seiner Hand.

»Was ist das Zeichen für den Widerstand?«

»Na R.«

»Dann schreib es auf. Ebenso die Zeichen für Spannung und Stromstärke.«

R und U und I standen an der Tafel.

»Aha!« Sachsen-Jensi zeigte nacheinander auf Ronny, Ulrike und Inge. Nun guckten die blöde.

»Die Formel bitte!«

Sachsen-Jensi wusste schon wieder nicht weiter.

»Muss man dir denn alles aus der Nase ziehen! Ich habe es eben schon gesagt. Der Widerstand ist das Verhältnis von Spannung und Stromstärke.«

Er nickte grüblerisch, schrieb endlich die Formel an die Tafel und wartete auf weitere Anweisungen.

»Welche Größe wird gesucht?«

»Na die Stromstärke. I.«

»Und welche Größen sind laut Aufgabe gegeben?«

»Widerstand. R. 60 Ohm.«

»Welche Größe noch?«

Sachsen-Jensi zuckte mit der Schulter.

»Tauchsieder! Haushalt!«

Weil er nicht reagierte, wurde Herr Kowalski richtig sauer. »Ist das denn so schwer? Du hast ja mal wieder überhaupt nicht gelernt!« Sachsen-Jensi zog den Kopf ein. »Denk gefälligst nach. Mit welcher Spannung haben wir es im Alltag zu tun, wenn wir ausnahmsweise mal nicht an einem Transformatorenhaus herumstehen oder an einer Freileitung hängen?«

Sachsen-Jensi kamen die Tränen. »220 Volt«, schluchzte er.

»Na bitte!« Herr Kowalski zeigte auf die Formel. »Nun bist du endlich in der Lage, diese hochkomplizierte Aufgabe zu lösen! Musst bloß noch die Formel umstellen, mal sehen, ob das auf Anhieb klappt.«

Natürlich nicht. Sachsen-Jensi brauchte auch dafür eine Ewigkeit.

»3,7 Joule«, flüsterte er schließlich.

»Ampere, Herrgott noch mal! Vier! Setzen!«

Als es zur Pause klingelte, suchten wir Frau Thiel. Sachsen-Jensi war schlecht gelaunt wegen der Vier in Physik.

»Mistdreck, verfluchter«, schimpfte er. »Ich steh schon auf Kippe und schaffe nun bestimmt keine Zwei mehr.«

Wir sahen sie in der unteren Etage. Dort stank es wie immer nach Chlor.

»Andreas ist im Knast«, brüllte Sachsen-Jensi über den Flur.

Sie starrte uns an. »Bitte?«

»Wir sind dort gewesen.«

Wir blieben vor ihr stehen. Frau Thiel stellte ihre Hebammentasche ab und schaute uns finster an. Sie hatte überhaupt keine Lust, mit uns zu reden.

Sachsen-Jensi hüpfte umher. »Die haben Gitter vor den Fenstern und dürfen keine Musik hören!«

Frau Thiel packte ihn am Arm: »Steh gefälligst still! Was erlaubt ihr euch eigentlich?«

»Das hat er doch nicht verdient.«

Fassungslos sah sie mich an. »Bitte?«

»Das hat er nicht verdient.«

Ihre blonde Dauerwelle bebte. »Zumindest von dir hätte ich mehr Einsicht erwartet, Hanna!«

»Fahren Sie mal dorthin, dann sehen Sie es selbst.«

»So weit kommt es noch! Ich kann da nichts machen, das hat Andreas sich selbst zuzuschreiben!«

»Aber es ist dort wie in einem Gefängnis!«

Sie schnaufte und griff nach ihrer Tasche, doch sie verfehlte den Riemen und verlor beinah das Gleichgewicht. Nun war sie richtig sauer. »Ich diskutiere doch nicht mit euch!«

Sie ließ uns einfach stehen. Wir schauten ihrem wallenden hellgrünen Rock nach.

»Zumindest von dir hätte ich mehr Einsicht erwartet, Hanna«, äffte ich sie nach.

»Dicke, fette Planschkuh«, sagte Sachsen-Jensi.

Aus der kleinen Kammer am Ende des Flurs drangen Geräusche. Wir liefen zur Tür und schauten hinein. Frau Kröger packte gerade einen Stapel Bücher ins Regal und fuhr zusammen, als sie uns bemerkte.

»Meine Güte, müsst ihr so schleichen?«

Licht fiel durch das winzige Fenster unter der Decke. Sie zog ihren hellblauen Wollpulli zurecht.

»Mit Perwoll gewaschen, wa?« Sachsen-Jensi grinste affig.

»Vorlaut wie immer, was, Jens? Was wollt ihr?«

»Äh«, begann ich, und Sachsen-Jensi zeichnete mit dem Schuh einen Riss im Linoleum nach.

»Kommt rein und macht die Tür zu.«

Es war zu dritt total eng in dem Kabuff.

»Wie im Fahrstuhl vom Stasihochhaus!« Sachsen-Jensi kicherte.

»Also«, sagte Frau Kröger ein wenig genervt.

Ich gab mir einen Ruck. »Na ja, wir waren bei Andreas. Im Jugendwerkhof.«

Sachsen-Jensi plapperte los. »Also nicht drin. Sie haben uns nicht reingelassen. So ein Indianer hat uns den Weg versperrt.

Wir sind ein wenig herumgelaufen. Es gibt da Gitter vor den Fenstern. Und Musik hören darf Andreas auch nicht. Und keinen Besuch kriegen.«

Frau Kröger verschränkte die Arme vor der Brust und schaute ihn nachdenklich an.

»Wir machen uns Sorgen«, sagte ich.

»Kann ich verstehen.«

»Was kann man denn dagegen tun?«

Sie schüttelte resigniert den Kopf.

»Sie sind Lehrerin. Können Sie ihn da nicht rausholen?«

Sie lachte auf. Dann wurde ihre Stimme hart. »Nein, was glaubt ihr denn?«

Wir standen dumm vor ihr herum. Sie sah plötzlich sehr müde aus. »Bitte geht jetzt.«

Wir rührten uns nicht, schauten sie nur an. Ärgerlich drängelte sie sich an uns vorbei und öffnete die Tür. Ehe wir das richtig begriffen hatten, standen wir schon auf dem Flur.

»Ich fass es nicht«, sagte ich. »Was ist denn mit der los? Die ist doch sonst nicht so.«

Sachsen-Jensi bückte sich und band sich den Schuh zu. »Von ihr hätte ich echt mehr erwartet. Das gibt's doch nicht. Wen können wir denn noch fragen?«

»Weiß nicht.«

Auf dem Flur versuchten zwei Jungs, sich gegenseitig ihre blauen Halstücher zu binden.

»Nun schau dir mal die Jungpioniere an«, rief Sachsen-Jensi altklug und ging breitbeinig auf sie zu. »Ihr stellt euch urst bescheuert an! Braucht ihr vielleicht Hilfe?«

Sie drehten sich weg.

Sachsen-Jensi griff sich das Halstuch des einen Jungen, ich öffnete den wulstigen Knoten des anderen.

»Das sieht ja fast schon konterrevolutionär aus.«

Der blonde Knirps schaute erschrocken zu mir hoch.

»So rum und so rum und so rum. Ist ganz einfach!« Ich strich ihm die weiße Pionierbluse glatt. »Könnte deine Mutti auch mal wieder waschen, der Kragen ist speckig.«

»Danke«, sagte er ängstlich.

»Macht euch nichts draus«, sagte Sachsen-Jensi. »Ihr werdet das Binden noch oft üben können! Am 1. Mai, 7. Oktober, 13. Dezember. 1. März und so weiter.«

»12. Januar! Seid bereit!«, rief ich.

Die beiden Knirpse rissen ihre Arme hoch. »Immer bereit!«

Ich musste total lachen.

»Was war denn am 12. Januar?«, fragte Sachsen-Jensi erstaunt.

»Da ist Jack London geboren. 1876.«

»Aha! Dann können wir auch den 17. März feiern. Da trinkt Vati immer eine Flasche Schnaps.«

»Und was ist da?«

»Weltschifffahrtstag.«

»Weltschifffahrtstag«, wiederholte einer der Jungpioniere und kicherte.

Plötzlich rief Sachsen-Jensi: »Nun aber hurtig Altstoffe sammeln!« Er wedelte mit den Armen und scheuchte die Pioniere den Gang hinunter.

In diesem Moment trat Frau Kröger aus der Kammer und schaute ihm verwundert hinterher. Als sie an mir vorbeiging, sah sie mich nicht an.

Ein heftiger Stich im Oberschenkel, die Luft bleibt mir weg, ich höre auf zu schwimmen. Ich lege mich auf den Rücken, umklammere das Knie, ziehe das Bein dicht auf meinen Bauch, halte die Luft an. Die geringste Bewegung verstärkt das Reißen im Schenkel.

Ungewollt drehe ich mich im bewegten Wasser auf die Seite, muss meine Position erneut finden. Wellen klatschen an meinen Kopf.

Wasser, überall um mich ist Wasser, kann es echt nicht mehr sehen.

Andreas ist ruhig neben mir, sagt nichts. An meinen Bewegungen erkennt er, was ich mache. Hab ihm an Land erklärt, wie man einen Krampf löst.

Meine Lippen sind rau und brennen, mein ganzer Mund tut weh. Mein Zahnfleisch ist vom Schnorchel aufgerieben, gerät Salzwasser an die Wunde, tut das höllisch weh.

Ich strecke das Bein, umklammere das Knie erneut, bis der Schmerz allmählich nachlässt. Wegen meines Zahnfleisches atme ich nicht mehr über den Schnorchel, sondern normal auf der rechten Seite. Habe deshalb Nackenschmerzen, weil die Bewegung auf die Dauer zu einseitig ist. Kann nicht auf der linken Seite atmen. Könnte ich jetzt gebrauchen, zumal das Wasser auf der linken Seite ruhiger ist als auf der rechten. Verschlucke mich oft beim Atmen.

Ich strecke meinen Hals und versuche, mich einen Moment zu entspannen.

Andreas nimmt seine Taucherbrille ab. »Hab eben gepinkelt, war gar nicht so schlimm. Eigentlich ganz angenehm, schön warm.«

Auch ich konnte es vorhin nicht länger zurückhalten. Seltsames Gefühl, in die Hosen zu machen, als wäre man ein

Baby. Der Urin hat sich an meinem kalten Körper wie heißes Wasser angefühlt.

»Hoffentlich pennen wir jetzt nicht ein, so wie dein Opa behauptet hat.«

Ich schüttle den Kopf. »Wir halten uns wach. Mit der Schnur.«

Andreas betrachtet die Schnur an seinem linken Handgelenk, wirkt skeptisch.

»Los. Weiter«, sage ich. »Wir kühlen aus, wenn wir uns nicht bewegen.«

»Bin schon lange ausgekühlt«, meint Andreas leise.

Ich auch, aber es nützt nichts, wir müssen weiter, die Muskeln warm halten.

Ich will gerade weiterschwimmen, da ruft Andreas: »Siehst du das Licht?«

Ich schaue über die Wellen. »Wo?«

»Dort hinten!«

Tatsächlich. Ein Licht, im Norden, es blinkt rhythmisch.

»Was ist das?«

Es kann doch kein Suchscheinwerfer mehr sein, wir sind viel zu weit draußen.

»Ein Leuchtturm vielleicht?«

Er muss sich irren. Noch kein Land, nicht so schnell. Und wenn, dann ist es das falsche Land.

»Ein Boot. Es muss ein Boot sein.«

Ja, da ist der Bug! Wird größer, kommt auf uns zu. Ich höre auf zu schwimmen, starre dem Boot entgegen, warte auf das Fahrgeräusch, eine Sekunde, zwei Sekunden. Nichts passiert.

Ich löse die Brille. Der scharfe Wind tut mir in den Augen weh, sie fangen an zu tränen. Das Boot bewegt sich nicht, blinkt aber weiter.

»Alter!« Andreas haut mir auf die Schulter. »Eine Boje!«

Er hat recht.

Andreas zerrt an der Schnur. »Da müssen wir hin!«

Und wir paddeln los. Je dichter wir sind, desto mehr hebt sich die Boje vom Grau der Ostsee ab. Sie ist rot und einige Meter hoch. Eine Fahrwassertonne.

Wir sind mitten auf einem Schifffahrtsweg.

Ich stelle mir vor, die Tonne zu berühren, lange bevor wir bei ihr angekommen sind.

Zielstrebig schwimmen wir auf sie zu und gegen die Strömung an, die uns in eine andere Richtung treibt. Schließlich fasse ich das kalte Metall an, suche einen Punkt zum Festhalten.

Die Tonne ist riesig und auf der Unterseite verrostet, die rote Farbe abgeplatzt. Sie bewegt sich mit den Wellen und schwappt im Wasser auf und ab. Unter ihr führt eine Kette zum Meeresboden. Als ich klein war, habe ich öfter versucht, an den Ketten von Bojen hinabzutauchen, bis zum Grund. Werde ich jetzt sicher nicht machen.

Andreas streckt seine Hand nach einem Metallgriff aus, zieht sich hoch. Doch er rutscht ab, fällt zurück ins Wasser, zerrt mich ein Stück mit.

Die Schnur erleichtert diese Aktion nicht gerade, aber abbinden kann ich sie nicht, meine Finger sind viel zu klamm.

»Blöd«, ruft Andreas und hustet.

Er probiert es erneut, nimmt Schwung mit den Flossen, zieht sich mühsam hinauf. Die Tonne verfügt über einen Vorsprung, auf den setzt er sich nun und reicht mir seine Hand.

Ich greife sie, halte mich außerdem am Griff fest, der kalt und rutschig ist. Andreas zieht mich hinauf. Die Tonne bewegt sich, ich rutsche weg, meine Knie schlagen gegen etwas

Hartes, ich kann mich gerade noch halten. Endlich hocke auch ich auf der winzigen Plattform neben Andreas. Er rubbelt sich am Ohr, um das Wasser herauszulösen.

Es ist unendlich angenehm, etwas Festes unter sich zu haben.

Ich taste mit den Händen über das Metall. Die Wellen bringen die Tonne zum Schaukeln, können ihr aber nichts anhaben. Sie widersteht ihnen, mitten in der Ostsee. Ich schaue nach oben. Über uns befindet sich ein Scheinwerfer, eine Leiter führt zu ihm hinauf. Ich halte mich an ihr fest, um nicht hinunterzurutschen, wenn die Tonne mal stärker schaukelt.

»Das Schwimmen bekommt uns nicht«, ruft Andreas. »Wir sehen Gespenster. Boote und Leuchttürme. Eine einfache Boje, ich lach mich schlapp.« Er streckt seine Beine aus, stöhnt auf. »Gott, tut das weh.« Er beugt sich vor und fummelt an seinen Hacken herum.

»Zieh bloß nicht die Flossen aus, die kriegst du nie wieder an.«

Er richtet sich wieder auf, schaut mich an. »Echt? Wieso nicht?«

»Ging mir so beim Schwimmtraining nach mehreren Stunden. Ist nicht schön, was sich unter den Flossen verbirgt, alles aufgescheuert und so. Das wird nicht besonders gut aussehen.«

Er schaut skeptisch auf seine Flossen, scheint zu zögern.

»Konzentriere dich lieber auf etwas anderes und lass sie an. Bringt nichts.«

Schließlich nickt er, lehnt sich mit dem Rücken an die Tonne. »Mann, es tut so weh. Hätte ich nie gedacht.«

»Woher hättest du das auch wissen sollen? Du bist kein Schwimmprofi.«

»Tun dir die Füße nicht weh?«

»Klar. Aber ich denke nicht darüber nach. Kann es ohnehin nicht ändern.«

Er bläst Luft aus. »Als ob das so einfach wäre, nicht daran zu denken, wenn es wehtut.«

Die Sonne bricht durch die Wolken, scheint auf uns herab.

Andreas wendet sein Gesicht der Sonne zu. »Mann, ist das schön. Sie wärmt richtig.«

Ich strecke mich aus. So viel Sonne wie nur möglich soll meinen Körper wärmen.

Es tut so gut, sich nicht mehr bewegen zu müssen.

Ich fühle, wie sich mein Anzug allmählich aufheizt. Wir trocknen im Wind, der ein wenig kühl ist. Würde die Sonne nicht scheinen, wäre es auf dieser Tonne nicht gerade angenehm.

Wie wichtig doch Wärme ist. Ich spüre, wie sie tiefer in meinen Körper dringt und mein Zittern allmählich nachlässt.

Ich schließe die Augen, und sofort bewegt sich alles in mir, als würde ich noch immer im Meer schwimmen. Auch die Tonne unter uns schaukelt auf den Wellen. Auf und ab, auf und ab. Mir wird mulmig.

»Ich hoffe, wir haben Glück und es kommt jemand vorbei«, sage ich leise. »Mag gar nicht daran glauben.«

»Ganz bestimmt«, sagt Andreas neben mir. »Die Tonne markiert einen Schifffahrtsweg, auf der Tonne wird man uns leichter sehen als auf dem offenen Meer. Wir können uns besser bemerkbar machen.«

»Wie denn, hüpfen und winken wie beim Ersten Mai?«

Er kichert leise. »Zum Beispiel. Ein Feuer wie Robinson Crusoe können wir ja leider nicht machen.«

Wir schweigen eine Weile.

Ich höre, wie Andreas erleichtert ausatmet. »Nicht mehr schwimmen, Schwein gehabt. Wir bleiben einfach hier, in der warmen Sonne. Ich kann ohnehin keinen Armzug mehr tun, alles tut mir weh.«

Ich wünsche mir so, dass er recht hat, wage aber nicht, es mir vorzustellen. Dass das Schiff tatsächlich kommt und der Kapitän uns bemerkt, dass ein Boot herabgelassen wird, uns aufnimmt, mit uns nach Lübeck fährt, von mir aus auch nach Gedser. Und wir uns dann auf den Weg nach Hamburg machen, zu Sachsen-Jensi.

»Wenn wir nicht mehr schwimmen werden, kann ich doch meine Flossen ausziehen«, sagt Andreas in die Stille.

Nein, wir dürfen jetzt nicht voreilig handeln. Ich würde Andreas gern Mut machen, aber die Flossen dürfen noch nicht runter.

»Warte damit, bis wir auf dem Schiff sind. Sicher ist sicher.«

Andreas schüttelt den Kopf. »Na gut. Ich mach, was du sagst. Du bist schließlich der Profi.«

So komme ich mir nicht mehr vor. Mein Körper tut weh, und alles ist so anders hier draußen, überhaupt nicht vertraut. Ich sehne mich nach dem Schwimmbad, nach dem Chlorgeruch und den Hallengeräuschen unter Wasser, nach dem Geschrei der Trainer und dem Aufprall der Füße am Beckenrand bei der Wende.

Ich schraube die Feldflasche auf, nehme einen großen Schluck und reiche sie Andreas. Ich sehe ihm an, dass auch er gern mehr trinken würde, aber er reißt sich zusammen. Wir müssen das Wasser gut einteilen. Er gibt mir ein Stück Schokolade, das ich langsam lutsche und im Mund zergehen lasse. Der Zucker tut gut.

Eine Weile sitzen wir auf der Tonne, ruhen uns aus. Ich

fühle, wie Andreas neben mir zuckt und einschläft, sein Kopf sinkt an meine Schulter.

Auch ich dämmere davon. Unter uns schlagen die Wellen an die Tonne, manchmal höre ich gurgelnde Geräusche. Ich ziehe die Badekappe fest über meinen Kopf, damit der Wind meinen Ohren nichts anhaben kann. Manchmal schaue ich über das Wasser. Falls ein Schiff vorbeifährt, sollten wir nicht pennen.

Wenn Sachsen-Jensi uns jetzt sehen könnte.

Er würde es nicht glauben, könnte sich im Leben nicht vorstellen, so etwas Verrücktes zu tun. Wenn ich mit ihm am Strand in Warnemünde war, hat er nur faul auf seinem Handtuch gelegen und das *Mosaik* gelesen. Ins Wasser ging er selten, weil er Angst davor hatte. Er tauchte niemals mit dem Kopf unter und kam beim Schwimmen nicht voran. Hat behauptet, dass er seine tolle Popperfrisur nicht ruinieren wollte, weil die Mädchen die angeblich so toll fänden. Er hatte einfach nur Schiss vor dem kalten Wasser.

Zum Glück ist Sachsen-Jensi normal mit dem Zug ausgereist.

Ich strecke meine Beine, massiere die Oberschenkel. Die Muskeln sind knochenhart und fühlen sich kalt an. So eine Tortur haben sie noch nicht erlebt. Sie müssen warm werden, sonst können sie nicht richtig arbeiten.

Andreas hebt den Kopf, vermutlich haben meine Bewegungen ihn geweckt.

»Gibt es hier eigentlich Albatrosse?«

Ich blicke ihn erstaunt an. »Was?«

»Albatrosse, gibt es die hier?«

Ich schüttle den Kopf. »Was?«

»Hast du Wasser in den Ohren?«

»Nein, aber wieso willst du das wissen?«

»Nur so.«

Er lehnt sich zurück, ich schaue ihn irritiert an.

»Beim Schwimmen singe ich in Gedanken Lieder, um mich abzulenken.«

Das wusste ich nicht.

»Habe mehr als hundert drauf.«

»Wahnsinn, wann hast du die denn alle gelernt?«

Er atmet aus. »Mit der Zeit. Als ich im Werkhof war, hat es mir geholfen, an ein paar Songs zu denken, sie für mich zu singen. Niemand bekam das mit, es war meine eigene Welt. Weißt schon, die Gedanken sind frei und so. Später hab ich dann ganz viele gelernt. Wollte sichergehen und vorsichtshalber das Repertoire erweitern, für den Fall, dass ich wieder reinmuss.«

Ich sehe an ihm vorbei über die Wellen, bin ein wenig erstaunt darüber, dass jeder von uns offenbar seine eigene Methode hat, mit der Situation klarzukommen.

Andreas hat seine Songs, ich meine Gedichte.

Hab ich ihm auch nie erzählt.

»Ich lenke mich mit Goethe oder Schiller ab, manchmal auch mit Rilke.«

»Oh Gott!« Andreas sitzt gerade, wie früher auf der Schulbank, wenn ein Lehrer ihn ansprach. »Bist du bescheuert? Das hat mir schon im Deutschunterricht gereicht. Erlkönig und Zauberlehrling und so?«

Ich nicke.

»Ne«, sagt er kategorisch. »Da würde ich sofort absaufen. Dann lieber Karat und *Albatros*.«

»*Albatros* ist ein toller Song.«

Andreas nickt. Und er fängt leise an zu singen.

*»Es gibt einen Vogel,*
*den haben Matrosen zum Herrscher gekrönt,*
*er fliegt um die Erde,*
*vom Südpol nach Norden,*
*kein Ziel ist zu weit.*
*Der Albatros kennt keine Grenzen.«*

Er lächelt zufrieden und lehnt sich mit dem Rücken an die Tonne. Ich wusste gar nicht, dass Andreas so gut singen kann.

*»Er segelt mit Würde,*
*durchwandert die Lüfte, als wär er ein Gott;*
*er folgt ihren Schiffen*
*auf Hochsee, durch Klippen,*
*berauschend sein Flug.*
*Er sucht ihren Weg*
*durch die See.«*

Er hält inne, seinen Blick lächelnd auf den Horizont gerichtet. »Irgendwie ist alles leichter, wenn man singt.«

Leise summt er das Lied weiter. Die Melodie schwebt über die Wellen, passt sich ihrem Rhythmus an, ist nun auch in meinem Kopf. Ich schließe die Augen und stelle mir vor, ich wäre ein Albatros und würde über die Ostsee fliegen, unbeschwert und frei.

»Ich bin so froh, dass wir das gemacht haben«, sagt Andreas schließlich. »Wir haben es selbst in die Hand genommen und nicht darauf gewartet, dass es von allein besser wird.«

»Wird es ja sowieso nicht, alles wird immer nur schlimmer. Die hätten uns ein Leben lang Steine in den Weg geschmissen.«

»Zum Glück ist das jetzt vorbei«, sagt Andreas und klingt erleichtert.

Ich kann nicht so reden wie er, noch ist es nicht vorbei. Ich möchte mich freuen, kann es aber nicht, habe Angst. Wir sind zwar auf dieser Tonne und nicht mehr im offenen Meer, aber noch lange nicht in Sicherheit.

Andreas versteckt seine Angst gut. Das hat er in seinem Leben oft üben müssen.

Was Mutti wohl gerade macht?

Plötzlich bin ich sehr traurig, sie tut mir leid, weil sie sich bestimmt große Sorgen macht, in diesem Augenblick. Seit gestern Abend weiß sie, dass etwas nicht stimmt. Bin bisher immer nach Hause gekommen.

Vermutlich wird sie heute im Dieselmotorenwerk anrufen, doch die werden ihr nur sagen können, dass ich nicht da bin. Und Andreas auch nicht.

Sie wird seine Eltern anrufen, die nicht wissen werden, wo er ist, weil er schon lange nicht mehr bei ihnen wohnt.

Mutti wird mit dem Trabbi in den Patriotischen Weg fahren, zu seiner Wohnung. Niemand wird da sein.

Sie wird dann weiter zur Neptunschwimmhalle fahren, um zu schauen, ob ich beim Training bin.

Sie wird Ulrich nach mir fragen.

Und der wird ahnen, was passiert ist.

Und Mutti merkt es ihm sicher an.

Ob er mit ihr redet, es ihr sagen wird?

Und was macht sie dann? Rennt sie zur Polizei und besteht darauf, dass man uns auf der Ostsee sucht, uns zurückholt? Oder hofft sie einfach, dass wir durchkommen werden, und sagt gar nichts?

Mir ist übel. Ich muss sie anrufen, sobald wir drüben sind.

»Stell dir vor, was wir nun alles machen können. Nach Paris trampen oder nach Rom, das Kolosseum anschauen.« Andreas blickt mich an. »Wohin würdest du wollen?«

»Weiß nicht.« Ich kann keine Pläne machen.

»Irgendeinen Wunsch musst du doch haben.«

»Vielleicht nach Griechenland«, sage ich abwesend, damit er Ruhe gibt.

Drüben wird außer Sachsen-Jensi niemand sein, den wir kennen. Immerhin haben wir dann uns. Das hilft jetzt aber auch nicht.

Wir werden nie wieder in Warnemünde Broiler essen. Und was ist mit Opa? Und mit Vati? Und wann sehe ich Mutti wieder? Mein Magen krampft sich zusammen.

»Wir können jetzt studieren, was wir wollen. Biologie und Informatik. Vorher müssen wir nur das Abi nachholen, aber das werden wir auch noch schaffen.«

Nervös knete ich meine Muskeln, die noch immer hart und kalt sind. Ich will nicht, dass Andreas meine Stimmung mitbekommt.

»Bei Sachsen-Jensi können wir wohnen, zumindest am Anfang. Seine Eltern sind ja sehr nett und werden uns helfen.«

Blöd aus der Wäsche schauen werden sie, so viel ist sicher. Die rechnen nicht damit, dass wir plötzlich vor der Tür stehen.

Sachsen-Jensi wird ausrasten. Vermutlich wird er sofort angeben, uns alle seine Klamotten zeigen, die neuen Platten und die Westschokolade, die er nun jeden Tag essen kann. Zum Frühstück gibt es bestimmt Nutella.

Ob er drüben schon Freunde gefunden hat? Ist sicher nicht leicht, als Sachse. Ob die seinen Dialekt überhaupt verstehen?

Bestimmt hat er schon einen BMW. Doch seine Haare werden immer noch albern aussehen.

Andreas schaut mich an. »Du sagst ja gar nichts mehr.«

»Hoffentlich hat er inzwischen eine bessere Frisur.«

Andreas kichert. »Glaub ich nicht. Wenn jemand an Geschmacksverirrung leidet, kann auch der Westen nichts ausrichten.«

Ich schaue über die Wellen. Wer weiß, ob es Sachsen-Jensi überhaupt gefällt, wenn wir gleich nach unserer Ankunft wieder auf ihm herumhacken. Das sollten wir uns besser abgewöhnen, er hat jetzt Heimvorteil.

Ich öffne den Reißverschluss meines Neoprenanzugs, hole das Päckchen mit dem *Mosaik*-Heft raus.

*Die schwarze Feluke.*

Zum Glück hat die Folie gehalten, kein Wasser ist eingedrungen.

»Sieht gut aus, wird heil bei ihm ankommen«, sagt Andreas.

Ich spüre seinen Ellenbogen in der Seite. »Weißt du noch? Seine Hosen auf der Jugendweihe?«

»Oh Gott, hoffentlich rennt er damit nicht durch Hamburg. Die schicken ihn glatt zurück in die DDR!«

»Du siehst aus, als hättest du Riesentatzen!«

Sachsen-Jensis hellblauer Anzug war viel zu groß. Er hatte ihn von Verwandten aus Hannover bekommen, weil die damit nichts anfangen konnten. Genervt starrte er auf das Ende seiner Hose, die sich über den Schuhen wölbte.

»Der Schneider hatte gestern Abend schon zu, als das Paket endlich ankam. Stell dir vor, die Stasi hat wieder das Nutella rausgeklaut, die elenden Hunde!«

Ich musste einen roten Rock und eine weiße Seidenbluse anziehen und fühlte mich wie das Letzte. Aber auch alle anderen Jugendlichen, die an diesem Tag im Volkstheater waren, sahen total peinlich aus. So bunt und übertrieben feierlich, wie beim Fasching.

»So, wir üben nun alle mal das Auf- und Abtreten von der Bühne«, schnaufte Frau Thiel.

Wir liefen in den Saal und vorbei an den noch leeren Stühlen.

»Das sollte Honecker auch mal üben«, flüsterte Sachsen-Jensi.

»Was?«

»Das Auf- und Abtreten von der Bühne.« Er drehte sich beim Laufen um und zwinkerte mir grinsend zu. »Vor allem das Abtreten!«

Ich trat ihm aus Versehen aufs Hosenbein und er fiel fast hin. Ein lautes Reißen war zu hören.

»Oh Scheiße, Mann, das gibt's doch nicht.« Er drehte sich hektisch um und besah sich seinen Hintern. »Sie ist am Arsch gerissen!«

Enrico und Mandy rempelten uns von hinten an und lachten los, als sie das Malheur sahen.

»Passt doch auf, ihr Kunden«, rief Sachsen-Jensi aufgebracht.

Frau Thiel sah uns genervt an. »Was ist da schon wieder los, Jens Blum?«

»Ich muss nach Hause und eine neue Hose holen!«

»Dafür ist keine Zeit. Du hättest dir vorher überlegen sollen, welche Hose dir am besten gefällt!«

»Darum geht's nicht, sie ist kaputt!«

Doch Frau Thiel wollte davon nichts hören.

»Die fette Lavendelschnalle rafft es nicht«, flüsterte ich. »Man kann sogar deinen hellblauen Schlüpfer sehen.«

»So ein Mist«, murmelte er ängstlich. »Was soll Frau Kröger denken, wenn sie mich so sieht? Das ist doch total peinlich. Du musst dicht hinter mir laufen!«

Er war neuerdings in Frau Kröger verknallt.

»Die Reihenfolge ist aber eine andere«, sagte ich, »du stehst am Rand, weil du der Kleinste bist.«

Er bekam ein rotes Gesicht. »Erstens stimmt das nicht, Heiko ist kleiner. Und außerdem musst du mir helfen. Alle lachen sonst über mich!«

Inzwischen standen wir auf der Bühne und Frau Thiel zerrte an uns herum. »Ihr müsst nachher eure Kleidung ordnen und richtig strammstehen wie beim Appell, nur dass das klar ist!«

Sie kam zu uns. »Bisschen großer Anzug, was, Jens? Schön, dich mal im Rock zu sehen, Hanna. Nachher stehst du nicht am linken Rand, das weißt du ja. Ihr kennt die Reihenfolge. Jens gehört dahin.«

»Nein, Heiko Kunze!«

»Der steht rechts am Rand, weil er zwei Zentimeter größer ist.«

»Ist er nicht«, sagte Sachsen-Jensi trotzig.

Ich stieß ihm in die Seite, weil ich fand, dass er gerade andere Probleme hatte.

Frau Thiel raste von der Bühne und winkte übertrieben hektisch. Ihr Fett schwabbelte am Arm hin und her. »Ihr nehmt nun in Reihe vier Platz und bitte sehr in der Reihenfolge, wie ihr nachher auf der Bühne steht!«

Da saß ich dann zwischen Sabine und Ronny. Der sah in seinem Anzug aus wie J. R. aus *Dallas*.

»Wo ist dein Hut?«, fragte ich ihn.

»Haha«, murmelte er genervt.

Sabine war ganz in Weiß, wie zur Hochzeit. Neben ihr hockte Sachsen-Jensi und gab mir Handzeichen. Ich schaute mich um. Hinter uns saßen Herr Parek und Frau Kröger. Beide tuschelten miteinander. Sachsen-Jensi guckte an die Decke, als Frau Kröger zu ihm hinüberschaute.

Der Saal füllte sich.

Irgendjemand drehte die Musik vom Band mal laut und mal leise. Wir hörten abwechselnd *Sag mir, wo du stehst* vom Oktoberklub und den ersten Satz der *Eroica* von Beethoven.

Ich stand auf und sah mich um. Mutti und Opa hockten fünf Reihen hinter uns. Opa hob den Stock und schwenkte ihn über dem Kopf.

»Eins, zwei, eins, zwei, drei«, sagte jemand ins Mikro.

Sachsen-Jensi legte sich fast auf Sabine rauf, weil er mir unbedingt einen Witz erzählen wollte. »Kennst du den schon? Ein Stotterer bewirbt sich beim Berliner Rundfunk als Sprecher. Als er vom Rundfunk kommt, fragt ihn sein Freund: Na, ham se dich jenommen? Ne-ne-nenee, antwortet der Stotterer, ick bebebinnnnnich in-in-in-inner Pa-Pa-Partei!«

Wir beide kicherten. Sabine schüttelte den Kopf.

Unsere Klasse war als Erste dran.

Die *Eroica* ertönte und wir standen auf. Vor der Bühne gab es Gerangel, weil ich Sabine überholen musste, um dann direkt hinter Sachsen-Jensi zu sein. Sabine kapierte das natürlich nicht und Sachsen-Jensi stellte ihr vor Wut einen Beinhacker. Sie stolperte die Treppe fast wieder runter, und das war ihr so peinlich, dass sie auf die Reihenfolge dann auch nicht mehr achtete.

»Du musst an mir dranbleiben«, befahl mir Sachsen-Jensi.

Beim Hinaufgehen hielt er seine Hand vor den Hintern. Es sah aus, als hätte er in die Hosen gemacht.

Wir nahmen nebeneinander Aufstellung. Frau Thiel starrte Sachsen-Jensi und mich wütend an. Wir hatten die Formation durcheinandergebracht. Ich war größer als Sachsen-Jensi und Sabine und stand nun zwischen ihnen. Das war nicht erlaubt.

Steif ging Frau Thiel zu ihrem Pult. Die *Eroica* wurde leiser, dann aber noch einmal richtig laut. Die Leute in den vorderen Reihen hielten sich die Ohren zu. Dann klackte es mehrmals und es war endlich Ruhe. Ich hörte Opa husten.

»Die jungen Staatsbürger der Deutschen Demokratischen Republik, die heute vor uns stehen, fühlen sich glücklich, jene Epoche bewusst mitzugestalten, in deren Verlauf alle Völker unter Führung ihrer revolutionären Parteien den Übergang vom Kapitalismus zum Sozialismus vollziehen.«

Sachsen-Jensi zappelte neben mir und zog an seiner Hose herum.

»Unsere jungen Freunde wissen, dass sie als Hausherren von morgen die ihnen von der Geschichte gestellten Aufgaben nur erfüllen können, wenn sie über eine hohe Allgemeinbildung und ein solides Fachwissen verfügen. Die Jugend der Deutschen Demokratischen Republik ist eine lernende Jugend.«

Sachsen-Jensi jammerte leise und versuchte, seinen Eltern Zeichen zu geben. Sie verstanden nichts und schauten ihn böse an, weil er bei der Rede so einen Wirbel machte. Mutti, die neben ihnen saß, lächelte mir zu. Sie freute sich auch über den Rock. Opa stieß den Stock in die Luft.

Frau Thiel redete eine Ewigkeit und hob am Ende ihren Zeigefinger. Dann kam das Gelöbnis.

»Liebe junge Freunde! Seid ihr bereit, als junge Bürger unserer Deutschen Demokratischen Republik mit uns gemeinsam, getreu der Verfassung, für die große und edle Sache des Sozialismus zu arbeiten und zu kämpfen und das revolutionäre Erbe des Volkes in Ehren zu halten, so antwortet: Ja, das geloben wir!«

Sie las noch mehr beknackte Sätze vor. Zwischendurch brüllten wir immerzu: »Ja, das geloben wir!«

Die Jungen sprachen absichtlich mit tiefer Stimme, weil sie die kleinen Pioniere beeindrucken wollten, die am Rand standen.

Nachdem wir das letzte Mal »Ja, das geloben wir!« gesagt hatten, drehte sich Frau Thiel zu uns um und sagte in einem Ton, als hätten wir uns alle gegenseitig geheiratet:

»Wir haben euer Gelöbnis vernommen. Ihr habt euch ein hohes und edles Ziel gesetzt. Feierlich nehmen wir euch auf in die große Gemeinschaft des werktätigen Volkes, das unter Führung der Arbeiterklasse und ihrer revolutionären Partei, einig im Willen und im Handeln, die entwickelte sozialistische Gesellschaft in der Deutschen Demokratischen Republik errichtet. Wir übertragen euch eine hohe Verantwortung. Jederzeit werden wir euch mit Rat und Tat helfen, die sozialistische Zukunft schöpferisch zu gestalten.«

Dann löste sie sich vom Pult und die Pioniere kamen auf die Bühne. Wieder wurde die Musik aufgedreht.

»Sag mir, wo du stehst, sag mir, wo du stehst, sag mir, wo du stehst, welchen Weg du gehst …«

»So ein Affentheater für einen Kassettenrecorder!«, flüsterte mir Sachsen-Jensi ins Ohr.

»… zurück oder vorwärts, du musst dich entschließen! Wir bringen die Zeit nach vorn Stück um Stück …«

»Ich werde mir auch einen kaufen«, sagte ich leise.

Frau Thiel war stinksauer, das sah man ihr an, doch Sachsen-Jensi plapperte einfach weiter. »Ich habe einhundertfünfzig Mark gespart und kriege von allen Verwandten tausend Mark. Das reicht für den Recorder.«

»… Du gibst, wenn du redest, vielleicht dir die Blöße, noch nie überlegt zu haben, wohin …«

Die Pioniere überreichten uns Blumen und das Buch *Vom Sinn unseres Lebens.* Ein Mädchen mit blonden Haaren gab mir die Hand und lächelte.

»Und Onkel Arno aus Dresden schickt mir zwanzig Mark für die Kassette.«

»… Wir haben ein Recht darauf, dich zu erkennen, auch nickende Masken nützen uns nicht …«

»Abtreten!«, schrie Frau Thiel.

»Ich kann endlich die Hitparade auf NDR 2 aufnehmen und muss nicht aufpassen, dass ich aus Versehen Vatis ABBA-Kassette lösche.«

»… Ich will beim richtigen Namen dich nennen. Und darum zeig mir dein wahres Gesicht …«

»Abtreten!«, schrie Frau Thiel erneut.

»Rechtsschwenktmarsch!«, rief Sachsen-Jensi übermütig. Einige Leute in der ersten Reihe lachten. Frau Thiel stapfte wütend an uns vorbei nach unten.

»Mann, komme ich mir vielleicht erwachsen vor«, sagte ich, als wir endlich wieder auf unseren Plätzen saßen und die Musik ausgestellt wurde.

»Frau Thiel muss jetzt ›Sie‹ zu uns sagen«, rief Sachsen-Jensi froh. »Das ist lustig, oder?«

»Quatsch, doch nicht die Klassenlehrer. Das gilt nur für alle anderen.«

»Nein! Wenn ich darauf bestehe, muss sie ›Sie‹ zu mir sagen!«

Die 8 b war dran. Alle waren genauso bekloppt angezogen wie wir und schlurften die Treppe hinauf. Im Takt zu Beethovens *Eroica* stellten sie sich Beinhacker.

»Eigentlich muss ich mich gar nicht schämen.« Sachsen-Jensi deutete auf Heiko Kruse. »Der sieht noch viel schlimmer aus.«

Das stimmte. Ich hatte noch nie einen Jungen in einem lilafarbenen Samtanzug gesehen. Er guckte traurig und tat mir leid.

»Das hässliche Ding wollten seine Westverwandten bestimmt auch loswerden«, flüsterte ich.

Erneut wurde *Sag mir, wo du stehst* gespielt. Sachsen-Jensi beugte sich zu mir, damit ich ihn trotz des fürchterlichen Lärms hören konnte.

»Die sagen ihren Verwandten bestimmt nicht, wie schlimm Heiko aussah, aus Angst, dass nie wieder ein Paket kommt.«

Heiko Kruse starrte uns an.

»Ruhe«, sagte Frau Kröger hinter uns.

Sachsen-Jensi lächelte ihr gequält zu und redete einfach weiter. »Wir nehmen denen ja alles ab«, flüsterte er. »Die DDR ist der Allesfresser, sozusagen das Hausschwein des Westens.«

Ich prustete los.

»Jetzt seid aber mal ruhig«, riefen Frau Kröger und Herr Parek gleichzeitig.

Draußen schlug Opa Sachsen-Jensi begeistert auf die Schulter. »Hahaha, Hausschwein des Westens! Das ist gut! Das merk ich mir! Da hätte auch ich drauf kommen können. Werde zum Ersten Mai ein Transparent basteln.«

»Na viel Spaß!« Mutti zog an meiner verrutschten Bluse herum und lächelte. »Siehst hübsch aus, Schatz!«

»Schweinform, rosa angemalt. Schriftzug rot: Der Osten ist des Westens Hausschwein.«

»Das lassen Sie mal besser, Herr Klein«, dröhnte Sachsen-Jensis Vater. »Ich fürchte, damit handeln Sie sich Ärger ein.«

»Vor allem wird keiner verstehen, was das soll«, sagte Sachsen-Jensis Mutter.

»Kein Grund, Frau Blum«, schnauzte Opa. »Ich versteh all die anderen Transparente auch nicht. ›Von der Sowjetunion lernen heißt siegen lernen‹ zum Beispiel.«

»Was ist daran denn nicht zu verstehen?«, grummelte Sachsen-Jensis Vater. »Die haben uns doch besiegt.«

»Befreit«, korrigierte Sachsen-Jensi ihn vorlaut. »Vom Hitlerfaschismus.«

Mutti klatschte in die Hände. »Schluss damit! Wir gehen jetzt alle schön essen!«

»Ab ins Haus Sonne«, rief Opa. »Hurtig, hurtig. Ich will nicht auf die fette Schnalle stoßen!«

Im Haus Sonne saßen an allen Tischen Familien, die Jugendweihe hatten. Opa bestellte Korn und blätterte im Buch *Vom Sinn unseres Lebens.*

Er lachte gehässig. »Kinder, Kinder, was ihr alles noch vor euch habt. Gut, dass ich meine sozialistische Rente genießen kann.« Er trank zwei Korn hintereinander. »Kennt ihr den schon? Bei einer Einwohnerversammlung fragt ein Mütterchen den Versammlungsleiter: Sag mal, Genosse Versammlungsleiter, stammt der Sozialismus eigentlich von den Menschen oder den Wissenschaftlern? Der Genosse tut entsetzt. Wie bitte? Ich versteh Ihre Frage nicht.«

»Achtmal Kaliningrader Klopse«, schrie die Bedienung von Weitem. Opa winkte sie fröhlich ran. Sie hatte riesige Brüste.

»Na, ob der Sozialismus von den Menschen erfunden worden ist oder von den Wissenschaftlern?«

Sachsen-Jensi starrte der Bedienung mit offenem Mund in den Ausschnitt und verschüttete seine Club-Cola. Opa stieß seine Gabel in einen Klops und stopfte ihn sich in den Mund. Man verstand ihn kaum noch. »Na, allgemein gesagt, natürlich von den Menschen!«

»Allgemein?« Sachsen-Jensis Vater sah vom Teller auf.

»Dacht ich's mir doch, ruft das Mütterchen. Denn Wissenschaftler hätten ihn sicher erst an Ratten ausprobiert!«

»Ich glaub es nicht«, kreischte Sachsen-Jensi und hielt sich den Bauch. »Der ist urst gut! Den merk ich mir!«

»Erzähl den bloß nicht in der Schule«, mahnte seine Mutter und legte ihre Hand auf seinen Arm.

»Jetzt brauche ich auch einen Korn!« Sachsen-Jensis Vater winkte dem Kellner. Sein Sächsisch war noch viel schlimmer als das von Sachsen-Jensi. »Ich weiß auch einen. Reagan, Gorbatschow und Honecker fragen den lieben Gott, was im Jahr 2000 sein wird. Zu Reagan sagt der liebe Gott: Im Jahr 2000 werden die USA kommunistisch sein.«

»Wer es glaubt«, murmelte Sachsen-Jensis Mutter und zerstampfte eine Kartoffel.

»Da wendet sich Reagan ab und weint ganz bitterlich. Und was wird mit der Sowjetunion?, fragt Gorbatschow. Die Sowjetunion, sagt der liebe Gott, wird es nicht mehr geben. Sie wird aufgesogen sein vom Großchinesischen Reich. Da wendet sich Gorbatschow ab und weint ganz bitterlich.«

»Diese windigen Chinesen mal wieder!« Opa pulte die Kapern aus der Soße.

»Und wo steht die DDR im Jahr 2000?, fragt Honecker.«

Alle hörten auf zu kauen und starrten Herrn Blum an.

»Da wendet sich der liebe Gott ab und weint. Ganz bitterlich.«

Mutti knallte ihr Besteck auf den Teller und presste sich eine Serviette auf den Mund.

»Unsere Jugendweihe ist erst drei Jahre her, das glaubt man auch nicht«, sage ich in den Wind, der noch immer kühl über die Ostsee weht. Nur wenn die Sonne herauskommt, wird es wärmer. »Und jetzt sitzen wir hier, auf der Tonne, dabei haben wir zur Jugendweihe geschworen, die sozialistische Zukunft schöpferisch zu gestalten.«

»Machen wir doch!« Andreas ballt seine Hand zu einer Faust. »Wir hauen ab, das ist doch sehr schöpferisch.«

Er ist noch immer übermütig, sieht richtig vergnügt aus.

Wir schaukeln mit der Tonne auf und ab.

Woher nimmt er nur seinen Optimismus? Noch haben wir gar nichts gewonnen, sitzen fest und warten.

»Wir wären ohnehin keine große Hilfe gewesen«, sagt er. »Du vielleicht, aber ich niemals.«

»Ich war auch nicht besser dran als du, wurde doch auch strafversetzt!«

»Aber dich hatten sie nicht so stark im Visier wie mich. Weißt du noch, die Sache mit den Altstoffen? Das war meine Idee, allein hättest du so was niemals gemacht.«

Das stimmt. Als wir im Dieselmotorenwerk arbeiten mussten und alles so öde war, kamen wir auf dumme Gedanken.

Andreas schlug vor, dass wir uns mit Altstoffen etwas dazuverdienen könnten. Ich dachte, er wollte wie früher, als wir noch glückliche Pioniere waren, mit dem Karren von Haus zu Haus ziehen. Doch das war nicht der Plan. Stattdessen kletterte er mitten in der Nacht über die Mauer der Sekundärrohstofferfassung in der Friedrich-Engels-Straße, um dort Altstoffe zu klauen. Ich musste Schmiere stehen. Es war still und unheimlich. Ich weiß noch, dass die Laterne an der Straße kaputt war, ihr Licht flackerte die ganze Zeit, während ich in der Dunkelheit wartete. Andreas warf Altpapierpacken über die Mauer, die ich auf der anderen Seite stapelte, danach reichte er mir mit Gläsern und Flaschen gefüllte Kohlensäcke. Ich machte mir vor Schiss fast in die Hosen, er dagegen war total abgebrüht.

Wir schafften das Zeug in unsere Keller und passten dabei höllisch auf, dass uns niemand bemerkte. Dann wäre alles aufgeflogen, kein normaler Mensch rennt mitten in der Nacht mit alten Flaschen durch die Gegend.

Am nächsten Tag brachten wir die Altstoffe dann ganz normal zur SERO. Der besoffene Arbeiter zählte die Gläser und Flaschen, wog das Papier, kritzelte was auf seinen schmierigen Zettel und gab uns schließlich bares Geld. Ihm fiel nicht auf, dass er all das Zeug schon einmal in der Hand gehabt hatte.

In der nächsten Nacht haben wir es dann erneut geklaut und wieder abgegeben. So ging das eine Weile.

Eine ziemlich riskante Sache war das, schließlich hätten wir auf frischer Tat ertappt werden können. Für den Diebstahl von Volkseigentum kam man in den Knast. Andreas schien das völlig egal zu sein. Wir hörten mit dem Klauen erst auf, nachdem wir beschlossen hatten abzuhauen.

Mir fallen vor Müdigkeit die Augen zu. Andreas wäre niemals ein Anpasser geworden. Ich vielleicht, aber woher soll man das wissen. Macht keinen Sinn, jetzt noch darüber nachzudenken. Ich hätte aber ganz sicher nicht andauernd anecken wollen, so wie Andreas, dafür hab ich zu viel Schiss. Vielleicht wäre ich irgendwann so geworden wie Vati, abwesend und nicht ganz richtig im Kopf. Da ist es schon besser, jetzt hier auf der Tonne zu sein.

Wenn doch endlich ein Schiff kommen würde.

Ich möchte weg von hier, trocknen und aufwärmen. Wir können nicht ewig auf der Tonne sitzen. Irgendwann wird es dunkel werden, wie furchtbar. Eine Nacht auf diesem Ding halte ich nicht durch.

Aber immerhin besser als noch eine Nacht im Wasser.

Vom Schaukeln wird mir schlecht, ich öffne die Augen wieder, suche einen Fixpunkt. Zwei Tanker am Horizont, viel zu weit weg.

Doch was ist das davor? Ich setze mich aufrecht hin.

Etwas Weißes, sieht aus wie ein Segel.

Spinne ich?

Ich blinzle mehrmals, doch das Segel verschwindet nicht.

Ich packe Andreas' Arm. »Da drüben!«

Er zuckt zusammen, rührt sich nicht, wirkt wie versteinert.

»Das ist echt«, rufe ich. »Keine Fata Morgana!«

Andreas zieht sich an den Metallstreben der Tonne hoch, stöhnt kurz auf, weil ihm irgendetwas wehtut, fängt an zu winken. Erst zögernd, dann immer stärker.

Das Segel kommt auf uns zu. Es ist eine größere Jacht, sie leuchtet hell im Sonnenlicht. Plötzlich sieht die Ostsee ganz anders aus, nicht mehr so bedrohlich, nicht mehr so endlos weit. Blaues Wasser hinter einem weißen Segel, wie in einem Film. Wie im Urlaub!

»Der hat uns gesehen!« Andreas winkt weiter, und auch ich ziehe mich hoch, blicke der Jacht entgegen. Mit den Flossen stoße ich gegen das Metall der Tonne.

Am Steuerrad steht jemand.

»Ein Urlauber«, brüllt Andreas. »Wir haben es geschafft!«

Es ist ein Mann, er trägt ein hellblaues Hemd.

Die Jacht fährt mit gestrafftem Segel an uns vorbei, ohne die Geschwindigkeit zu reduzieren. Der Mann regt sich nicht, winkt nicht zurück, starrt uns nur durch seine Sonnenbrille an. Er ist nicht mehr als fünfzig Meter entfernt.

»He«, brüllt Andreas und winkt. »Komm her und nimm uns auf!«

Doch der Mann rührt sich noch immer nicht.

Wir drehen die Köpfe, schauen der Jacht nach.

Harte Wellen schlagen an unsere Tonne.

»Was ist los mit dem? Will der uns verarschen?«

Die Jacht wendet nicht.

»So ein Idiot! Das war unsere Chance«, schreit Andreas.

Ich lasse mich zurück auf die Plattform sinken, strecke meine schmerzenden Beine, kann es nicht fassen. Wir starren der Jacht lange hinterher, bis wir sie zwischen den Wellen nicht mehr sehen können.

In meinem Magen breitet sich ein dumpfes Gefühl aus.

»Ich glaub das nicht, so ein Arschloch!« Andreas hört nicht auf zu schimpfen. »Wieso hat der nicht angehalten?«

Ich weiß nicht, was ich sagen soll.

»Fährt einfach vorbei, als wäre das was völlig Normales. Zwei Leute mitten im Meer, auf einer Tonne. Wir haben doch eindeutig gewunken, oder etwa nicht?«

Ich nicke gedankenverloren.

»Vielleicht hat der Angst, dass wir ihn ausrauben werden,

so finster, wie wir aussehen, ganz schwarz, wie Piraten. Aber muss der uns nicht aufnehmen, weil wir Schiffbrüchige sind?«

»Eigentlich schon«, sage ich. »Die Flagge war rot und weiß. Hast du das auch so gesehen?«

»Keine Ahnung, auf jeden Fall etwas Rotes.«

So ein Mist. Ich wusste es. »Der war aus Polen.«

»Ach so!« Andreas setzt sich wieder neben mich auf die Plattform. »Na, dann ist es nicht schlimm. Da wollen wir schließlich nicht hin. Pech. Warten wir eben auf den nächsten, der hier herumschippert.«

So einfach ist das nicht. Jetzt nicht mehr. Ich schaue über die Wellen.

Wie soll ich ihm das beibringen? Ich glaube es ja selber kaum.

Wir sind nicht mehr sicher auf unserer Tonne.

»Ich verstehe das nur nicht. Darf der einfach an uns vorbeifahren, ohne etwas zu tun? Ich dachte, es gibt da so eine Art Abkommen, Menschen in Seenot zu helfen.« Andreas schaut mich vorwurfsvoll an, als wäre es meine Schuld.

»Er tut auch seine Pflicht, wenn er jemandem Bescheid sagt.«

»Aber das ist doch dann gut! Dann kommt bald jemand vorbei und holt uns.«

Ich atme tief ein, nehme meinen ganzen Mut zusammen. »Deshalb müssen wir jetzt weg von der Tonne.«

Andreas versteift sich. »Was?«

Ich suche nach Worten.

»Warum denn?«, ruft er laut.

»Ein Pole«, sage ich. »Wen wird der wohl informieren?«

Sein fragender Blick verrät mir, dass er es nicht versteht, noch nicht.

»Sicher nicht Dänemark oder Schweden«, sage ich resigniert.

Andreas schaut zum Horizont. Seine Augen bekommen einen dunklen Ausdruck, als er endlich begreift.

»Wir können hier nicht einfach warten, bis sie kommen.«

Er starrt hinunter in die Wellen, fängt an zu zittern. »Ich kann nicht.«

Ich schweige, kann nicht mehr sprechen.

Andreas schüttelt den Kopf. »Ich kann da nicht noch einmal rein.«

Wir sagen beide nichts, während das Wasser unter uns an die Tonne schlägt, immer und immer wieder. Ein stetiger, endloser Rhythmus, so als wären wir gar nicht hier. Ich fühle das kalte Metall unter meinen Händen. Auch ich würde viel lieber hierbleiben. »Dann warten wir jetzt also, bis sie kommen.«

Andreas sackt neben mir zusammen, schüttelt immer wieder den Kopf. »Ich glaub das nicht.«

Ich auch nicht.

Wir müssen weiter, doch ich habe keine Kraft, ihn zu überzeugen. Er will nicht noch mal ins Wasser. Allein werde ich sicher nicht weiterschwimmen.

Wir kommen in den Knast. Andreas hat gesagt, dass er das nicht überleben wird. Ich erst recht nicht.

Was soll ich nur machen? Ich habe einen Kloß im Hals, würde am liebsten losheulen.

Eins ist ganz klar. Wenn wir auf der Tonne bleiben, kommen wir in den Knast. Schwimmen wir weiter, haben wir eine Chance. Müssen durchhalten, bis das richtige Boot kommt. Wie lange wird das dauern? Wie viel Zeit haben wir noch?

Ich starre ins graue Wasser. Es ist die einzige Möglichkeit.

Wir müssen zurück in die Kälte. In die Ungewissheit.

»Verdammte Scheiße«, flucht Andreas neben mir und springt auf. »Wir sind doch in internationalen Gewässern! Wenn sie kommen, weigern wir uns ganz einfach, die Tonne zu verlassen! Was wollen die dann machen?«

Ich habe mich gefangen, bin wieder gefasst. »Sie halten uns eine Knarre an den Kopf und zwingen uns auf ihr Boot.«

»Das ist aber nicht richtig«, schreit Andreas. »Das geht so nicht.«

Er bewegt sich vor Wut so stark, dass die Tonne ein Stück zur Seite kippt und ich mich mit beiden Händen festhalten muss, um nicht hinunterzurutschen. Plötzlich beugt sich Andreas über die Tonne und übergibt sich ins Wasser. Der Arme. Auch das noch.

Ich schaue hoch in den Himmel. Was haben wir uns nur dabei gedacht? Die Idee schien gut, als wir im Warmen und Trockenen waren. Aber jetzt? Schöne Scheiße.

Andreas sinkt neben mir auf die Plattform, schweigt. Er ist ganz blass.

Ich wünsche mich zurück nach Rostock, in seine Wohnung. Dort könnten wir jetzt sitzen, heißen Tee trinken und quatschen. Doch wir sind hier. Und auch nicht ohne Grund.

»Weißt du noch, was du im Winter gesagt hast, als dich die Stasi erpressen wollte?«

Sie hatten ihm angeboten, seine Lehre wieder aufnehmen zu können, wenn er mit ihnen zusammenarbeitete.

Er nickt. »Das Einzige, was wir tun können, ist abhauen.«

Der Wind ist stärker geworden, die Ostsee bewegter. Eine graue Masse, die sich vor uns ausbreitet und alles zu umfassen scheint, der wir nicht entkommen können.

»Ich will auch nicht zurück ins Wasser«, sage ich leise.

»Aber es bleibt uns nichts anderes übrig. Wenn die uns hier erwischen, kommen wir in den Knast. Für Jahre.«

»Vielleicht macht der Pole gar nichts«, murmelt Andreas.

»Vielleicht«, sage ich leise. Ich kann ihn nicht darin bestärken, weil ich es nicht glaube. Ich hoffe es, aber darauf verlassen können wir uns nicht.

Wir müssen die sichere Tonne verlassen, wenn alles einen Sinn haben soll. Es gibt keinen Weg zurück, dafür ist es zu spät.

Wir schauen zum Horizont, schweigen lange, denken nach, wägen ab. Jeder für sich.

Nach einer Weile dreht Andreas seinen Kopf und schaut mich an. Seine Augen sind klar. Er lächelt traurig.

Dann greift er nach der Feldflasche, nimmt einen großen Schluck, ich ebenso, befestige sie danach an meinem Gürtel.

»Denk an morgen«, sage ich. »An Sachsen-Jensi.«

Andreas reagiert nicht. Er schiebt sich auf der Plattform nach vorn, bis seine Beine über den Rand baumeln. Seine weiße Hand umfasst eine Metallstange der Tonne.

Langsam löst er seine Finger von der Stange. Ich lasse mich zeitgleich mit ihm ins Wasser fallen, damit die Schnur mir nicht die Hand abreißt.

Der erneute Kontakt mit dem kalten Wasser ist die Hölle. Ich will hier nicht sein.

Ich bewege meine Beine, beginne zu schwimmen.

Alles tut mir weh.

Es geht nicht, keinen Meter mehr! Ich kann nicht mehr schwimmen, muss zurück auf die Tonne.

Aber dann kriegen sie uns.

Weiter, schwimme.

Ich will nicht, es ist so kalt.

Doch ich muss, sonst ist alles aus. Knast für Jahre. Keine Hilfe, von niemandem. Die ganze Familie wird Ärger kriegen wegen meiner Aktion, vielleicht sperren sie dann sogar Opa ein, weil er in der Kaufhalle immer auf den Staat schimpft. Mutti wird aus dem Kombinat geworfen und Vati für immer nach Gehlsdorf gebracht. Auch Ulrich werden die auf dem Kieker haben, weil er mich nicht verraten hat.

Ich muss weiter, drehe mich aber nochmals um und starre die Tonne an.

Wieso ist sie überhaupt da?

Sie soll verschwinden, ich will nicht über sie nachdenken. Ich hasse sie!

Es wäre einfacher, sie wäre gar nicht da.

Ich folge Andreas, der stur geradeaus schwimmt.

Meine Armbewegungen sind stockend, ich finde keinen Rhythmus.

Andreas dreht sich um, sieht erst die Tonne und dann mich an. Ich ignoriere seinen Blick.

Die Wellen schlagen an meine rechte Seite, das Atmen fällt mir schwer. Ich kraule nicht, schwimme Brust. Viel mehr sehen kann ich dadurch nicht. Der Wellengang hat sich verstärkt.

Wellenberg, Wellental. Manchmal gerät Andreas' Arm in mein Blickfeld, schießt nach oben, knickt ein, taucht ins Wasser.

Ich fühle mich schlecht. Schuldig.

Wir hätten bleiben sollen. Er schafft es nicht.

Schwimmen, nur schwimmen. Die Tonne ist Vergangenheit.

Die Schiffe am Horizont sind unser Ziel.

Die Schnur zwischen uns spannt sich kaum, wir schwimmen gleichmäßig nebeneinander, als hätten wir nie etwas anderes getan. Weiter, immer weiter, immer geradeaus.

Ein Brennen zieht durch meinen Körper. Er ist eiskalt.

Wir reden nicht. Gibt nichts zu reden, kostet außerdem Energie.

Habe das Gefühl für die Zeit verloren. Die Sonne steht hoch am Himmel, vermutlich später Vormittag.

Wellenberg, Wellental, Wellenberg, Wellental.

Das Wasser ist trübe, die Ostsee eine Wüste, trostlos und öde.

Kein Leben, nicht einmal mehr Quallen.

Schiffe am Horizont, doch sie kommen nicht näher.

»Gut, dass du mit einkaufen kommst, Kind, ich kann nicht mehr so viel tragen.«

Opa brauchte was zu essen. Er hatte nicht einmal mehr Bockwurst und Sandkuchen im Küchenschrank.

»Kennst du den schon?«, fragte Opa, als wir an den leeren Regalen in der Kaufhalle vorbeigingen. »Der neue Direktor im größten Kaufhaus der DDR soll Sigmund Jähn werden. Er kennt sich nämlich am besten in leeren Räumen aus! Haha!«

Vor dem Gemüse blieben wir stehen. Es gab nichts außer Salat.

»Den gibt es doch sonst nie«, sagte Opa verwundert. »Hab jedenfalls noch nie so viele Köpfe auf einem Haufen gesehen.« Er schüttelte sich. »Den will ich nicht essen.«

»Ich darf ihn nicht essen«, meinte ich. »Hat mir Mutti verboten.«

»Da hat deine Mutti ausnahmsweise mal recht«, murmelte Opa.

Ein Mann im blauen Arbeitskittel zog einen Karren hinter sich her und drängelte sich vorbei. »Darf ich mal!«

Er nahm einen Kopf nach dem anderen und warf ihn auf den Karren.

»Na, mottet ihr das verseuchte Zeug wieder ein? Will wohl niemand haben, was?« Der Mann schaute Opa erstaunt an. Der hob drohend seinen Stock. »Warum wohl nicht?«

Ich zog an seinem Ärmel.

»Schickt es einfach zurück nach Sibirien, die sind ja schließlich schuld an dem atomaren Desaster.«

Der Mann warf weiter Salatköpfe durch die Gegend. »Ukraine«, murmelte er.

»Ist doch alles dasselbe«, schrie Opa. »Ich bin schließlich mal da gewesen, junger Mann!«

Ich zog erneut an seinem Ärmel.

Der Mann schüttelte resigniert den Kopf. »Als ob ich nicht genug zu tun hätte.«

»Ich will es wissen, junger Mann. Auf der Stelle! Wohin kommt das giftige Zeug?«

Der Mann hielt einen Salatkopf zwischen beiden Händen und antwortete in komischem Ton: »In die Großküchen, mein Herr.«

Opa vergaß vor Schreck, den Gehstock auf die Fliesen zu knallen. Er fing nun an, richtig zu schreien. »In die Großküchen?«

Einige Leute drehten sich um. Zwei Frauen stießen mit ihren Einkaufskörben zusammen und schimpften sich gegenseitig aus.

Ein Salatkopf flog in den Karren.

»Das Gift landet also in Krankenhäusern, Schulen und Kindergärten?«

Der nächste Salatkopf flog, noch einer, dann gleich zwei auf einmal. Endlich war der Karren voll und der Mann schob sich an uns vorbei. »Zum Beispiel.«

»Zum Beispiel?«

Opa rannte ihm nach und fuchtelte mit dem Stock. Eine Frau zerrte ihr dickes Kind zur Seite und der Mann den Karren ins Lager.

»Zutritt verboten!«

Und er knallte die Tür zu. Opa rüttelte daran, doch er kriegte sie nicht auf.

»Das muss man sich mal vorstellen. Krankenhäuser. Altenheime! Gute Idee, Genossen, großartig. Kann man die sozialistische Rente sparen, wenn die alle krepieren. Hervorragend! Wir werden von Idioten regiert!«

Inzwischen starrten uns alle in der Halle an. Ich brachte Opa nach draußen, während er weiterschimpfte. Wir hatten überhaupt nichts eingekauft.

»Wieso verscherbeln die den Salat nicht an den Westen? Für Devisen? Da könnte man ein Geschäft draus machen und gleichzeitig den Klassenfeind vernichten.«

»Der Westen hat selber verseuchten Salat, da hat es auch geregnet.«

»Ich sag dir was, Kind. Die Russen haben das Kraftwerk absichtlich hochgehen lassen, damit sich das Kräfteverhältnis in Mitteleuropa verschiebt.«

Er lief gebeugt neben mir her.

»Und wohin soll sich das schieben?«

»Bis zum Atlantik. Sie wollen Deutschland ins Großrussische Reich eingemeinden. Das ist Teil eines gigantischen

Weltplans, jede Wette! Da hilft nur noch eines: Russland bombardieren. Wie Ronald Reagan das wollte.«

»Wie meinst du das denn?«

»Kind, weißt du das denn nicht? Ronald Reagan sollte im Radio eine Rede an das amerikanische Volk halten. Vorher übte er mit dem Mikrofon, wusste nicht, dass er bereits auf Sendung war. War er aber. Er sagte, dass er in fünf Minuten Russland bombardieren würde. Das war nur Spaß, trotzdem haben sich alle Kunden darüber aufgeregt.«

»Na ja, das ist ja auch nicht lustig.«

Der Stock schlurfte hinter ihm über das Pflaster. Opa war völlig fertig. An der Haustür winkte er mir müde zu. »Ich werde jetzt noch *Medizin nach Noten* sehen und mich dann hinhauen.«

Am nächsten Tag gab es in der Schulspeisung so viel Salat wie nie.

»Der Mann mit dem Karren hat tatsächlich recht gehabt«, sagte ich, als ich die Teller der Schüler sah.

Sachsen-Jensi glotzte blöde. »Welcher Mann? Welcher Karren?«

»In der Kaufhalle, gestern. Wegen Tschernobyl. Oh Mist, die rote Ziege ist auch da!«

Parteisekretärin Karlow stand neben der Essensausgabe, kontrollierte die Teller und machte sich Notizen.

»Kennst du den schon«, sagte Sachsen-Jensi, »Breschnew kommt in den Himmel. Du, Petrus, sagt Breschnew, ich möchte unbedingt in den Osthimmel. Einverstanden, sagt Petrus. Aber zum Essen kommste rüber. Für einen allein koch ich nicht.«

Ronny und Ulrike hinter uns lachten laut.

»Draußen sieht alles aus wie immer«, schrie Frau Karlow einen Jungen aus der Zehnten an. »Sie haben keinen Grund, diesen schönen Kopfsalat abzulehnen.«

»Weiß die rote Ziege denn nicht, dass man Radioaktivität nicht sehen kann?«, fragte mich Sachsen-Jensi angriffslustig. »Die denkt, das wäre wie in Bitterfeld, wo die Wäsche beim Trocknen an der Luft schwarz wird vor Dreck.«

Ich war an der Reihe.

»Mit Salat?«, fragte die Küchenfrau.

»Nein.«

»Aha«, rief Parteisekretärin Karlow. »Und warum nicht, Hanna Klein?«

»Esse ich nie, schmeckt mir nicht.« Ich dachte an meine Mutter und ihr Verbot. Kein Salat, kein Obst.

Ihre Augen durchbohrten mich. »Sie stehen unter dem Einfluss der Feindmedien.«

Ich griff nach dem Teller mit Kartoffeln und Senfei und sah nicht hoch.

»Mit Salat?«, fragte die Küchenfrau Sachsen-Jensi, der sich hinter mir versteckt hatte.

»Nö, nö«, krähte der laut. »Ich habe Durchfall, und wenn man Durchfall hat und frischen Salat isst, dann geht das voll –«

»Schon gut, Jens Blum«, zischte die Karlow.

Dann wandte sie sich an die Küchenfrau. »Fragen Sie erst gar nicht, wer Salat will. Tun Sie den einfach auf die Teller, Fräulein Schmitt.«

Die Küchenfrau rollte die Augen nach oben, als sich die Karlow zu den anderen in der Schlange drehte.

»Also ich hätte ja gern eine doppelte Portion Salat!« Die Küchenfrau knallte ihr den ganzen Teller voll. Die Karlow nahm ihn und nickte ihr zu. »Das ist doch nichts als Propaganda!«

»Jaja«, antwortete die Küchenfrau gelangweilt.

Als die Karlow an Herrn Münchmeyer vorbeiging, starrte der geschockt auf all das Grünzeug, das über den Tellerrand hing.

»Sie stehen unter dem Einfluss der Feindmedien«, äffte ich sie nach, als wir am Tisch saßen.

»Der Karlow wachsen jetzt fünf Ohren ausm Kopp!« Sachsen-Jensi stopfte sich ein Senfei in den Mund. »Vati hat mir verboten, Salat zu essen. Wenn ich Salat esse, darf ich nicht *Denver-Clan* sehen. Und ich bin doch nicht bescheuert und lass mir den entgehen.«

Alles ist nur grau. Einatmen, rechter Arm, ausatmen, linker Arm, einatmen, rechter Arm. Meine Hände sind weich, aufgedunsen vom Salzwasser.

Die Ostsee ist nicht blau, so wie auf den Postkarten am Strom. Sie ist ein graues Nichts, ein ewiges Rauschen, das mich umgibt und in mir ist. Ich höre es die ganze Zeit. Manchmal trete ich weg, schwebe durch das Grau, als würde ich träumen.

Mich hält hier nichts wach, es passiert nichts.

Doch ich habe meinen Rhythmus gefunden, die Schmerzen haben nachgelassen.

Wärmer ist mir auch. Bin erschöpft, aber nicht völlig am Ende. Kann meinen Zustand nicht einschätzen.

Ein ruckartiges Ziehen am Handgelenk. Ein lauter Schrei.

Ich stoppe, schaue hoch.

»Da!«

Andreas hebt sich aus dem Wasser, winkt.

Ich nehme die Brille ab.

Eine Fähre, nur wenige Hundert Meter entfernt.

»Die Flagge!«, brüllt Andreas.

Schwarz.

Rot.

Gold.

Ohne Ährenkranz.

»Hallo!« Andreas winkt, schreit. »Hallo!«

Ich ebenso. »Hallo!«

Die Fähre kommt auf uns zu.

»Sie haben uns gesehen!«, brüllt Andreas.

Wir rufen und winken und rufen. Ich strample wild mit den Flossen, um so weit wie möglich aus dem Wasser herauszukommen, schlucke Wasser, huste. Auch Andreas verschluckt sich und krallt sich an meiner Schulter fest, weil ihn ein Krampf schüttelt, taucht mich dabei fast unter. Ich löse mich von ihm und stemme mich erneut hoch, winke weiter der Fähre zu.

Sie ist nun nah, ich kann Menschen darauf erkennen.

»Hallo! Schaut runter zu uns!«

Plötzlich nehme ich den starken Motorenlärm wahr, der mir in der Aufregung entgangen ist.

Das Rufen hat keinen Sinn.

Doch Andreas hört nicht auf, er wirbelt Wasser auf, schreit und schlägt mit den Armen in die Wellen. Die Fähre ist auf unserer Höhe, wir schauen auf ihre Breitseite.

So ein mächtiges Schiff, direkt vor uns.

Könnte uns glatt überfahren.

Sie müssen uns sehen.

Bugfenster, Schornsteine, Kommandobrücke.

Die Wellen heben uns hoch und runter.

Wir sind zwei Punkte im Meer. Nur wenn jemand zufällig in unsere Richtung schaut, kann er uns sehen.

Andreas schreit, zunehmend verzweifelt. Ich brülle aus Solidarität mit.

Doch unser Schreien geht im Motorenlärm unter.

Irgendein Mensch muss doch an der Reling stehen und über die Ostsee schauen.

Da, ein Kind, blonde Haare, vermutlich ein Junge. Er umfasst mit beiden Händen die Brüstung und schaut durch die Stäbe direkt zu uns.

Er sieht uns!

Neben ihm steht ein Erwachsener, vielleicht sein Vater. Er raucht und blickt in die entgegengesetzte Richtung.

»Ruf jemanden!«, brüllt Andreas dem Jungen zu.

Doch der rührt sich nicht, gibt seinem Vater kein Zeichen, blickt uns nur wie versteinert an. Ich winke und winke und plötzlich hebt der Junge seinen Arm und winkt zurück.

»Mensch, du sollst nicht winken, du sollst jemanden rufen!«, schreit Andreas, völlig mit den Nerven am Ende.

Der Junge versteht nicht, was vor sich geht, begreift nicht, dass wir in Gefahr sind, ist noch zu klein. Mit der Bewegung des Schiffes dreht er langsam den Kopf, um uns beim Vorbeifahren weiterhin sehen zu können.

Ich winke ihm zu und er winkt noch einmal zurück.

»Idiot! So eine verdammte Scheiße. Er hat uns doch gesehen«, brüllt Andreas und schlägt seine Hand aufs Wasser. »Wieso macht der denn nichts?«

»Ist ein Kind. Er begreift es nicht.«

»Ich auch nicht.« Andreas ist außer sich. »Wir krepieren

hier noch! Erst der blöde Pole und jetzt der Junge. Als wäre es normal, dass zwei Leute mit Anzug und Taucherbrille durch die Ostsee paddeln.« Er hustet, hat sich verschluckt. »Verflucht noch mal! Wir hätten auf der Tonne bleiben sollen! Eine Scheißidee, einfach weiterzuschwimmen.«

»Dann wären wir jetzt schon auf dem Weg zurück in die DDR«, brülle ich zurück. Ich will nicht mehr über die Tonne nachdenken, die ist Vergangenheit.

»Und woher willst du das wissen?« Andreas lässt nicht locker. »Vielleicht wäre diese Fähre an der Tonne vorbeigekommen und hätte uns gesehen! So ein Profi bist du nun auch wieder nicht. Training im Schwimmbad macht einen noch lange nicht zum Experten auf hoher See!«

Das ist gemein. »Ich habe nie behauptet, ein Experte zu sein. Du warst derjenige, der abhauen wollte!«

»Das wolltest du doch auch! Ich habe –«

Im nächsten Moment klatscht ihm Wasser ins Gesicht und bringt ihn zum Schweigen. Ich drehe mich ein und versuche, der Welle auszuweichen, doch diese ist nicht zu vergleichen mit den kleineren Wellen der Patrouillenboote.

Das Meer um uns beginnt zu brodeln.

Wasser schlägt über uns zusammen. Andreas dreht sich im Kreis, wie in einem Strudel. Das heftige Ziehen der Schnur schmerzt an meinem Handgelenk.

Ich kann nichts mehr sehen.

»Wir müssen zusammenbleiben«, brülle ich.

Ein starker Sog von unten. Wasser im Schnorchel, keine Luft, ich huste, der Motorenlärm ist unerträglich laut. Die Schiffsschraube der Fähre.

Wellen reißen mich auf und nieder.

Ich bin unter Wasser, halte den Atem an.

Andreas treibt plötzlich neben mir, haut mir beim Kampf mit den Wellen seinen Ellenbogen in die Rippen, treibt wieder davon, zerrt an der Schnur.

Wo ist oben?

Ich komme zurück an die Oberfläche, huste und spucke Wasser.

Die Wellen haben sich etwas beruhigt.

Mir läuft brennendes Salzwasser den Rachen hinunter. Ich würge.

Ich drehe mich von Andreas weg und kotze ins Wasser.

Ekelhaft. Mein ganzer Mund brennt. Mehrmals muss ich mich übergeben, bis mein Magen leer ist. Danach schließe ich die Augen, Lichter tanzen vor meinen Lidern, alles dreht sich. Mir ist so übel.

»Geht's wieder?«, fragt Andreas nach einigen Sekunden.

Ich schüttle den Kopf. Mein Herz rast. Ich zittere vor Kälte, gleichzeitig schwitze ich. Mein Körper spielt verrückt.

»Ist besser, dass es raus ist«, sagt Andreas, um mir Mut zu machen.

Leider nicht. Das stimmt vielleicht, wenn man gesoffen hat, aber nicht hier. Ich habe viel Energie und Wärme verloren. Und Flüssigkeit.

Etwas ist anders. Ich taste meinen Bauch ab. Die Flasche! Ich taste weiter, überall.

Sie ist weg. Ich habe sie verloren. Auf dem Wasser ist nichts zu sehen, sie würde ohnehin nicht schwimmen, ist zu schwer. Muss sich im Tosen der Wellen gelöst haben und ich habe es nicht bemerkt.

Wir haben nichts mehr zu trinken. Mein Herz rast noch stärker.

Ich bin schuld daran, dass wir im Meer sind und nicht mehr

auf der Tonne, und nun habe ich auch noch unser Trinkwasser verloren.

Wie konnte das passieren?

Ich trau mich nicht, es Andreas zu sagen.

Er hat sich auf den Rücken gelegt, lässt sich treiben. Ich mache es ihm nach, schaue hoch in den Himmel, möchte mich nicht mehr bewegen. Endlich Ruhe. Ich höre mein Herz klopfen, weiß nicht, was ich machen soll, möchte mich auflösen und von hier verschwinden.

Ich muss mich beruhigen.

Andreas isst Schokolade, reicht mir ein Stück, aber ich kann nicht essen.

Wasser dringt mir in die Ohren, Geräusche werden dumpfer, wieder heller. Es ist nicht mehr zu hören als Plätschern und Gurgeln. Wir werden vom Kurs abtreiben.

Über mir dicke weiße Wolken, Sonne brennt mir ins Gesicht. Irgendwo ist der Ostseestrand, irgendwo spielen Kinder, planschen im warmen Wasser, laufen Wasserbällen nach, hüpfen durch die Brandung.

Haben Boden unter den Füßen.

Wir sind jetzt hier, mitten im Meer.

Ohne Kraft.

Ohne Wasser.

Ich zittere nicht vor Kälte. Ich hab Angst.

Mir ist zum Heulen. Der Knoten im Hals wird immer größer, nimmt mir die Luft.

Was haben wir nur getan.

Wir werden es niemals schaffen.

Warum sind wir nicht einfach da geblieben, wo wir waren.

Dort war es warm und trocken, nicht so furchtbar kalt wie hier.

Ich will nach Hause, in mein Bett. Will Vati vorlesen. Mutti macht mir Kakao.

Ich heule, bekomme kaum noch Luft.

Ich will, dass es vorbei ist.

Andreas packt mich an der Schulter. »Wir müssen weiter.«

Ich schaue ihn an. Sein Gesicht ist ganz grau, die Pupillen weit.

»Ich kann nicht mehr.«

Glaubt er wirklich daran, dass es noch Sinn hat?

»Red nicht solchen Scheiß. Ich bin noch fit, also bist du noch lange nicht am Ende.«

Andreas zerrt an mir herum, lässt mich nicht in Ruhe.

Apathisch drehe ich mich auf den Bauch, vor mir wieder nur Wasser.

Kein Himmel wie eben, der war tröstlich.

Ich will mich wieder auf den Rücken drehen, hoch in den Himmel schauen, die Augen schließen, schlafen.

»Los«, sagt Andreas. »Du musst kämpfen wie ein Soldat! Denk an deinen Opa! Oder an Generalmajor Karton. Stell dir vor, der könnte uns hier sehen! Für irgendwas muss dieser blöde Wehrunterricht doch gut gewesen sein.«

Meine Muskeln sind hart und verkrampft, ich schwimme gegen die Kälte an.

»Generalmajor Karton ist leider krank. Ihr übt jetzt Exerzieren auf dem Schulhof.«

Frau Thiel öffnete die Tür des Schulhauses. Wir folgten ihr nach draußen.

»Ich dachte immer, dass man bei der Verteidigung des Vaterlandes nicht krank werden darf«, flüsterte ich.

Sachsen-Jensi grinste. »Alles nur Tarnung. Er ist in den Westen abgehauen! Echt schade, dass er heute nicht kommen kann, ich hätte gern wieder seinen dämlichen Film gesehen.«

In fast jeder Stunde zeigte Generalmajor Karton einen Film über die bewaffneten Organe. Die Qualität war immer so schlecht, dass man kaum etwas erkennen konnte. Panzer wurden mit Fallschirmen aus Flugzeugen geworfen. Manchmal riss der uralte Film und er musste ihn mit Klebeband flicken. Eigentlich sollten wir im Unterricht etwas über die Verteidigung unseres Vaterlandes lernen, aber irgendwas kam immer dazwischen. Der Generalmajor stand mit seiner Uniform, die voller Orden war, vorn an der Tafel und gab Kommandos. Wir mussten aufstehen, wenn wir etwas sagten.

Frau Thiel stützte die Hände in die Hüften und atmete schwer. »So. Nun steht nicht so blöd rum und übt schön.«

Wir sahen uns an. Niemand wusste so recht, was zu tun war.

»Immer vier in einer Reihe, hintereinanderher im Gleichschritt. Generalmajor Karton hat euch doch sicher schon mal gezeigt, wie das geht.«

Wir stellten uns im Schulhof auf, ließen uns aber viel Zeit. Andreas stand hinter mir, Sachsen-Jensi neben mir.

»Ich werde Sabine ordentlich in die Hacken latschen«, flüsterte er mir ins Ohr.

»Und ordnet eure Kleidung. Das geht so nicht!«

Alle zogen an ihren Sachen rum.

»Wo ist Frank?«, fragte Frau Thiel.

Lustlos hob der seinen Arm.

»Du bist der Agitator, du gibst die Kommandos.«

»Oh nö«, stöhnte er.

»Keine Widerrede!«

Frau Thiel trat einige Schritte zurück und klatschte rhythmisch in die Hände. »Und nun los. Singt *Spaniens Himmel*! Eins, zwei, eins, zwei …«

»Kompanie, stillgestanden! Im Gleichschritt … marsch!«

Wir zogen los.

»Spaniens Himmel breitet seine Sterne …«

»Rechts!«

»… über unsre Schützengräben aus …«

»Geradeaus!«

»… und der Morgen grüßt schon aus der Ferne …«

»Auf der Stelle treten!«

»… bald geht es zu neuem Kampf hinaus …«

»Rechts schwenkt … marsch!«

Sachsen-Jensi trat Sabine in die Hacken. Die drehte sich um. »Aua! Das hat wehgetan!«

Sie stolperte und trat nun Patricia in die Hacken, die nach vorn durchkrachte. Die Kompanie geriet durcheinander.

»Die Heimat ist weit, doch wir sind bereit …«

»Aua!«

»Geradeaus!«

»… wir kämpfen und siegen für dich …«

Andreas rempelte mich von hinten an und lachte sich halb tot.

»… Frei…heit!«

»Scheißhose«, fluchte Sachsen-Jensi. Sie rutschte mal wieder und er musste sie am Bund festhalten.

»Das sieht ja unmöglich aus«, schrie Frau Thiel über den Hof. »Zum Glück sieht euch Herr Generalmajor Karton heute nicht! Dann würde er erst recht krank werden!«

Wir stolperten über den Hof, ohne etwas zu singen. Frank murmelte Kommandos, die keiner beachtete. Frau Thiel rannte am Zug vorbei und wedelte mit ihren schwabbeligen Armen.

»Singt ein Marschlied! Dann haltet ihr den Rhythmus und kommt so richtig in Schwung. *Die Internationale*! Muss man euch denn alles sagen!« Sie fing mächtig an zu schwitzen. »Das kann man ja nicht mit ansehen!«

Uns nicht aus den Augen lassend, watschelte sie zurück zum Schulgebäude.

»Mannomann«, stöhnte Andreas hinter mir genervt.

»Wir könnten *Freude, schöner Götterfunken* singen«, schlug ich vor.

Beethovens *Neunte* behandelten wir gerade im Musikunterricht und alle kannten den Text.

»Genau, das machen wir«, rief Sachsen-Jensi begeistert. »Mal was anderes! Mal nichts Politisches!«

Wir formierten uns und marschierten los.

»Freude, schöner Götterfunken, Tochter aus Elysium, wir betreten feuertrunken, Himmlische, dein Heiligtum!«

»Geradeaus!«

»Deine Zauber binden wieder, was die Mode streng geteilt, alle Menschen werden Brüder, wo dein sanfter Flügel weilt.«

»Rechts!«

»Das darf doch wohl nicht wahr sein«, brüllte Frau Thiel. Sie kehrte um und walzte auf uns zu.

In diesem Moment verließ Frau Kröger das Schulgebäude. Erschrocken starrte sie unserer Truppe entgegen.

»Wem der große Wurf gelungen, eines Freundes Freund zu sein, wer ein holdes Weib errungen, mische seinen Jubel ein!«

»Links schwenkt … marsch!«

Frau Thiel schnappte nach Luft und sah sich Hilfe suchend zu Frau Kröger um. »Das ist doch wohl kein Marschlied!«

Frau Thiel kam nicht so schnell näher, wie sie wollte. Frank gab absichtlich Kommandos, die die Kompanie von ihr wegführten.

»Ja, wer auch nur eine Seele sein nennt auf dem Erdenrund! Und wer's nie gekonnt, der stehle weinend sich aus diesem Bund!«

»Auf der Stelle treten!«

Frau Kröger überquerte zügig den Schulhof. Sachsen-Jensi stieß mir in die Seite.

»Sie hat gelacht. Ich habe es genau gesehen! Sie hat urst gelacht!«

Frau Thiel donnerte mitten in uns hinein. »Auf der Stelle treten!«

Sachsen-Jensi sang weiter: »Freude trinken alle Wesen an den Brüsten der Natur. Alle Guten, alle Bösen folgen ihrer Rosenspur.«

»Ruhe, Jens Blum«, kreischte Frau Thiel. »Wenn das die Kampfreserve der Partei sein soll, na, dann gute Nacht! Beethoven, ich glaub, ich spinne!«

»Wieso? Mal was anderes. Mal nichts Po…«

Ich stieß ihm meinen Ellenbogen in die Seite.

»Mal was anderes, ich glaub, ich spinne!«

»Im Gleichschritt … marsch«, schrie Frank.

Mit Frau Thiel in unserer Mitte trabten wir los. Sie kam ins Stolpern und hielt sich an Susanne fest, die entsetzt aufschrie.

»Frank, du bist ruhig! Exerzierübung beendet!«

Frau Thiel packte diejenigen, die am dichtesten standen. »Zurück in die Schule, alle! Und Ruhe jetzt!«

Doch wir summten weiter.

»Ruhe! Hört ihr nicht!«

Agitator Frank grummelte: »Froh, wie seine Sonnen fliegen …«

Der Kopf von Frau Thiel flog herum. »Wer war das?«

»Durch des Himmels prächt'gen Plan …«

Ihr Kopf flog zurück.

»Ihr kriegt alle eine Fünf in Staatsbürgerkunde! Und ihr solltet euch sehr, sehr schämen!«

Da wir nun schon alle eine Fünf hatten, sangen wir auf dem Schulflur einfach weiter. »Freudig, wie ein Held zum Siegen, wie ein Held zum Siegen!«

Natürlich petzte Frau Thiel alles dem Generalmajor Karton, als der wieder gesund war. Im nächsten Wehrunterricht stand er vorn an der Tafel und redete in einem scharfen Ton mit uns. Sein Name passte echt zu ihm. Er war dick, aber trotzdem irgendwie eckig.

Nachdem er uns befohlen hat, uns nie wieder in Form von unpassendem Liedgut über militärische Errungenschaften lustig zu machen, holte er jeden einzelnen Schüler vor zur Tafel und machte ihn fertig. Erst mussten wir Dienstgrade aufsagen. Feldwebel, Stabsoberfähnrich, Oberst, Armeegeneral und Flottenadmiral. Dann mussten wir viele blöde Fragen beantworten. Welche Länder zum Warschauer Pakt gehören, welche zur NATO, welche Länder Afrikas sozialistisch waren. Wer dran war, musste alles auf der Weltkarte zeigen.

Andreas tat so, als würde er Kuba nicht finden. Dabei war er in unserer Klasse der Beste in Geografie. Er wollte den Generalmajor ärgern und eierte mit dem Zeigestock auf Südamerika herum, folgte den Anden und landete in Patagonien.

In der Klasse kicherten einige.

»Das ist die Magellanstraße, was soll der Blödsinn?«

Andreas tat überrascht: »Ach.«

»Sie wissen nicht, wo das sozialistische Bruderland Kuba liegt?«, schmetterte der Generalmajor.

»Ich bin mir nicht sicher.«

»Kuba liegt direkt vor den Toren des Klassenfeindes!«

Andreas rührte sich nicht.

»Zeigen Sie uns die Vereinigten Staaten von Amerika!«

Andreas holte weit aus und knallte die Spitze des Stocks auf den mittelatlantischen Rücken. Die ganze Klasse starrte auf die Stelle. Doch da war nichts, nur Wasser. Und ein riesiges Gebirge unter dem Meeresspiegel, wie wir alle aus dem Geografieunterricht wussten.

Die Glatze des Generalmajors lief rot an. Er raste aus dem Zimmer und kam mit Frau Thiel zurück.

Theatralisch breitete die ihre dicken und bleichen Arme aus: »Das wundert mich nicht, dass du wieder aus der Reihe tanzen musst, Andreas Kuschwitz.«

Der Generalmajor machte sich steif wie ein Brett und schrie in den Raum: »Jugendfreund Kuschwitz, da es im Wehrunterricht keine Noten gibt, bekommen Sie für diese erbärmliche und unwürdige Leistung eine Fünf in Staatsbürgerkunde.«

Andreas zuckte mit den Schultern und setzte sich auf seinen Platz.

Sachsen-Jensi beugte sich zu uns vor und flüsterte: »Ich weiß einen tollen Witz für den Major. Ein Mann kommt nach Hause, sieht einen Panzer bei sich im Wohnzimmer stehen und ruft: Sieh da! Freunde zu Besuch!«

Ist wieder besser. Hatte vorhin eine Krise, wollte nicht mehr weiterschwimmen.

Kenne das vom Training, man wird komisch, wenn man erschöpft ist.

Meistens war ich kurz vorm Ziel, da kann man schwach werden, ist halb so wild. Ich wusste, dass ich bald den Beckenrand berühren, mich an der Leine festhalten würde. Und unter der warmen Dusche die Muskelstarre lösen konnte.

Ich weiß nicht, wie lange es jetzt noch dauern wird, wie viele Meter noch vor mir liegen. Diese Aktion ist Wahnsinn, die kann man nicht vorher üben.

Doch immerhin hab ich mich wieder eingekriegt. Zum Glück hat Andreas auf mich aufgepasst und mir nicht erlaubt, mich gehen zu lassen.

Meine Wade tut weh, ein Krampf, bald. Wenn er kommt, muss ich mich auf den Rücken legen und ruhig bleiben. Mir am besten einbilden, ich wäre im Schwimmbad, der Beckenrand in greifbarer Nähe. Bloß keine Angst haben, ist so schon schwer genug. Im Kopf ein Gedicht aufsagen, den Krampf lösen, Muskeln spannen, entspannen, nicht an das denken, was unter einem ist. Nichts.

Ekelhafter Salzgeschmack. Und die blöde Brille hält nicht dicht, meine Augen brennen, sehe kaum noch was.

Hätte der Junge doch nur ein Wort zu seinem Vater gesagt.

Hätte der Vater nur einmal seinen Jungen angeschaut und das Winken bemerkt.

Dann wären wir jetzt auf der Fähre, in Sicherheit.

Und nicht noch immer hier draußen, auf dem offenen Meer.

Das Wasser wird immer kälter. Fühlt sich an wie vierzehn Grad.

Ein Geräusch unter Wasser, irgendwo in der Ferne, gigantisches Grollen. Eine Schiffsschraube. Stille über dem Wasser, wenn ich Luft hole, doch beim Untertauchen dieses Grollen. Wieder und wieder und wieder.

Auf dem Meer ist viel los, doch die Schiffe kommen nicht zu uns.

Scheißflossen. Die Ränder schneiden mir in die Füße, die Strümpfe sind durch, jetzt auch die Haut. Im Salzwasser. Nicht dran denken.

Andreas flucht. Er ist ganz nah, haut mir manchmal seinen Arm in die Seite. Seine Bewegungen sind unkoordiniert. Er schwimmt immer langsamer, flucht dafür immer mehr. Er soll seine Kräfte schonen, sich aufs Schwimmen konzentrieren. Ich habe keine Kraft, anzuhalten und ihm das zu sagen.

»Warum mach ich diesen Scheiß«, ruft er laut.

Die Schnur spannt sich kurz, ist dann wieder locker.

Er schwimmt zum Glück weiter, hört nicht auf.

Was würde ich machen, wenn er auf einmal nicht mehr schwimmen könnte?

Er weiß doch selber, warum er diesen Scheiß macht. Will nicht wieder in den Knast. Der Jugendwerkhof hat gereicht. Er war ganz dünn, als er rauskam. Haare kurz, Locken rausgeschnitten. Hat kaum geredet, ist mit uns in die S-Bahn nach Warnemünde gestiegen. Sachsen-Jensi erzählte die neusten Witze, über die Andreas aber nicht lachen konnte. Ich auch nicht, es passte einfach nicht mehr. Zur Feier seiner Rückkehr haben wir Goldbroiler im Hotel Neptun gegessen.

Andreas hat das halbe Hähnchen ganz schnell gegessen, danach die Pommes und dann den Rohkostsalat. Alles nacheinander und im Jugendwerkhofstempo. Wir schauten ihm erschrocken dabei zu und vergaßen beinah unsere Broiler. Hatte immer nur fünf Minuten Zeit für das Mittagessen, erklärte er uns, als er unsere Blicke bemerkte.

Später liefen wir an der Möwenskulptur und an Turm 3 vorbei und gingen runter an den Strand. Andreas schaute über die Wellen und erzählte leise vom Tagesablauf im Knast, wie er sagte. Wecken, Frühsport, Waschen, Bettenbau, Frühstück, Abmarsch ins Stahlwerk, Rückmarsch, Abendbrot, Stubendienst, Nachtruhe.

»Man muss unauffällig sein, wie ein Spion«, rief Sachsen-Jensi laut. Wir haben gelacht. Das musste er gerade sagen, mit seiner Frisur, die an dem Tag und im Sturm noch dämlicher aussah als sonst.

Hat nicht geklappt, unauffällig zu sein.

Wegen Opa. Im Grunde war es seine Schuld, auch wenn es keine Absicht war. Er kapierte nicht mal, was er ins Rollen gebracht hatte.

Alles aus. Ab dann gab es für uns nur noch das Dieselmotorenwerk. Von sechs Uhr früh bis nachmittags um vier. Dosenöffner jeden Tag. Bauteile zusammenstecken, Schrauben reindrehen, in Kartons verpacken.

Nichts mit Abitur, nichts mit Biologiestudium. Jeden Tag hat mir ein alter Knacker an den Hintern gefasst. Uwe sagte ihm zwar, dass er das lassen sollte, aber es nützte nichts.

Andreas stand an der Bohrmaschine, mit unförmiger Plastebrille und im blauen Arbeitsanzug. Er fertigte jeden Tag das gleiche Teil für die Schiffsschraube.

Wer weiß, vielleicht war es die Schiffsschraube, die ich gerade höre.

Noch immer dieses Dröhnen unter Wasser.

Etwas packt meinen Arm. Andreas' Hand. Ich höre auf zu schwimmen, hebe meinen Kopf. Schmerzen im Nacken. Am

Horizont mehrere Schiffe, mit Kurs auf Westdeutschland. Vermutlich Tanker. Viel zu weit weg.

Ich schüttele den Kopf. Es macht keinen Sinn, zu winken und zu rufen, sie würden uns nicht bemerken.

»Mir ist schlecht«, sage ich. »Ich könnte kotzen.«

Auch Andreas ist sehr blass und zittert.

Es sticht in meiner Wade, der Neoprenanzug scheuert meine Handgelenke auf, alle Muskeln schmerzen, können sich nicht mehr bewegen.

Ich habe starke Kopfschmerzen. »Gib mir das Röhrchen.«

Andreas legt sich auf den Rücken, öffnet die Tasche, die an seinem Bleigürtel befestigt ist. Das Röhrchen mit den Schmerztabletten. Er fummelt den Deckel herunter und lässt eine Tablette in seine Hand kullern, steckt sie mir in den Mund.

Ich schlucke sie mit etwas Seewasser hinunter, Andreas folgt meinen Bewegungen, wirkt irritiert.

Ich muss es ihm jetzt sagen, auch wenn es verdammt schwerfällt und ich ein riesiges schlechtes Gewissen habe. »Hab die Flasche verloren. Vorhin bei der Welle.«

Sein Blick ist starr.

»Es tut mir echt leid.«

»Scheiße.« Mehr sagt er nicht.

Ich hab keinen Hunger, keinen Durst. Nur Schmerzen.

Die Tablette wirkt nicht.

»Ich kann nicht mehr aufhören zu zittern«, sagt Andreas.

Der Körper kämpft gegen die Kälte, produziert Wärme durch Muskelzittern.

Wir setzen uns wieder in Bewegung. Kraulen können wir beide nicht mehr, schwimmen nur noch Brust. Ich kriege die Arme nicht mehr aus dem Wasser. Schwimmen wie in Zeitlupe, total langsam.

Wenn ich beim Training dieses Tempo anschlagen würde, würde Ulrich ausrasten.

Ich kann mich kaum noch konzentrieren.

Plötzlich dreht die Kompassnadel abrupt nach Ost.

Eine starke Strömung. Andreas merkt es nicht, ich greife nach seinem Arm.

»Wir treiben nach Osten ab, müssen schneller schwimmen!«

Ich paddle stärker mit den Beinen, ziehe Andreas mithilfe der Schnur und korrigiere unseren Kurs. Es ist fast nicht machbar, die Strömung wirft uns immer wieder zurück. Auch die Kompassnadel springt, kommt nicht zur Ruhe.

Mein Schwimmrhythmus gerät völlig durcheinander, ich kann meine Bewegungen nicht koordinieren, mein Körper weiß nicht, was er tut. Die Befehle des Gehirns verebben auf dem Weg zu den Muskeln.

Andreas hat Mühe, auf meiner Höhe zu bleiben, er schafft es kaum noch.

Am liebsten würde ich ihn anschreien, obwohl er nichts dafür kann.

Eine Ewigkeit kämpfen wir gegen die Strömung, strengen uns an, bis alles wehtut.

Kein Fixpunkt, keine Möglichkeit, unsere Position zu bestimmen.

Die Nadel beruhigt sich allmählich wieder. Wir wissen nicht, wie weit wir abgetrieben wurden.

»Wo ist Norden?«, fragt Andreas.

Ich schaue auf den Kompass, zeige die Richtung an.

»Lass uns direkt nach Westen schwimmen«, sagt Andreas. »Wir sind weit genug auf der Ostsee. Wir können gar nicht mehr in der DDR landen.«

Im Grunde haben wir keine Ahnung, wo wir überhaupt sind. Doch ich widerspreche nicht. Die Endlosigkeit der Ostsee macht mich fertig.

Der Gedanke, nach Westen zu schwimmen, gibt mir Hoffnung.

Wir hatten alle keine Lust auf den Ersten Mai und die Demonstration. Das Gute daran war, dass wir nicht in die Schule mussten.

Ich holte Sachsen-Jensi und Andreas zu Hause ab, zusammen liefen wir zum Kröpeliner Tor, wo sich die Klasse traf, um sich zu formieren. Andreas hatte sein FDJ-Hemd nicht an und bekam deshalb gleich Ärger mit Frau Thiel.

»Andreas, wo ist Ihr Hemd?«

»Schmutzig. Wir hatten kein Spee mehr zu Hause.«

»Sie stehen heute in der allerletzten Reihe, nur damit das klar ist!«

Dann schoss auch noch die Karlow um die Ecke und sah natürlich sofort, dass etwas nicht stimmte. Darauf war sie geeicht, witterte es wie ein Hund.

»Kuschwitz, das war ja klar! Sie ohne Hemd! Was haben Sie dazu zu sagen?«

»Ich habe dazu zu sagen, dass ich den Klassenstandpunkt auch ohne Hemd vertreten kann.«

Sie wurde blass. »Darauf legt hier aber niemand Wert. Abmarsch. Sie nehmen mit dieser Einstellung an der Demonstration nicht teil. Leute wie Sie braucht das Land nicht.«

»Schön, dann geh ich jetzt Eis essen.«

Andreas zeigte den Daumen nach oben und verschwand in den Wallanlagen.

»Unverschämtheit!«, rief ihm Frau Karlow nach.

»Der hat es gut«, murmelte Sachsen-Jensi. »Ich will auch ein Eis.«

Stattdessen musste er eine Arbeiterfahne durch die Lange Straße tragen und »Es lebe die Freundschaft zur Sowjetunion« rufen.

»Aber weißt du, was«, schrie Sachsen-Jensi mir ins Ohr. »Mit der Freundschaft zur Sowjetunion steht es nicht mehr gut, seit Perestroika und Glasmost will Honecker plötzlich nicht mehr alles nachmachen. Hat mein Vater gesagt.«

»Das heißt Glasnost.«

»Was?«

»Glasnost, nicht Glas Most, ist schließlich nichts zu trinken!«

Sachsen-Jensi war das egal, er schwenkte wie wild seine Fahne.

Die Demonstration war zum Glück mittags zu Ende, wir konnten abhauen. Andreas wartete am Steintor auf uns, denn wir wollten zusammen nach Warnemünde fahren.

Sachsen-Jensi und ich liefen zu Hause vorbei und zogen uns rasch um, schließlich wollten wir nicht in FDJ-Bluse zum Strand fahren. Das wäre zu peinlich gewesen.

Auf der Warnemünder Mole waren viele Leute, die etwas verkaufen wollten. Einer hatte Weihnachtspyramiden aufgestellt, und das Anfang Mai.

Andreas und ich kletterten rasch hoch.

»Toller Platz!«, rief Sachsen-Jensi und nahm Anlauf, schaffte es aber nicht. Andreas und ich packten ihn am Hosenbund und zerrten ihn auf die Mole.

Dort breiteten wir die Poster aus. Und auch alles andere, was man verkaufen konnte, also Artikel über Bands, Aufkleber, Werbung.

»Dann wollen wir doch mal sehen, wie viel Geld wir aus der *Bravo* raushauen können«, sagte Andreas zu Sachsen-Jensi. Seine Oma war im Westen gewesen und hatte ihm eine *Bravo* mitgebracht, allerdings dachte sie, dass er die selbst behalten und nicht auf dem Schwarzmarkt verkaufen würde.

Sofort waren wir von Leuten umringt. Zwei Mädchen, die mit ihren blonden Haaren und rosa Nickis fast gleich aussahen, standen vor uns und tuschelten.

»Was darf es sein?« Sachsen-Jensi breitete seine Arme über den Schätzen aus.

Beide zeigten auf das große Poster von Depeche Mode.

»Das macht genau zwanzig Mark!«

Sie guckten erschrocken und kramten in ihren Taschen. Jede reichte uns einen Zehnmarkschein.

»Schneidet ihr das dann in der Mitte durch, oder wie?«

Sie starrten uns an.

»Oder wechselt ihr euch jede Woche ab?«

Sie steckten ihre Köpfe zusammen, flüsterten erneut und nahmen das Poster. Schnell gingen sie weg.

»Es ist doch egal, was die damit machen. Vergraul uns bloß nicht die Kundschaft mit deinen blöden Fragen«, schimpfte Andreas.

Ich beobachtete die Mole. Wenn die Volkspolizei kam, mussten wir abhauen.

Ein Junge mit vielen Pickeln kaufte das Poster von George Michael für fünfzehn Mark. Die von Madonna und Prince wurden wir auch sofort los. Für Sting haute Andreas fünfundzwanzig Mark raus, weil hinten auch noch Jennifer Rush drauf war. Eine Frau, die so alt war wie Mutti, kaufte das Knie vom Don-Johnson-Starschnitt.

»Hängen Sie sich das Knie von Don Johnson an die Wand, oder wat?«

Sie nickte höflich und legte sieben Mark auf die Mole. Dann ging sie weg, wobei sie sich in alle Richtungen umsah.

Andreas boxte Sachsen-Jensi in die Seite. »Halt bloß die Klappe, Mensch!«

»Es ist doch völlig blöde, sich ein Knie an die Wand zu hängen!«

»Vielleicht hat sie bereits den Oberschenkel«, sagte Andreas.

»Ich weiß was, ich weiß was«, rief Sachsen-Jensi. »Wir machen Fotos von meinem Knie und sagen, dass es das Knie von Bruce Springsteen ist. Damit könnten wir viel Geld machen.«

»Klappt nie«, sagte ich. »Deine Knie sind viel zu dürre. Und zu dreckig.«

»Na und? Bruce Springsteen hat doch sicher auch mal dreckige Knie vom Rumrocken auf der Bühne.«

Andreas blätterte in der *Bravo*. »Wahnsinn«, sagte er plötzlich.

Sachsen-Jensis roter Schopf flog herum: »Wie? Was?«

»Wahnsinn«, sagte Andreas erneut und verschwand in der *Bravo*.

Sachsen-Jensi rutschte zu ihm, schaute über seine Schulter und riss die dichten Augenbrauen in die Höhe. »Urster Wahnsinn!«

»Was ist denn los?«, fragte ich.

»Concert for Berlin«, las Sachsen-Jensi vor. »Am nächsten Wochenende. David Bowie, Genesis und die Eurythmics!«

»Wahnsinn!«

»Die spielen vor dem Reichstag, das kann man sogar bei

uns im Osten hören«, schrie mir Sachsen-Jensi ins Ohr, als wäre ich taub.

»Den Artikel verkaufen wir erst mal nicht«, beschloss Andreas.

Inzwischen hatten wir fast nur noch Werbung übrig. Ein Herr gab uns dafür fünf Mark.

»Wo wohnt ihr?«

»Rostock«, antwortete Andreas.

»Adresse?«

Andreas gab die Adresse von unserer Klassenstreberin Sabine im Stasihochhaus an.

»Und du?« Der Mann starrte mir ins Gesicht.

»Dierkow. Allee der Bauschaffenden 798.«

»Riesa. Braungohlnweg 5«, brüllte Sachsen-Jensi in furchtbarstem Sächsisch.

Der Mann machte sich Notizen und ging weiter zur nächsten Gruppe.

Später in der S-Bahn lasen wir erneut den Artikel über das Konzert. Sachsen-Jensi verschränkte die Arme vor der Brust und meckerte. »Wieso ist im Westen immer alles besser? Könnt ihr mir das vielleicht mal sagen? Und wieso kommen die Eurythmics nicht auch mal zu uns?«

»Warum sollten sie das tun?«, fragte Andreas nur und starrte wütend aus dem Fenster. »Darauf kannst du echt lange warten.«

Um bessere Laune zu kriegen, zählten wir unser Geld. Wir hatten zweihunderteinundsechzig Mark und dreißig Pfennig verdient. Für jeden siebenundachtzig Mark und zehn Pfennig.

Sachsen-Jensi staunte. »Was machen wir damit?«

»Im Delikatladen Westschokolade kaufen«, schlug ich vor.

»Wie blöd.«

In Marienehe stieg eine Mutter mit einem weinenden Kind ein. Sie setzte sich schräg gegenüber.

»Wir könnten nach Berlin fahren!« Andreas schlug Sachsen-Jensi auf den Schenkel. »Alter, wie findest du das?«

»Aua! Was sollen wir da?«

»Na, zum Konzert gehen, Mensch!«

»Dürfen wir das denn?«

Andreas beugte sich vor und flüsterte: »Am Sonnabend nach der Schule setzen wir uns einfach in den Zug. Dann kommen wir pünktlich zu David Bowie.«

»Ich hab kein Geld für die Fahrt«, redete sich Sachsen-Jensi raus.

»Quatsch nicht rum, du Memme hast siebenundachtzig Mark und zehn Pfennig.«

Ich lachte. »So eine doofe Ausrede!«

Beleidigt streckte er mir die Zunge raus. »Wir sehen doch nichts, da ist die Mauer dazwischen!«

Die Frau mit dem Kind guckte komisch zu uns herüber. Draußen dämmerte es.

»Wir hören sie«, entgegnete ich. »Angucken kannst du sie dir ja bei *Formel Eins*.«

»Ich würde mitkommen, wenn ich sie sehen könnte!«

»Blödsinn, du hast einfach Schiss. Waschlappen.« Andreas ließ ihn links liegen und drehte sich zu mir. »Und am Sonntag gehen wir zu den Eurythmics.«

»Genau!«

Sachsen-Jensi rutschte auf seinem Hintern herum. »Und wo pennen wir?«

»Im Park oder so. Es ist nachts nicht mehr kalt. Wir könnten unsere Schlafsäcke mitnehmen!«

»Ich glaube nicht, dass das erlaubt ist. Wir werden bestimmt verhaftet. Oder ausgeraubt. Wie neulich in der Sendung *Der Staatsanwalt hat das Wort*.«

»Ich kenne jemand in Berlin, bei dem können wir pennen.«

Die beiden schauten mich erstaunt an. »Echt?«

»Bei Tante Elke und Onkel Jürgen. Ist nur lange her, dass ich sie gesehen habe.«

»Wann war das denn?«

»Auf der Beerdigung von Onkel Wolfgang. 1982 oder so.«

Sachsen-Jensi verzog den Mund. »Ob die sich noch an dich erinnern?«

»Klar. Wir sind verwandt.«

Zu Hause öffnete ich die Schreibtischschublade. Mutti hatte dort immer das kleine Notizbuch mit allen Adressen liegen. Onkel Jürgen stand da auch drin. Dimitroffstraße 16, Prenzlauer Berg, Berlin. Stadt des Friedens und der Völkerfreundschaft.

Als ich Mutti erzählte, wie viel Geld wir auf der Mole verdient hatten, meinte sie, dass sie nun im Fischkombinat aufhören und ebenfalls Schund auf dem Warnemünder Schwarzmarkt verkaufen würde.

»Verdammte Scheiße!«

Andreas tastet über seinen Hals und den Taucheranzug. »So ein verdammter Mist! Ich fasse es nicht!«

»Was ist denn los?«

»Oben kommt Wasser rein, es ist arschkalt.«

Ich schwimme zu ihm, nehme die Brille ab und schaue es

mir an, glaube es auch nicht. Sein Anzug ist kaputt, ein großer Riss führt vom Hals hinunter bis zur Brust.

»Wann ist das passiert?«

»Gerade eben. Verdammter Mist, wie kann das sein? Was mach ich jetzt?«

»Hast du irgendwo das Klebeband?«

Andreas nickt, dreht sich auf den Rücken, schiebt seine Tasche auf den Bauch und öffnet sie, reicht mir Klebeband und Tauchermesser. »Ist wasserdicht.«

Wir müssen es schaffen.

Ich löse ein Stück Klebeband und versuche, es mit dem Tauchermesser abzuschneiden.

Ich balanciere im Wasser, bewege die Beine, um das Gleichgewicht zu halten und das Band nicht versehentlich unterzutauchen. Aber das nützt gar nichts, der Anzug und die Stelle, die wir verkleben wollen, sind ohnehin nass.

»Noch mehr. Du brauchst mehr dafür. So ein Mist. Bei jeder Bewegung kommt Wasser rein.« Andreas atmet schnell. »Auf der Tonne wäre das leichter«, murmelt er.

Ich reiße am Band, obwohl ich nicht glaube, dass es etwas nützen wird.

»Das kalte Zeug läuft mir über den Bauch bis zu den Beinen, so ein verdammter Mist. Mir war gar nicht klar, wie gut der Neoprenanzug isoliert hat.«

»Komm ein Stück näher ran«, sage ich. Andreas paddelt in meine Nähe.

Ich drücke das Band auf den Riss, so gut es geht, halte es eine Weile fest. An einigen Stellen hält es, an anderen nicht. Dort klebe ich eine weitere Schicht.

Die Reparatur sieht nicht vertrauenerweckend aus. Ein paar Bewegungen und die Schicht wird sich lösen.

Andreas' Gesicht hat einen seltsamen Glanz. »Und? Geht es?«

Ich nicke stumm. Was soll ich sagen?

Er hält so keine Stunde mehr durch.

Was soll ich nur tun? Zurück zur Tonne können wir nicht, die finden wir niemals wieder.

Ich schaue mich um, als könnte von irgendwoher Hilfe kommen.

Hier ist nichts. Niemand.

Alles in mir schnürt sich zusammen.

Mach ihm einfach nur Mut, das ist das Mindeste. Tu so, als würdest du dran glauben.

Doch ich kann kaum reden. »Das Wasser im Anzug muss sich wieder erwärmen«, stottere ich.

Andreas nickt. »Der Thermoeffekt. Hatten wir mal im Physikunterricht.« Er rudert mit den Armen durchs Wasser, schaut zum Horizont. »Hab's in der Schule echt nicht kapiert. Hier ja.«

Ich habe Wasser im linken Ohr und Nackenschmerzen.

»Mir ist so kalt«, sagt Andreas leise.

Ich kann ihm nicht in die Augen sehen. Was soll ich nur tun? Ich kann ihn nicht wärmen, kann nichts machen.

Andreas schließt die Augen, lehnt sich im Wasser leicht zurück und tastet über seinen Bauch. Dann öffnet er die Augen wieder, wirkt etwas erleichtert.

»Was machst du da?«

»Hab den Bleigürtel abgeworfen. Er zieht mich zu sehr nach unten. Die Wasserlage ist mir egal. Ich brauche Auftrieb.« Er atmet tief ein, legt sich auf den Rücken und lässt sich treiben.

Aber wir müssen doch weiter.

Wie kann dieser blöde Neoprenanzug einfach so kaputtgehen? Der ist aus dem Westen. Wenn die Isolierung hin ist, wird Andreas nicht mehr lange durchhalten. Der Wärmeverlust im Wasser ist viel höher als an der Luft, man muss viel Energie umsetzen, um warm zu bleiben. So schnell kann er sich gar nicht bewegen. Hätte ich doch in Physik nicht so gut aufgepasst. Ich will das alles gar nicht wissen.

Er muss durchhalten, irgendwie.

Muss sich ablenken, mit seinen Songs oder mit seinen Erinnerungen.

Muss an die guten Erinnerungen denken, an unser neues Leben im Westen.

Und ich muss ihn beim Schwimmen ansprechen, ihm Mut machen. Ich darf das nicht vergessen, auch wenn ich selbst kaum noch Kraft habe.

Ich fasse seinen Arm. »Wir müssen jetzt schwimmen.«

Er nickt, schaut mir in die Augen. »Versprich mir, dass wir es schaffen werden.«

Ich schlucke, blinzle kurz. Er merkt sicher, dass ich lüge. »Ich verspreche es.«

Er dreht sich auf den Bauch, schaut über das Meer, schüttelt den Kopf, als würde er all das hier überhaupt nicht verstehen.

Die Gegenwart ist nichts, was ihm Kraft geben könnte, nur die Zukunft.

Ich fasse ihn sanft an der Schulter. »Denk an Hamburg, an Sachsen-Jensi. An unseren Berlin-Ausflug. Wir wollen da wieder zusammen hin!«

Er beißt auf seine Lippen, die ganz blau sind, nickt stumm.

Es muss ein Wunder geschehen.

Es muss ein Boot kommen.

Der Zug fuhr um 13.28 Uhr ab. Andreas und Sachsen-Jensi warteten vor dem Intershop auf mich. Sachsen-Jensi hatte sich eine NVA-Feldflasche und ein Fernglas umgehängt.

»Manöver Schneeflocke war schon!«, sagte ich zur Begrüßung.

»Man kann nie wissen«, rief er.

Wir liefen den langen Gang zum Bahnsteig hinunter. Der Zug war ziemlich voll, doch wir fanden noch drei freie Plätze.

»Ob die alle nach Berlin wollen?«

»Klar wollen die nach Berlin, du Sachse, der Zug fährt dahin.«

Andreas fummelte an seinem Walkman herum, den er zu Weihnachten bekommen hatte.

»Ich mein doch zum Konzert, Mensch.«

»Keine Ahnung.«

Sachsen-Jensi blätterte im neuen *Mosaik*-Heft. *Die goldene Säule.*

Ich hatte *Die Abenteuer des Werner Holt* mit, das wir für die Schule lesen mussten. Ich hatte es mir schlimmer vorgestellt, doch es ging um Krieg und Freundschaft und war zum Glück endlich mal was Handfestes.

In Neustrelitz stiegen viele Leute ein. Ein Typ im Parka und mit langen schwarzen Haaren drehte an einem Kofferradio herum.

»Noch kommt RIAS nicht rein.«

Sachsen-Jensi glotzte den Typen an, der zwei Flaschen Bier aus dem Hirschbeutel holte und seinem Kumpel eine reichte. Ich versteckte mein peinliches Schulbuch.

Er schaute zu uns rüber. »Na, Olsenbande? Wo wollt ihr hin?«

Sachsen-Jensi rief: »Zu David Bowie!«

Der Typ lachte und drehte sich zu seinem Kumpel, der genauso aussah wie er. »Stell dir vor, die Olsenbande will an die Mauer! Aber nicht aus Versehen rüberhüppen, o. k.?«

Sachsen-Jensi versteckte seinen Kopf wieder im Heft.

»Vielleicht solltet ihr besser die schönen Geschichten von Califax, Abrax und ...«, er drehte sich zu seinem Kumpel, »wie hieß der Dritte?«

»Brabax!«

»Genau, Brabax. Vielleicht solltet ihr euch besser damit beschäftigen. Berlin ist zu groß und zu gefährlich für Jungpioniere.«

»Wir sind in der FDJ«, prahlte Sachsen-Jensi.

»Na Wahnsinn, die sind in der FDJ!«, sagte der Typ zu seinem Kumpel. Beide lachten.

Andreas zeigte Sachsen-Jensi einen Vogel. »Total peinlich, was du erzählst«, flüsterte er.

Aus dem Radio kam nur ein komisches Rauschen. Der Parkatyp drehte weiter daran herum und landete beim Berliner Rundfunk.

»Weg damit. Da hör ich lieber das Rauschen der freien Welt.«

Sein Kumpel rülpste.

In Lichtenberg liefen wir einfach den Typen hinterher und fuhren mit der S-Bahn zum Marx-Engels-Platz. Ich war das erste Mal in Berlin. Es stank nach Abgasen. Alles war so groß, die Häuser, die Straßen. Als wir über die Spree gingen, kamen wir an einem riesigen Gebäude vorbei.

Sachsen-Jensi stellte sich einem alten Mann in den Weg. »Was ist das denn?«

»Der Berliner Dom, du Kunstbanause!«

Sachsen-Jensi holte einen Kompass raus.

Wir lachten uns kaputt. »So was Bescheuertes! Wie kann man mit einem Kompass nach Berlin fahren.«

»Na, wegen der Himmelsrichtung, falls wir uns irgendwo verlaufen.«

»Du brauchst in Berlin keine Himmelsrichtung! Es geht nur nach Osten.«

»Kennt ihr den schon?«, fragte Sachsen-Jensi. »Die Berliner Mauer soll verputzt werden. Es melden sich siebzehn Millionen und drei Leute. Drei Leute für den Innenputz und siebzehn Millionen für den Außenputz.«

»Da«, rief Andreas. Vor uns war der Palast der Republik. Andreas rümpfte die Nase. »Ich habe es schon geahnt. Er ist echt hässlich!«

Sachsen-Jensi sah durch sein Fernglas und drehte sich einmal um sich selbst. »Dahinten ist das Brandenburger Tor«, schrie er und zeigte nach Westen.

Inzwischen waren wir von vielen Leuten umgeben, die mit uns die Straße hinaufliefen. An der Humboldt-Universität ging es nicht weiter.

»So ein Mist«, fluchte ein Mann vor uns. »Die haben da vorne abgeriegelt.«

Andreas sprang hoch. »Vopos!«

»Wollen wir nicht lieber abhauen?« Sachsen-Jensi war blass geworden.

»Wieso, wir machen doch nichts«, sagte Andreas.

Plötzlich stand der Parkatyp aus dem Zug neben uns.

»Na, Olsenbande, schöner Ausflug? Wir sehen nichts von David Bowie, und nun erlauben die uns nicht einmal, ihn zu hören.«

Sein Kumpel war wütend. »Mach wenigstens das Kofferradio an.«

Dann kam ein wenig Musik vom Brandenburger Tor. Verstehen konnte ich nichts.

»Das ist gerade *Let's Dance*«, brüllte Sachsen-Jensi.

»Ne, *Absolute Beginners*!«

»*Heroes*!«

Jemand hinter uns schrie: »Das ist echte sozialistische Scheiße hier!«

Sachsen-Jensi zog an meinem Arm. »Wir sollten abhauen! Ich verliere Vatis Schlafsack in dem Gewühle!«

Weiter vorn brüllten die Leute.

Der Parkatyp drehte sein Radio auf volle Lautstärke und riss es hoch.

»Hier ist RIAS Berlin, eine freie Stimme der freien Welt.«

»Wahnsinn.« Andreas starrte in den Himmel, als würde da der Sprecher hocken.

»Ich will gehen!«, schrie Sachsen-Jensi.

Andreas kletterte auf Sachsen-Jensis Rücken. Der brach fast zusammen.

»Die kloppen sich da vorne! Mit Gummiknüppeln.«

Sachsen-Jensi schüttelte sich. Andreas fiel herunter. »Spinnst du oder was?«

»Ich will hier weg!«

»Angsthase!«

»Ich möchte mich auch nicht mit der Volkspolizei prügeln«, sagte ich.

Vor mir war der Parkatyp und bewegte sich komisch zur Musik aus dem Radio. Ich stieß ihn an. »Wie kommen wir von hier in die Dimitroffstraße?«

»Habt wohl genug vom sozialistischen Realismus, was?«

»Genau«, brüllte mir sein Kumpel ins Ohr und tanzte um mich rum.

»Wir wollen nach Hause, mein Onkel wartet.«

»Wart mal kurz.« Er starrte auf das Radio. »David Bowie sagt was.« Total aufgeregt rief er: »David Bowie hat gerade gesagt, dass er seine Freunde auf der anderen Seite grüßt!«

Alle klatschten und grölten.

Sachsen-Jensi starrte ihn mit offenem Mund an und sah zum Brandenburger Tor. »Wahnsinn, das ist live!«

Andreas kletterte wieder auf Sachsen-Jensi, um besser sehen zu können.

Der Parkatyp beugte sich zu mir herunter. »Lauft zum Alex, der ist dahinten.«

Und er zeigte auf die Straße, die am Palast der Republik vorbeiführte.

»Immer Richtung Protzkeule!«, schrie sein Kumpel. »Und mit der U-Bahn zur Dimitroffstraße.«

»Vielleicht sehen wir uns ja morgen wieder«, schrie Andreas.

»Klar doch! Für Frieden und Sozialismus!«

Wir drängelten uns durch die Menschen und liefen zum Fernsehturm.

Eine freundliche Frau erklärte uns den Weg durch den U-Bahn-Tunnel. Sachsen-Jensi stieg in die falsche Bahn und wäre beinah Richtung Otto-Grotewohl-Straße gefahren. Andreas zerrte ihn wieder raus, bevor sich die Türen schlossen.

Erst fuhren wir unter der Erde, dann wurde es plötzlich hell und es ging oben weiter. Station Dimitroffstraße stiegen wir aus und gingen die Treppe hinunter zur Straße. Wir überquerten die riesige Kreuzung.

Wir fanden die Nummer 16 und liefen im Haus nach oben. Nirgendwo stand Onkel Jürgens Name. Wir gingen wieder hinunter.

»Guckt mal, insgesamt drei Häuser gehören zu einer Nummer!« Andreas zeigte auf ein großes Schild im Eingang. Vorderhaus, Hinterhaus, Seitenflügel. Die Namen aller Mieter standen auf dem Schild, manche in alter Schrift. Kowalski, Ebert, Schrader, Nuske.

Endlich fanden wir Köppke. Hinterhaus, dritte Etage.

Ich befahl ihnen, eine Treppe tiefer zu warten. Onkel Jürgen sollte keinen Schreck bekommen.

»Weiß dein Onkel nicht, dass wir bei ihm pennen werden?«

»Ne, der hat kein Telefon.«

»Ach, du liebe Neune«, rief Sachsen-Jensi erschrocken. »Vielleicht ist der gar nicht zu Hause.«

Ich klingelte. Niemand machte auf. Wir setzten uns auf die Treppe.

»Hoffentlich ist er nicht im Urlaub oder so.« Sachsen-Jensi holte seine Feldflasche raus. »Gut, dass ich die dabeihabe!«

Er nahm einen großen Schluck und reichte sie weiter. Wir warteten zwei Stunden, bis Onkel Jürgen endlich die Treppe hochkam. Er hatte lange schwarze Haare, trug verwaschene Jeans und ein rot-weiß kariertes Hemd. Er sah aus wie ein Rockstar.

»Hanna?«, fragte er überrascht.

»Hallo, Onkel Jürgen.«

»Was machst du hier?«

»Ich wollte dich besuchen kommen.«

Er schaute zu Andreas und Sachsen-Jensi, die sich von der Treppe aufrappelten und den Schmutz vom Hosenboden klopften.

»Tag«, sagten beide gleichzeitig.

Onkel Jürgen sah wieder mich an und kratzte sich am Dreitagebart. »Na, kommt erst einmal rein.«

Wir setzten uns in die kleine Küche. Onkel Jürgen öffnete

den Kühlschrank und holte eine Flasche Berliner Pils heraus. »Habt ihr Durst?«

Wir nickten. Er ging zum Küchenschrank.

»Müsst euch eine warme Flasche Vita Cola teilen.« Er stellte drei Gläser vor uns auf den Tisch. Sachsen-Jensi goss ein, und Andreas beobachtete ihn dabei, ob er es auch gerecht machte.

Onkel Jürgen hob die Flasche. »Prost!«

»Wir haben auch Hunger«, sagte Sachsen-Jensi kleinlaut.

Onkel Jürgen stellte sein Bier auf den Küchentisch. »Dann mach ich mal Bratkartoffeln. Was anderes hätte es heute bei mir ohnehin nicht gegeben.«

»Hurra«, rief Sachsen-Jensi fröhlich.

Die Wände waren alle mit Holz verkleidet.

»Hast du das gemalt?« Sachsen-Jensi zeigte auf das Gemälde einer Kirche.

Onkel Jürgen nickte. »Das ist die Kirche oben an der Stargarder.«

Er schmiss Kartoffeln in die Pfanne und schnitt Speck. Sachsen-Jensi stand vom Tisch auf und schaute zu.

»Wo ist Tante Elke?«, fragte ich.

Er tat die Eier hinzu. Es roch total gut.

»Bei ihrer Mutter in Thüringen.«

Während er kochte, erzählten wir ihm, was wir in Berlin wollten. Onkel Jürgen schwenkte die Pfanne hin und her, wobei ihm Sachsen-Jensis Augen gierig folgten.

»Und morgen spielen die Eurythmics?«

»Ja. Urst stark.«

Onkel Jürgen verteilte das Essen auf vier Teller und stellte sie auf den Tisch. Wir aßen hungrig.

»Und ihr wollt dahin?«, fragte Onkel Jürgen mit vollem Mund.

»Na logo«, sagte Sachsen-Jensi.

»Na logo«, äffte ihn Andreas nach. »Das musst du gerade sagen! Wer macht sich denn vor Angst in die Hosen?«

»Gar nicht wahr!«

Sachsen-Jensi zeigte mit dem Finger auf Andreas. »Der ist in Annie Lennox verliebt.«

»Halt bloß die Klappe«, knurrte Andreas.

Onkel Jürgen stand auf. »Nachtisch?«

Er holte zwei Packungen Leckermäulchen aus dem Kühlschrank.

»Wahnsinn, du hast Leckermäulchen«, rief Sachsen-Jensi aufgeregt. »Das gibt's in Rostock nie!«

»Hauptstadtversorgung«, sagte Onkel Jürgen.

»Was ist das denn, Hauptstadtversorgung?«

»Das bedeutet, dass die Hauptstadt der DDR vor dem Ausland gut dastehen muss, auch wenn im Land alles den Bach runtergeht«, murmelte Andreas. Wir sahen ihn erschrocken an.

»Na ja, so ungefähr ist das«, sagte Onkel Jürgen erstaunt. Er drehte sich zu mir: »Sag mal, Elisabeth weiß aber, dass du hier bist?«

»Na logo.«

Sachsen-Jensi sah mich verwirrt an. »Wer ist Elisabeth?«

»Meine Mutter.«

»Ihr geht morgen nicht an die Mauer, nur dass das klar ist! Viel zu gefährlich.«

»Aber wir sind deswegen nach Berlin gefahren«, rief Sachsen-Jensi aufgebracht.

»Pech gehabt. Ihr habt da nichts verloren.«

Wir sahen enttäuscht auf unsere Nachtischschälchen.

»Aber es spielen die Eurythmics«, sagte Andreas kleinlaut.

»Pech!«

Sachsen-Jensi und Andreas schliefen auf dem alten Sofa im Wohnzimmer, ich auf einer Luftmatratze. Sachsen-Jensi erzählte vor dem Einschlafen eine lange Geschichte von den Abrafaxen, während Andreas leise schnarchte.

Am nächsten Morgen flippte Sachsen-Jensi völlig aus, als Onkel Jürgen Nudossi auf den Frühstückstisch stellte.

»Urst stark!«, rief er und beschmierte sein Filinchen total dick.

»Du kannst echt nie genug kriegen«, schimpfte Andreas.

Nach dem Frühstück ging Onkel Jürgen in die Kirche zum Pfingstgottesdienst, was wir komisch fanden.

»Religion ist Opium für das Volk, weiß er das nicht?«, fragte Sachsen-Jensi, als wir vorm Fernseher saßen und uns *Tom und Jerry* anschauten. Tom wurde gerade von einer Kreissäge zerschnitten, nachdem ihn Jerry mal wieder überlistet hatte.

»Warum hauen wir nicht einfach ab?«, fragte Sachsen-Jensi plötzlich.

»Das geht nicht, das ist total unhöflich«, sagte ich.

»Aber er lässt uns nicht zu den Eurythmics, hat er doch gesagt!« Sachsen-Jensi lief raus auf den Flur und zog sich die Turnschuhe an. »Ich will die sehen!«

»Du kannst sie nicht *sehen.*«

Auch Andreas stand auf. »Der Sachse hat ausnahmsweise mal recht, ich hau auch ab. *Tom und Jerry* kann ich auch zu Hause gucken.«

Mir blieb nichts übrig, als ihnen hinterherzulaufen. Ich schrieb noch einen Zettel für Onkel Jürgen, dass er sich keine Sorgen machen solle.

Unter den Linden war wieder alles abgesperrt. Es waren viel

mehr Leute als am Tag zuvor da. Musik war keine zu hören, wir standen nicht einmal in der Nähe eines Radios.

»Satz mit X. War wohl nix«, sagte Andreas.

Wir warteten ewig, dass etwas passierte. Allmählich wurde es langweilig. Plötzlich stand Onkel Jürgen neben uns. Er hatte uns tatsächlich in dem Gewühl gefunden.

»Hab ich euch erwischt!«

Er war nur ein bisschen böse, lächelte sogar ein wenig, als er Sachsen-Jensi mit Feldflasche und Kompass sah.

»Gut, Kameraden, wir kehren besser um.«

Andreas sah ihn wütend an. »Nö!« Und er verschwand in der Menge.

»Was hat der denn?« Onkel Jürgen reckte sich und sah ihm nach.

»Der hat seinen eigenen Kopp. Ich hol ihn zurück.«

Onkel Jürgen rief mir etwas zu, doch ich hörte ihn nicht mehr.

Ich fand Andreas ein paar Reihen weiter und zusammen kämpften wir uns nach vorne durch. Wir standen zwischen Leuten, die alle viel größer waren als wir und wild mit den Füßen trampelten. Vor uns war lautes Schreien zu hören. Andreas kletterte mir auf den Rücken.

»Die kloppen sich!« Er rutschte runter und zog mich weiter.

»Ich will da nicht hin!«

Es waren nur noch wenige Menschen zwischen uns und den Vopos. Die schlugen auf die Leute ein, einige bluteten. Viele wurden herausgezerrt und verhaftet.

»Scheiße!« Andreas hatte nun auch Schiss.

Plötzlich rief jemand hinter uns: »Die Mauer muss weg«, dann noch einer. »Die Mauer muss weg, die Mauer muss weg …«, und: »Gorbi, Gorbi …«

»Warum rufen die Gorbi?«, schrie mir Andreas ins Ohr.

»Weiß nicht!«, brüllte ich zurück. »Ich will hier weg!«

Die Gummiknüppel kamen immer näher. Die Vopos traten mit Füßen auf die Leute ein. Ein Lkw fuhr vor und hielt nur wenige Meter von uns entfernt. Noch mehr Vopos mit Schäferhunden an den Leinen sprangen über die Rampe auf die Straße. Die Hunde zogen schreiende Menschen an den Füßen aus der Menge.

»Ich will hier weg! Sofort!«

Ich packte Andreas am Arm. Er folgte mir. Endlich hatte auch er mal genug. Wir bückten uns und quetschten uns an den Beinen der Menschen entlang zurück. Es war unglaublich anstrengend, weil sie so dicht standen und aufgeregt herumtrampelten. Ein Knie knallte an mein Ohr, ein anderes an Andreas' Nase. Sie fing zu bluten an.

Wir schafften es, an der Seite herauszukommen. Überall waren Polizisten, die Leute auf Lkw verfrachteten. Wir rannten an der Humboldt-Universität vorbei und die Straße hinunter. Auch andere liefen diesen Weg, deshalb blieben die ganze Zeit Polizisten hinter uns. An einer Straßenecke zog mich Andreas zwischen zwei Trabbis. Wir duckten uns und warteten. Ich war völlig aus der Puste. Polizisten liefen an uns vorbei und sahen uns nicht.

Er schlug mir auf die Schulter. »Ha! Jetzt wissen wir endlich, wofür wir Spartakiadesieger geworden sind.«

Ich hatte Seitenstechen. Wir blieben ewig dort hocken, weil andauernd Polizisten um uns herumrannten.

»Die dürfen mich nicht erwischen, sonst muss ich zurück in den Jugendwerkhof«, flüsterte mir Andreas zu, während über uns die S-Bahn entlangratterte. Das fehlte noch.

Inzwischen dämmerte es.

»Der Marx-Engels-Platz ist nicht weit«, sagte Andreas. Wir liefen zum Eingang und stiegen die Treppe hoch. Überall auf dem Bahnsteig waren Polizisten. Sofort kamen zwei auf uns zu.

»Die können uns gar nichts«, flüsterte Andreas.

»Was macht ihr hier?«

»Pfingsturlaub«, sagte ich hastig.

»Ausweise!«

Wir zogen unsere Personalausweise aus der Hosentasche. Sie schauten sie sich lange an.

»Was macht ihr so spät auf der Straße?«

»Wir wollen zu meinem Onkel, doch wir haben uns verlaufen. Wir kommen nämlich aus Rostock.«

Der Polizist sah mich streng an.

»Wo wohnt euer Onkel?«

»Dimitroffstraße.«

»Nummer?«

»Sechzehn.«

»Und dein Onkel lässt euch um die Uhrzeit allein durch Berlin laufen, obwohl ihr euch hier nicht auskennt?«

Andreas half mir: »Wir haben den Tag zusammen verbracht, Bratkartoffeln und Goldbroiler gegessen und so. Hanna und ich waren dann noch in der Milchbar und da hat es etwas länger gedauert. Wir haben so was in Rostock nicht, denn es gibt dort keine Hauptstadtversorgung!«

Der Polizist starrte ihn an.

»Am Alex haben wir uns aus den Augen verloren, weil da so viele Menschen waren.«

»Welche Milchbar?«

Andreas verzog keine Miene. »Na, die am Alex. Ich kann es nicht so gut beschreiben, ich bin nicht von hier.«

Der Polizist drehte sich zu dem anderen um, der gerade die Ausweise eines jungen Paars kontrollierte.

»Sag mal, Krusche, kennst du die Milchbar am Alex?«

»Nö«, murmelte der abwesend.

»Die wurde neu aufgemacht, ist direkt neben der Buchhandlung«, lenkte ich ihn ab. Mein Vater hatte mir mal von der Buchhandlung erzählt, er hatte dort vor vielen Jahren Bücher von Jack London gekauft.

»Wann fahrt ihr wieder nach Rostock?«

Endlich gab uns der Polizist unsere Personalausweise zurück.

»Morgen«, sagten wir gleichzeitig und steckten sie in unsere Hosentaschen.

»Na, dann mal schönen Gruß an die Fischköppe!«

Zwanzig Minuten später klingelten wir bei Onkel Jürgen. Doch nicht er, sondern Tante Elke öffnete die Tür. Sie trug ein weites gelbes Kleid und schaute mich aufgebracht an. Ihre braunen Haare waren kurz geschnitten.

»Aha!« Sie trat zurück.

In der Küche saß Sachsen-Jensi. Er hatte ein riesiges kariertes Stofftaschentuch in der Hand und heulte.

»Wo ist Onkel Jürgen?«

»Na, was meint ihr wohl, wo der ist?«

Elke stützte ihre Hände in die Hüften. »Los, Sportsfreund, sag es ihnen!«

»Verhaftet«, jaulte Sachsen-Jensi.

»Mist!«, sagten Andreas und ich gleichzeitig.

»Allerdings!« Tante Elke ließ sich auf einen Stuhl fallen.

Sachsen-Jensi erzählte schniefend. »Dein Onkel Jürgen hat sich Sorgen gemacht, weil ihr beide nicht wieder zurückgekommen seid. Deshalb ging er euch hinterher. Und dann habe ich nur noch gesehen, wie ihn drei Männer wegzogen.«

Andreas und ich standen blöd in der Küche herum.

Elke sah mich strafend an. »Jürgen wäre niemals an die Mauer gegangen, erst recht nicht, wenn klar ist, dass es Ärger gibt. Was ist in dich gefahren, Hanna?«

»Wir wollten nur David Bowie und die Eurythmics hören.«

Sie breitete ihre Arme aus. »Da hätte doch wohl eine Platte gereicht!«

»Gibt es nicht bei Amiga«, sagte Andreas. »Außerdem waren sie in dem Moment da. Das ist besser als Platte hören.«

»Genau!« Sachsen-Jensi wedelte mit dem Taschentuch. »Das ist urst live!«

»Das ist urst live!«, machte Elke ihn nach. »Soll ich euch mal was sagen? Das ist nicht urst live, das ist urst blöd.«

Sachsen-Jensi hörte auf zu wedeln und schaute bekümmert auf die blaue Wachsdecke.

»Was habt ihr davon? Ihr steht dumm rum und wartet darauf, dass Musik über die Mauer schwappt? Das ist erniedrigend.«

Andreas widersprach: »Ne. Es ist nicht erniedrigend, David Bowie zu hören.«

»Immer noch besser, als die Puhdys zu hören *und* zu sehen«, schniefte Sachsen-Jensi.

Elke konnte nicht darüber lachen.

»Nun seht ihr ja, was dabei herausgekommen ist. Jürgen ist im Knast, verdammt!« Sie stand auf. »Was erzähle ich euch das. Ihr habt keine Ahnung, was das heißt.«

Sie trat zur Spüle und wusch Teller ab. Sie war so wütend, dass einer kaputtging, worüber sie dann noch wütender wurde und den Schwamm nach uns schmiss.

Später auf dem Sofa jammerte Sachsen-Jensi über seinen Hunger.

»Schnauze, Sachse«, sagte Andreas so oft, bis endlich Ruhe war.

Vor lauter Schreck hatten wir alle nichts gegessen. Niemand wollte Tante Elke nach ein paar Stullen fragen. Sie war ins Schlafzimmer gegangen und hörte Chopin.

»Nichts zu essen, dafür blödes Geklimper«, meckerte Andreas beim Einschlafen.

Am nächsten Morgen weckte uns Tante Elke um sieben.

»So, Sportsfreunde! Wandertag beendet, ab nach Hause!«

Mit dem Trabbi fuhr sie uns nach Lichtenberg und passte auf, dass wir in den Zug nach Rostock stiegen. Während der Fahrt redeten wir nicht miteinander. Ich hatte ein schlechtes Gewissen wegen Onkel Jürgen.

Am Hauptbahnhof kauften wir Blumen für unsere Eltern. Mutti schimpfte über eine Stunde mit mir. Sie ließ mich nicht fernsehen oder auf den Reifer gehen. Ich las Vati aus *Lockruf des Goldes* vor. Er hatte gar nicht gemerkt, dass ich weg gewesen war.

Am nächsten Tag verurteilte Frau Grahl im Staatsbürgerkundeunterricht mit erhobenem Zeigefinger die Ereignisse von Berlin.

»Konterrevolutionäre haben versucht, unser Land bei einem Rockkonzert direkt an der Staatsgrenze der DDR zu verunglimpfen. Der Westen hat das Geschehen provoziert, indem er die Lautsprecher so aufstellte, dass sie nach Osten zeigten.«

Sachsen-Jensi und ich starrten auf unsere Schulbänke und ließen uns nichts anmerken. Andreas meldete sich. Ich pikte ihm mit dem Bleistift in den Rücken, weil ich wollte, dass er die Klappe hielt.

»Bitte, Andreas, Sie möchten etwas hinzufügen.«

»Wie sieht ein Konterrevolutionär eigentlich aus?«

»Was ist das für eine dumme Frage!« Frau Grahl sah sich hilflos um.

Sachsen-Jensis Arm schoss hoch.

»Bitte, Jens.«

»Es gibt keine dummen Fragen, nur dumme Antworten.«

Sie war sofort unsicher. »Natürlich. Danke. Wer von Ihnen weiß die Antwort auf die Frage von Andreas?«

Sabine meldete sich. »Einen Konterrevolutionär erkennt man nicht an seinem Aussehen, sondern an seinen Taten.«

»Sehr schön, danke, Sabine!«

Andreas reckte sich.

Ich beugte mich vor und flüsterte: »Halt bloß die Klappe, Mensch!«

»Was gibt es zu tuscheln, Hanna? Möchten Sie zu diesem Thema vielleicht etwas beitragen?«

Ich schaute aus dem Fenster und schwieg.

»Ich muss mich sehr über Ihr Benehmen wundern«, piepte Frau Grahl.

Sachsen-Jensi meldete sich schon wieder. »Als isch gleen wor, hat in der Stroßenbohn in Dresdn een Mann gesagt, dass Gonderrevolutionäre schworze Bärte tragn, stimmt'n das?«

Alle kicherten.

Frau Grahl wurde rot. Sie drehte sich zur Tafel und schrieb mit zitternder Hand die Wörter *Produktivkräfte* und *Produktionsmittel* darauf.

Ich liege auf dem Rücken, rühre mich nicht.

Klamme Kälte dringt immer tiefer in meinen Körper.

Mir egal, ob wir abtreiben, ich kann nicht mehr.

Wasser schlägt mir gegen die Ohren, die von der Mütze bedeckt sind. Dennoch spüre ich den Druck, höre das Geräusch. Es tut weh.

Nur Kälte und überall Wasser. Es fließt an mir herab, umgibt mich, brennt mir auf den Lippen und im Hals. Mir ist so schlecht.

Ich blinzle in die dichte Wolkendecke, meine Augen tun weh, möchte sie sofort wieder schließen. Einige Wolken sind sehr dunkel. Schlechtes Wetter naht.

Andreas treibt neben mir, kann auch nicht mehr schwimmen, döst vor sich hin.

Irgendetwas ist da noch am Himmel.

Etwas Schwarzes.

Es löst sich aus den Wolken heraus. Vielleicht ist etwas auf meiner Brille. Eine Fliege. Kann nicht sein, nicht mitten auf der Ostsee. Ich nehme die Brille ab, höre plötzlich ein Dröhnen, entfernt, aber deutlich.

Ich schaue erneut in den Himmel, muss mich zwingen, den Punkt zu fixieren. Da ist es wieder, das Schwarze. Es wird größer, bewegt sich auf uns zu. Was ist das?

Direkt über ihm durchbricht ein Flirren die Luft, es kommt von einer schnellen, drehenden Bewegung. Es kann nicht sein.

Ich glaub es nicht.

Andreas packt meinen Arm. Er döst nicht mehr, hat es auch gesehen.

Ich richte mich auf, starre fassungslos dem Ding entgegen.

Ein Hubschrauber.

Der Motorenlärm wird lauter.

»Russischer Kampfhubschrauber«, brüllt Andreas.

Der Pole.

Er hat uns verraten.

Wir sind in internationalen Gewässern, mit dem Hubschrauber wollen sie uns zurückholen.

Aber können sie uns überhaupt sehen, mitten auf der Ostsee? Wir sind doch die Nadel im Heuhaufen.

Vielleicht fliegen sie nur zufällig in unsere Richtung.

Aber wieso? Vielleicht ein Manöver. Die fliegen doch nicht extra wegen uns so weit aufs Meer hinaus.

Wir müssen tauchen, sofort.

Ich schaue Andreas an, er mich. Er macht nichts. Dann erst begreife ich, dass ich den Satz nicht ausgesprochen habe, ihn nur gedacht, Gedanken und Realität verwechselt habe. Alles verschwimmt hier draußen.

»Wir müssen tauchen!«

Ich setze die Brille wieder auf und drücke mir den Schnorchel in den Mund, so fahrig, dass er mir erneut das Zahnfleisch aufreißt. Ich atme tief ein, Wassertropfen dringen mit ein, brennen im Hals, ich huste und tauche hinab.

Muss tief kommen, meine Flossen dürfen an der Oberfläche kein Wasser aufwirbeln.

Andreas ist in der Nähe, nur kurz ein Ziehen am Handgelenk, dann spannt sich die Schnur nicht mehr. Wir tauchen beide in dieselbe Richtung, Meter hinab in die dunkle Tiefe, verharren dort, so lange es geht.

Ich sehe Luftblasen nach oben steigen, unsere Atemluft.

Bis eben war die Gefahr nur unter uns, jetzt ist sie auch noch über uns.

In der Luft.

Ein Hubschrauber.

Die fahren alles auf, nur um uns zu kriegen.

Was für ein Wahnsinn. Als wären wir jemand Wichtiges.

Das Dröhnen des Hubschraubers dringt ins Wasser und scheint überall zu sein, als würde der Hubschrauber zu uns herunterkommen.

Andreas zieht an der Schnur. Er will auftauchen.

Ich stoße Luft aus, steige nach oben, durchbreche die Wasseroberfläche, atme hektisch.

Ich sehe ihn von hinten, den kleinen Rotor am Heck, der sich vertikal dreht.

»Er ist über uns hinweggeflogen«, ruft Andreas.

Hat uns offenbar nicht gesehen.

Der Lärm wird leiser, ist aber noch immer ohrenbetäubend.

Andreas nimmt die Brille ab, ist leichenblass, schüttelt den Kopf. »Krass.«

»Wo will der denn hin?«, murmle ich fassungslos.

Es hat angefangen zu regnen.

»Er hat uns nicht gesehen, oder?« Andreas schaut mich an, völlig verängstigt.

»Glaube nicht«, sage ich, um uns beide zu beruhigen. »Vielleicht ist noch jemand hier draußen, den sie suchen, in einem Boot oder so.«

Andreas wirkt skeptisch. Auch mir erscheint das unwahrscheinlich.

Ich blicke zum Hubschrauber, sehe ihn plötzlich von der Seite, dann von vorne.

»Das Mistding hat gedreht«, ruft Andreas. »Er kommt zurück!«

Zwei große Augen unter den Rotorenblättern. Wahrscheinlich Düsen.

»Das gibt's doch nicht!«

Die Augen kommen dichter, auch das Rattern und Grollen.

Andreas krallt sich in meinem Arm fest, schaut sich mehrmals um, als wollte er sich irgendwo verstecken. Wie früher, beim Toben auf dem Spielplatz. Eins, zwei, drei, vier, Eckstein.

Ich bin gelähmt. Wir müssen etwas tun.

»Los! Tauchen!«

Panik in seinen Augen. Er hält mich weiter gepackt.

Ich stoße ihn weg, tauche ab, zerre an der Schnur. Schmerzen am Handgelenk. Er kommt nicht hinterher. Ich tauche wieder auf, reiße erneut und so stark, wie es nur geht.

Endlich kapiert er es. Der Widerstand lässt nach, Andreas folgt mir in die Tiefe.

Ich komme nicht weit, habe nicht genug Luft.

Wozu das alles? Das hat doch keinen Sinn mehr. Ich will nicht mehr.

So toll kann es im Westen gar nicht sein. Scheißidee.

Wo ist oben, wo unten.

Wir müssen aufgeben. Es bringt nichts. Besser Knast als tot. Wir müssen uns ergeben, sofort.

Werde ich ihm sagen, wenn wir wieder oben sind.

Andreas zieht an der Schnur. Das Dröhnen in meinen Ohren verstärkt sich beim Aufsteigen.

Unfassbarer Lärm an der Oberfläche, so laut, der reine Wahnsinn.

So muss es in der Hölle sein.

Kann nicht atmen, mein Herz rast, ich fühle den Puls im Hals, halte mir die Ohren zu, würde am liebsten die Augen schließen, um nichts mehr sehen zu müssen, nicht mehr da sein zu müssen.

Direkt über uns der Hubschrauber, blaugrau seine Unterseite, jede Niete zu erkennen. Glänzendes Metall.

Er kommt weiter runter, will uns offenbar ins Wasser drücken.

Was soll das?

Ich höre mehrere Geräusche gleichzeitig, das Drehen der Rotoren, den Motor und über allem ein helles Pfeifen, das mich rasend macht.

Ich kann den Himmel nicht mehr sehen. Die Kufen des Hubschraubers sind so nah, dass ich sie berühren kann.

Ich bin gelähmt, mein Körper gibt auf.

Der Druck der Rotorenblätter peitscht Wasser auf.

Andreas zieht mich hinunter, weg vom Hubschrauber, der über uns in der Luft stehen bleibt.

Um uns kracht und stürmt es, ich bekomme kaum noch Luft.

Wasser steigt in die Höhe, wie eine Wand, wächst hoch zum Hubschrauber.

Ich starre nach oben. Was geschieht hier?

Plötzlich reißt die Wand wieder ab und das gesamte Wasser schlägt auf uns nieder.

Wellen kommen aus allen Richtungen, wir kämpfen gegen den Sog und versuchen, an der Oberfläche zu bleiben. Andreas tritt mich mehrmals, auch ich bewege wild die Beine, um nicht völlig die Kontrolle zu verlieren.

Ein tosendes Chaos, mittendrin schreit Andreas.

Der Hubschrauber dreht sich, ich sehe einen Mann am Fenster, er bewegt seinen Arm.

Was will er?

Ich gehe unter, komme wieder an die Oberfläche, Wasser in der Nase, ich huste.

Andreas hört nicht auf zu schreien.

Ein Blitz zuckt über das Wasser, dann noch einer.

Schießen sie auf uns?

Es blitzt erneut.

Weg von dem Ding!

Ich tauche ab, ziehe Andreas mit.

Mit aller Kraft und so tief, wie es nur geht.

Doch ich kann nicht mehr, es geht nicht. Meine Lunge schmerzt, ich muss wieder nach oben.

Nach oben.

Sein Gesicht, vor mir. Wir sind wieder an der Oberfläche. Andreas bewegt die Lippen.

»Hörst du das?«

Was meint er, das Geräusch der Rotoren über uns?

Ist es überhaupt noch da?

Erst jetzt merke ich, dass es ruhiger geworden ist. Viel ruhiger.

Nur das ewige Plätschern der Wellen umgibt uns.

Seltsam.

»Er ist weg!« Andreas packt mich an der Schulter. »Das Gewitter hat ihn vertrieben!«

Ich schaue zum Horizont. Vor uns bewegtes Wasser, über uns grauschwarze Wolken. Wo ist der Hubschrauber?

»Das war einer von den Hubschraubern, die im Wasser landen können. War denen bei dem Wellengang wahrscheinlich zu riskant.«

Andreas verzerrt den Mund, es sollte vermutlich ein Grinsen werden.

Ein Krachen in der Ferne. Das Gewitter kommt näher.

Es waren keine Schüsse. Der Hubschrauber hat nicht geschossen.

Es sind Blitze gewesen.

Über uns breitet sich der dunkle, bedrohliche Himmel aus.

Niemand sonst ist hier. Erneutes Krachen, der Wellengang verstärkt sich. Wir kommen vom Regen in die Traufe.

Kann man überhaupt durch ein Gewitter schwimmen? Was ist, wenn uns der Blitz trifft? Am Warnemünder Strand würden die Rettungsschwimmer jetzt alle Leute aus dem Wasser jagen.

»Wir müssen weiter«, ruft Andreas.

Schwere Regentropfen fallen auf mich herab, erst wenige, dann immer mehr. Hoffentlich geht der Sturm schnell vorüber. Vielleicht kratzen wir nur ein wenig an seinem Rand.

Wenn das Sachsen-Jensi wüsste.

Ich tauche meine Arme in das dunkle Wasser, schaue nicht mehr hoch zum Himmel. Einfach nicht an das denken, was sich über uns gerade zusammenbraut. Ein Armzug, noch ein Armzug. Immer weiter. Nicht denken.

Sachsen-Jensi ist einfach in einen Zug gestiegen und gen Westen gefahren. Warm und trocken. Hat es sich vielleicht sogar im Speisewagen gemütlich gemacht und eine Cola getrunken. Der Held. Wir waren alle total überrascht, auch Sachsen-Jensi. Seine Eltern hatten ihm verschwiegen, dass sie mit ihm ausreisen wollten.

»Der hat bestimmt keine Lust, blöde herumzustehen und sich einen Ball an den Kopf schießen zu lassen.«

Andreas dribbelte vor mir her. Der Ball flog gegen die Häuserwand und er fing ihn mit beiden Händen auf.

»Ha, cool«, lobte er sich selbst.

Wir rannten die Stufen hoch.

Andreas klingelte. »Ein Glück, dass bald Ferien sind. Dann können wir jeden Tag Fußball spielen.«

»Meine Mutter hat gesagt, dass ich damit aufhören soll.«

Ich lehnte mich an die Wand. Sofort löste sich ein wenig Putz. »Weil ich bald siebzehn bin.«

Andreas grinste. »Klar, richtige Mädchen spielen mit Puppen.«

Hinter der Tür schlurfte es. Sachsen-Jensi machte auf. Er war blass und dünner als sonst. Außerdem hatte er total schlechte Laune.

»Na, du Memme«, schnauzte Andreas. »Wieso kommst du nicht zur Schule?«

»Krank.«

»Ach ja? Und warum hat dich Hannas Opa gestern mit deinen Eltern im Café Meeresschaum beim Eisessen gesehen?«

Sachsen-Jensi sah mich vorwurfsvoll an.

»Wir wollten nur mal nachsehen«, sagte ich.

Andreas stürmte in die Wohnung und blieb abrupt stehen. Überall standen Kisten und Koffer. Klamotten waren wild über Kartons verteilt. Geschirr stapelte sich auf dem Boden, Bücher lagen herum.

Andreas rannte dazwischen umher. »Nach Urlaub im Elbsandsteingebirge sieht das irgendwie nicht aus.«

»Meine Eltern sind nicht da«, sagte Sachsen-Jensi.

»Meine Eltern sind nicht da«, äffte ihn Andreas nach. »Was soll das? Du bist doch echt krank, Kunde.«

Sachsen-Jensi senkte traurig den Kopf. »Wir ziehen bald um.«

»Was?«

Er schaute uns eingeschüchtert aus den Augenwinkeln an. »Es stimmt. Leider.«

Andreas ging auf ihn los und boxte ihn in die Seite. »Ihr zieht um und du sagst kein Wort, kommst einfach nicht mehr zur Schule?«

»Ich muss beim Packen helfen.«

»Ist doch kein Grund«, rief Andreas wütend.

»Und wohin?«, fragte ich. »Ins Neubaugebiet? Nach Schmarl oder Groß Klein?«

»Ne.« Sachsen-Jensi schluckte.

Andreas boxte ihn erneut. »Etwa zurück ins Sachsenland, wo du hingehörst? Vielleicht zu deiner Heike?«

»Ne.«

Sachsen-Jensi hatte sich in den letzten Ferien total in ein Mädchen verknallt, das er in Dresden kennengelernt hatte. Wir mussten das Foto von ihr bewundern. Sie hatte blonde Haare und blaue Augen. Jeden Tag schrieb er ihr im Unterricht Liebesbriefe und brachte sie nach der Schule zur Post am Hauptbahnhof.

»Wie schade. Dann also in die heiß ersehnte Neubauwohnung am Stadthafen, wo alle hinwollen«, beschloss Andreas.

Ich trat zu Sachsen-Jensi. »Und wann?«

»Noch nicht. Das sind nur die Vorbereitungen.«

Verwundert sah ich ihn an. »Vorbereitungen? Die ganze Wohnung ist schon in Kartons gepackt!«

»Weil wir nicht genau wissen, wann es so weit ist. Deshalb muss alles bereit sein.«

Andreas lachte. »Sind die Asbestplatten noch nicht verschraubt?«

Sachsen-Jensi schaute auf den Boden. Irgendetwas stimmte nicht.

»Immerhin kommt das pünktlich zum Ende der zehnten Klasse. Du musst dich nicht an eine neue Schule gewöhnen.«

Andreas inspizierte die aussortierten Bücher. »*Das siebte Kreuz* nehmt ihr nicht mit? Und auch nicht *Die Reise nach Sundevit?*«

Er riss den Stapel um.

»Pass doch auf«, mahnte Sachsen-Jensi.

»Was bedeuten die Aufkleber an den Kisten da?«, fragte ich.

»Zerbrechlich«, murmelte Sachsen-Jensi. »Meißner Porzellan, das Oma 1945 in ihrem Garten vergraben hat. Das war damals ja ein totales Durcheinander. Erst sollten die Amerikaner nach Sachsen kommen, aber dann waren es doch die Russen. Und die Amis haben dafür einen Teil von Westberlin bekommen.«

»Pech für dich!« Andreas knallte seinen Fußball auf den Boden und fing ihn wieder auf. Es hallte in der leeren Wohnung. Sachsen-Jensi rannte mit gesenktem Kopf in sein Zimmer.

Überrascht sah ich Andreas an. »Was hat der denn?«

Das Holz knarrte unter unseren Füßen, als wir zu ihm gingen. Sachsen-Jensi saß auf dem Bett und heulte.

»Geht das wieder los«, rief Andreas. »Du solltest dich mal untersuchen lassen, diese Heulerei ist nicht mehr normal!«

Andreas lief zurück auf den Flur und donnerte den Ball auf die Dielen. »Die sind total morsch, sei froh, dass du hier rauskommst. Man bricht fast durch.«

Ich setzte mich neben Sachsen-Jensi. Er rotzte in sein braunweiß kariertes Taschentuch. »Ich will nicht weg.«

»Wurde echt Zeit, dass ihr die Neubauwohnung bekommt!« Andreas klopfte die Wand ab. »Hier fällt alles auseinander! Man sieht das Stroh unter der Decke! Und die Kabel! Die wurden bestimmt noch vor dem Weltkrieg verlegt. Vor dem Ersten wahrscheinlich.«

Sachsen-Jensi vergrub die Hände in den Taschen und heulte weiter.

Ich legte die Hand auf seine Schulter. »Mensch, Jens, hör doch auf zu flennen. Es gibt echt Schlimmeres, als an den Stadthafen zu ziehen! Das ist doch nun wirklich nicht weit weg.«

»Immer muss der heulen, ohne jeden Grund«, meckerte Andreas auf dem Flur.

»Wir gehen dann doch weiter ins Kino oder ins Wellenbad«, versuchte ich, Sachsen-Jensi aufzumuntern.

Andreas dribbelte zu uns ins Zimmer. »Und baden wie jedes Jahr in der verseuchten Warnow!«

»Alster«, schniefte Sachsen-Jensi.

Andreas hielt den Ball mit beiden Händen fest. Auf einmal war es sehr ruhig. Stocksteif saß Sachsen-Jensi da und blinzelte hektisch.

»Was hast du gesagt?«

»Alster«, schrie Sachsen-Jensi los. »Bist du vielleicht taub, oder was?«

Andreas sah ihn an. »Du spinnst doch.«

»Wir ziehen um nach Hamburg.«

Die Stille war schrecklich. Andreas ließ den Ball fallen, kam zu uns und setzte sich aufs Bett. Keiner sagte was, wir alle starrten blöde vor uns hin, während der Ball im Flur umherkullerte. Plötzlich zeigte Sachsen-Jensi auf eine Kiste, die mitten im Raum stand. »Das ist meine! Die einzige! Ratet mal, was drin ist.«

Wir betrachteten die Kiste.

»Das ist nicht schwer«, sagte Andreas.

»Ratet!«

»Deine *Mosaik*-Hefte«, sagte ich leise.

»Genau. Die nehme ich alle mit«, rief Sachsen-Jensi trotzig und begann zu plappern. »Mir fehlen aus all den Jahren nur fünf Hefte. *Das Geheimnis der Grotte*, das ist die Erstausgabe von 1976. *Die schwarze Feluke* von November 1982. *Der geraubte Prinz* von September 1978. Da wird Califax versehentlich für den Erbprinzen Rudi gehalten und erobert Wien. Und dann noch *Der falsche Hanswurst* von April 1980, wo er in einem Wettbewerb ganz viele Knödel essen muss. Und *Über die Pyrenäen* von Dezember 1980.«

»Den geraubten Prinzen hab ich«, sagte Andreas leise. »Und die Knödelgeschichte auch.«

Sachsen-Jensi rieb sich die Augen und sah auf seine Turnschuhe.

»Kannst sie haben.«

»Das gibt's doch nicht.« Überrascht sah ich Andreas an. Er hatte noch nie ein *Mosaik*-Heft verschenkt, nicht einmal getauscht.

»Echt jetzt?«, rief Sachsen-Jensi.

Eine Sprungfeder des Bettes drückte mir in den Hintern. »Und ich hab *Über die Pyrenäen*. Und die Erstausgabe *Das Geheimnis der Grotte* bewahrt Opa ganz hinten im Küchenschrank auf, weil er glaubt, dass er die irgendwann für Devisen verkaufen kann. Die klaue ich ihm einfach. Das merkt er gar nicht.«

»Wahnsinn. Dann brauche ich nur noch *Die schwarze Feluke.*« Sachsen-Jensi setzte sich gerade hin. Auf einmal sah er wieder munter aus.

Andreas sprang auf. »Hast du keine anderen Sorgen als deine dämlichen *Mosaik*? Haust ab in den Westen und nervst rum mit Erstausgabe und so?«

Er schlug Sachsen-Jensi auf den Kopf.

Der hob schützend die Arme. »Was kann ich denn dafür? Meine Eltern haben es mir erst vor ein paar Tagen gesagt!«

Andreas schlug weiter. »Na und? Bleib doch hier! Memme!«

Sachsen-Jensi riss wütend seine Faust nach oben. Sie knallte gegen Andreas' Nase, die sofort zu bluten anfing.

»So ein Mist«, sagte Andreas und beugte sich nach hinten. Sachsen-Jensi stand belämmert vor ihm und zog sein Taschentuch aus der Jeans. Andreas drückte es sich auf die Nase.

Dann setzten sie sich wieder zu mir aufs Bett.

»Deine Eltern können doch nicht einfach über dich bestimmen«, nuschelte Andreas ins Taschentuch. Draußen zwitscherte eine Kohlmeise.

»Und du weißt echt nicht, wann ihr ausreist?«, fragte ich.

Sachsen-Jensi sank in sich zusammen. »Nein. Das erfahren wir einen Tag vorher. Ich hoffe, dass wir erst nach dem Abschlussball ausreisen. Darauf freu ich mich doch so.«

Unten auf der Straße tobten einige Kinder umher, ihre Stimmen drangen bis zu uns hoch.

»Dann kannst du ja endlich in deinem blöden BMW den blöden Kurfürstendamm hoch- und runterfahren, so wie du es dir immer gewünscht hast«, grummelte Andreas.

Noch am selben Tag klaute ich Opa *Das Geheimnis der Grotte* aus dem Küchenschrank und brachte Sachsen-Jensi alle vier *Mosaik*-Hefte. Andreas kam nicht mit, weil er zu wütend und traurig darüber war, dass Sachsen-Jensi bald nicht mehr da sein würde.

Einige Tage später hatte er sich wieder eingekriegt.

Als wir Sachsen-Jensi zwei Wochen später zum Fußballspielen abholen wollten, war er einfach weg, die Wohnung leer.

Die Blums hatten kurzfristig die Nachricht erhalten, ausreisen zu dürfen, und Sachsen-Jensi hatte keine Zeit gehabt, sich von uns zu verabschieden. Die Tür war nicht abgeschlossen, wir konnten reingehen und uns umsehen. Es war trostlos und traurig.

Auf den alten Dielen in seinem Zimmer lag ein Zettel. »Ich schicke euch Raider und Platten. Bitte schickt mir *Die schwarze Feluke*, dann ist meine *Mosaik*-Sammlung komplett.«

Andreas ist durch die Wohnung getobt und hat geschimpft. »Scheißland! Den sehen wir nie wieder!«

In der Küche, in der noch einige alte Töpfe standen, fragte er mich, ob ich mich an den Witz erinnern würde, den Sachsen-Jensi erzählt hat.

»Was heißt DDR? Der doofe Rest.«

Ich konnte nicht darüber lachen.

Kalter Wind fegt über das Wasser.

Die Strömung zieht uns zurück, dann schiebt sie uns wieder nach vorne. Die Wellen wachsen, heben uns langsam hoch und wieder runter, die Abstände zwischen ihnen werden größer.

Dichte Wolken am Himmel, in mehreren Schichten übereinandergetürmt. Sind nicht mehr weiß, nur noch grau und schwarz. Formen sich bedrohlich aus, verändern sich.

Um uns brechen die weißen Wellenberge, entstehen neu, brechen wieder.

Wind dröhnt in meinen Ohren.

An Turm 3 wurde der Ball von den Rettungsschwimmern bestimmt ganz nach oben gezogen. Absolutes Badeverbot.

Ich kann kaum noch den Himmel sehen, schaue auf den

Kompass, völlig sinnlos, weil mich das Wasser permanent dreht. Wir können so niemals den Kurs halten, werden kilometerweit abtreiben.

Müssen es schaffen, überhaupt an der Oberfläche zu bleiben.

Orientierungslos trudle ich durchs Wasser. Der Wind drückt die Wellen in eine Richtung, sie verbinden sich im Sturm, werden aufgepeitscht. Weiße Gischt fliegt um uns herum, wie die Brandung am Ostseestrand.

Ein Sturm wie im *Mosaik*-Heft, das an der Innenseite meines Neoprenanzugs klebt. Als die Abrafaxe die schwarze Feluke auf hoher See verfolgten, gingen sie mit ihrem Boot beinah unter.

Die Schnur zerrt an meinem Handgelenk, es ist unmöglich, zusammenzubleiben, die Wellen treiben uns auseinander.

Ohne die Schnur wären wir längst getrennt.

Die Abrafaxe retteten sich auf die Pirateninsel, die plötzlich aus dem Meer aufragte.

Die gibt es hier nicht.

Andreas treibt regungslos durchs Wasser, auch ich habe kaum noch Kraft zum Schwimmen. Wie mag es ihm gehen? Sein Anzug isoliert nicht mehr.

Bei ruhigerem Wasser könnten wir uns auf den Rücken legen, ausruhen.

Mir ist so kalt. Ich kann meine Arme kaum noch beugen, sie sind ganz starr. Mein Herz rast, ich zittere so stark, dass ich das Klappern meiner Zähne höre. Kälte oder Angst, ich kann es nicht auseinanderhalten.

Was würde Ulrich jetzt sagen?

Steht über mir am Beckenrand und schaut auf mich herab, rudert mit den Armen, feuert mich an.

Weiter, weiter, nicht aufgeben. Ihr schafft das!

Wir sind aber nicht im Schwimmbad, wir sind mitten im Meer. Um uns herum tobt ein Sturm!

Ulrich winkt ab, akzeptiert kein Versagen. Vorwurfsvoll schaut er auf seine Stoppuhr.

Das Ziehen der Schnur schmerzt. Die Haut ist sicher durch, das Salzwasser dringt ins Fleisch. Denk nicht dran.

Ich kann nicht mehr schwimmen. Ich will, dass das alles aufhört.

Frieden, Ruhe. Kein Kampf mehr.

Überall ist Wasser. Es schießt quer über die Oberfläche, nimmt die Sicht wie eine Nebelwand. Ich kann kaum atmen, sehe nur noch wenige Zentimeter weit.

Ich will nicht mehr.

Warum waren wir so dermaßen dumm?

Und warum sind die so mit uns umgesprungen? Wir haben doch niemandem etwas getan! Und nun sind wir hier, gehen unter, mitten in der Ostsee!

»Blödsinn«, brülle ich in den Sturm. »Die dümmste Idee überhaupt.«

Andreas bleibt regungslos. Versteht er mich überhaupt?

»Ist nicht zu schaffen, niemals«, schreie ich. »Opas Geschichten, alles Quatsch.«

Niemand hat es rüber in den Westen geschafft.

Doch wir sind jetzt hier, können nicht mehr zurück.

Die Wellen schließen sich über uns. Der Himmel verschwindet.

Wir werden es nicht schaffen.

Ich werde Opa nie wiedersehen.

Mutti.

Ich kann kaum atmen vor Angst.

Will hier nur weg, irgendwohin.

Es kann doch nicht sein.

Sachsen-Jensi. Wir müssen ihm doch unbedingt die Sache mit dem Hubschrauber erzählen! Und ich habe das *Mosaik* dabei, extra für ihn.

Mein Herz rast immer schneller.

Hab das *Mosaik* im Antiquariat ergattert. Es war reiner Zufall.

Ich muss mich beruhigen, darf mich nicht aufregen.

Leicht gesagt.

Ein alter Mann breitete die Hefte vor sich aus. Zwischen *Der falsche Erzherzog* und *In Teufelsküche* lag *Die schwarze Feluke*. Bevor der Verkäufer kam, bot ich dem Mann rasch drei Mark für das Heft. Im Antiquariat hätte er nur zwanzig Pfennige dafür gekriegt. Es war das letzte Heft für Sachsen-Jensis Sammlung, ich rannte damit nach Hause.

Ich muss es schaffen. Dann hat er bald alle Hefte der Abrafaxe, von 1976 bis heute, insgesamt über hundertfünfzig Stück.

Das Ziehen an der Schnur wird stärker, ich hebe den Kopf.

Um mich dunkles Tosen, Wasser überall.

Andreas ist neben mir, schwimmt nicht, seine Augen sind aufs Wasser gerichtet.

Er fährt mit der Hand durch die Wellen, als wollte er nach etwas greifen.

Was soll das?

Er hat das Messer in der Hand, zieht es durchs Wasser, immer wieder.

Ich begreife nur langsam.

Ich packe ihn an der Schulter, schüttle ihn.

»Bist du irre?«, schreie ich in den Sturm.

Blasses Gesicht, starrer Blick. Er wirkt fern, weit weg, öffnet seinen Mund, will etwas sagen.

Durch das Tosen dringen Wortfetzen zu mir. »... musst allein schwimmen ... nicht mehr ... du schaffst es ... ich nicht ...«

Ich schüttle den Kopf.

»... denk an den Albatros ...«

Er will die Schnur durchschneiden.

Niemals.

»Gib mir das Messer!«

Er dreht sich von mir weg. Ich bewege mich in seine Richtung.

»Sofort! Das Messer!«

Andreas' Schulter berührt meinen Arm. Er schaut mich wütend durch das Plexiglas an. Seine Pupillen sind stark erweitert.

Er öffnet den Reißverschluss, das Messer verschwindet in der Tasche.

»Gib mir die Tasche. Ich nehme sie!«

Er reicht sie mir.

Ich binde sie mir am Bauch fest, kann den Knoten kaum festziehen, meine Finger nicht mehr bewegen.

Die Strömung reißt an meinen Beinen, die Kompassnadel spielt verrückt.

Ich will mir den Schnorchel in den Mund stecken, taste an meinem Hals nach dem Mundstück.

Er ist nicht mehr da.

Verloren im Sturm.

Hatte das Rohr doch unter den Riemen meiner Brille gesteckt, offenbar hat das nicht geholfen.

Ich schaue mich um, schaue über das Wasser. Ich kann

mich nicht mehr erinnern, ob der Schnorchel schwer ist und untergeht oder vom Wasser getragen werden kann.

Ich sehe ihn nicht. Wenn er an der Oberfläche schwimmt, bleibt er zwischen den Wellenbergen unauffindbar.

Ohne Schnorchel schwimmen. Muss aufpassen, dass ich kein Wasser schlucke, muss ganz bewusst atmen, nicht hektisch werden.

Ich paddle mit den Beinen, werde von der Schnur gebremst. Die Schmerzen am Handgelenk sind stark. Aber Andreas muss weitermachen, sonst kommt er auf blöde Gedanken.

Die Schnur durchschneiden, so was Dummes.

Wie kann er auf so eine Idee kommen.

Meint er, dass er dann schneller schwimmen kann?

Wir müssen zusammenbleiben.

Können froh sein, dass wir uns haben, hier draußen im Nichts.

Ich packe seinen Oberarm, ziehe ihn durch die Wellen, damit er merkt, dass ich da bin. Er lässt es sich gefallen und hilft mit, strampelt mit den Beinen, macht weiter.

Gut so. Wir müssen weitermachen.

Für einen Augenblick bricht die bewegte Wolkendecke auf. Ich kann die Sonne sehen.

Ich hebe meinen Arm aus dem Wasser, um auf die Sonne zu zeigen. Etwas reißt in meinem Oberarm, die Muskeln tun weh, ich lasse den Arm schnell wieder sinken.

Doch ich weiß nun, wo Süden ist.

Wie ein Zeichen leuchtet die Sonne durch das Grau der Gewitterwolken. Irgendjemand meint es doch noch gut mit uns.

»Wir müssen nach Westen«, brülle ich in den Wind, der über das Wasser pfeift, es vor uns aufpeitscht. Obwohl um uns noch immer der Sturm tobt, habe ich das Gefühl, dass er ein wenig nachlässt.

Andreas ist ganz dicht neben mir.

Er lächelt, sein Gesicht ist maskenhaft, seine weiten Augen sehen mich nicht an. Es ist, als ob sein Blick im Innern seiner Brille gefangen bleibt. Plötzlich krümmt er sich neben mir im Wasser zusammen.

»Was ist los?«, rufe ich laut. »Hast du Schmerzen?«

Er reagiert nicht, hängt eingerollt an der Wasseroberfläche, taucht mit dem Kinn ins Wasser und dreht sich ein Stück, um atmen zu können.

»Wie geht es dir?«

»O. k.«, sagt er. »Etwas kalt.«

»Tut dir was weh?«

Er schüttelt den Kopf.

»Und dein Anzug, was macht der?«

»Hält dicht.«

Unglaublich, das hätte ich nie gedacht.

»Kannst du schwimmen?«

»Klar.«

»Dann los jetzt!«

Ich treibe ihn an, obwohl ich selber kaum noch Kraft habe.

Was hat Ulrich immer gesagt? Lass dich fallen, gleite durch das Wasser, kämpfe nicht dagegen an. Es gewinnt sowieso. Passe dich ihm an. Du hast sonst keine Chance.

Wir dürfen uns nicht der vollen Gewalt des Wassers aussetzen.

»Am besten tauchen wir durch die Wellen«, rufe ich.

»Wahnsinn, wir haben den Hubschrauber abgehängt«, sagt Andreas. Er hört mir nicht zu.

»Wir müssen abtauchen, wenn die Welle kommt!«

»Wird Sachsen-Jensi gefallen.« Er lallt, als wäre er betrunken. »Wie bei James Bond! Und das mitten auf der Ostsee! Das musst du ihm unbedingt erzählen.«

»Ja! Aber jetzt müssen wir weiter!«

Andreas paddelt stärker mit den Beinen, folgt mir.

Schwimmen, einfach nur schwimmen.

Und tauchen, wenn die Wellen kommen.

Stetiger Rhythmus, schwimmen, atmen, tauchen.

Ulrich am Beckenrand.

Ein eiserner Wille ist wichtig.

Der Körper signalisiert schon früh, den Höhepunkt seiner Leistungsfähigkeit erreicht zu haben. Das stimmt aber noch lange nicht, gute Sportler wissen das. Diese Signale kommen und gehen, die Leistungsgrenze ist noch weit.

Man muss nur wollen.

Erst wenn man nicht mehr will, ist es vorbei.

Ich bin so schwach.

Es fühlt sich aber so an, als wäre es bald vorbei.

Ulrich schüttelt den Kopf. Noch nicht. Du schaffst noch ein paar Meter. Schwimm einfach nur weiter, so wie immer. Du hast so viele Trainingseinheiten hinter dir, du gibst nicht auf.

Ich kann mich nicht mehr bewegen.

Er wird wütend, läuft am Beckenrand neben mir her. Lass dich nicht so hängen, schreit er, schwimm weiter!

Ich hätte ihn nicht anlügen sollen, er war immer nett zu mir. Beim Training zwar nicht, aber da muss es hart zugehen, sonst wird man kein guter Sportler.

Er hat mich neulich noch gefragt, wann es so weit sei, meine letzte große Trainingseinheit, quer über die Ostsee. Hab gesagt, dass das noch nicht feststehen würde. Hatte Angst, er würde uns verpfeifen. Das war Quatsch. Würde er niemals tun.

Aber sicher ist sicher.

Das Ziehen an meiner Hand ist weg, das ist gut, Andreas ist ganz dicht neben mir und hat seinen Rhythmus wiedergefunden.

Nun können wir weitermachen, endlich ankommen.

Ich schaue hoch, sehe seinen Arm, der sich aus dem Wasser hebt.

Er krault.

Wie gut, dass er sich so schnell wieder gefangen hat, sah eben gar nicht gut aus. Blass und unterkühlt. Wir müssen bald ankommen, damit er sich wieder aufwärmen kann.

Ich blinzle, da ist sein Arm wieder.

Siehst du, sagt Ulrich, du hast nun schon einige Züge getan, ohne darüber nachzudenken, dass du schwimmst. So funktioniert es. Man muss den Geist ablenken und beschäftigen, sich nicht zu sehr auf den Körper konzentrieren. Wenn man das macht, hat man sofort wieder Schmerzen oder spürt seine Schwäche.

Das stimmt, auf einmal zieht meine Hand wieder, obwohl Andreas neben mir ist.

Denk nicht daran, sagt Ulrich.

Und im nächsten Moment ist das Ziehen wieder weg.

Ich schwimme und fühle, dass die Wellen um mich kleiner werden. Ich muss nicht mehr durch jede tauchen, ihr Widerstand macht mir nicht mehr so viel aus.

Ich kann auch wieder besser atmen, die Luft ist nicht mehr so von Wasser durchsetzt.

Andreas' Arm.

Er ist weg.

Ich blinzle.

Oder doch nicht? Ich sehe ihn doch.

Nein, der Arm ist weg.

Bleibt weg.

Ich habe ihn mir eingebildet.

Andreas muss neben mir sein. Taucht er?

Die Schnur ist nicht gespannt.

Ich warte, doch nichts passiert. Andreas ist nicht zu sehen.

Vielleicht hinter mir.

Auch nicht.

Ich hebe meine Hand, fasse die Schnur, ziehe daran.

Es geht ganz leicht, so als würde er auf mich zuschwimmen.

Ein loses Ende.

Was soll das?

Ich starre es an. Dann starre ich das Wasser an, aus dem das Ende kam, kann meinen Blick nicht lösen. Eine Welle schwappt mir ins Gesicht, nimmt mir die Luft.

Was ist geschehen?

Wo ist er?

Ich betrachte die Schnur. Hat sie sich etwa von seinem Handgelenk gelöst, ohne dass er es gemerkt hat?

Ich habe sie ihm beim Start umgebunden.

Habe ich es nicht richtig gemacht, nicht fest genug gezogen?

Ich strample mit den Flossen, hebe mich aus den Wellen, schaue mich um, sinke zurück ins Wasser.

Stemme mich erneut hoch.

Da! Etwas Schwarzes.

Ein Wellental, keine Sicht mehr. Der nächste Wellenberg, der schwarze Punkt ist weg.

Wo ist Andreas?

Ich sehe ihn nicht, nirgendwo.

Vor mir, hinter mir, neben mir ist nichts.

Nur graue Weite.

Und über mir ein schwarzer Gewitterhimmel, das Meer aufgewühlt vom Regen, der mir ins Gesicht fällt.

Wasser, überall Wasser. Manchmal ist etwas zwischen den Wellenbergen, ich schwimme darauf zu, doch ich kann es nicht im Blick behalten, bei der nächsten Welle ist es wieder weg.

Nirgendwo ist Andreas.

Ich habe die Schnur nicht fest genug zugebunden.

»Andreas.«

Es ist meine Schuld.

»Andreas.«

Keine Antwort.

»Andreas«, brülle ich über das Wasser.

Ich stemme mich mit den Flossen hoch, versuche, über die Wellenberge zu schauen, halte mich eine Sekunde und falle zurück.

Keine Kraft mehr.

Er ist nicht da.

Ich habe keine Kraft mehr zum Suchen.

Das ist das Ende.

Er kann doch nicht einfach abhauen! Er kann mich doch nicht allein lassen!

Mein Herz rast, ich schwitze, obwohl mir so kalt ist.

Habe Angst.

Noch nie habe ich so große Angst gehabt.

Er kann mich nicht allein lassen, ich brauche ihn.

Eine Welle klatscht mir ins Gesicht, ich schlucke Wasser, huste.

Er kann doch nicht einfach so verschwinden, kann doch nicht einfach so weg sein.

Ich schaffe es ohne ihn doch nicht.

Ich muss ihn suchen, muss in alle Richtungen schwimmen, ausgehend von einem bestimmten Punkt.

Doch wie soll ich den fixieren, mitten im Meer?

Das funktioniert nicht. Hier gibt es nur mich. Ich bin der einzige Punkt im Raum, kann mich auf nichts beziehen. Treibe durch das Chaos.

Ich lasse mich von den Wellen hoch- und runterheben, drehe mich um mich selbst und schaue über das Wasser, schwimme ein Stück zurück und dann in eine andere Richtung.

Ist es überhaupt eine andere Richtung? Oder ist es wieder dieselbe?

Das ist egal.

Ich muss ihn finden und er muss hier irgendwo sein.

Doch ich kann nichts mehr sehen, nur noch das ewige Grau.

Mein Oberschenkelmuskel krampft, ich krümme mich zusammen.

Kaltes Wasser schießt mir in den Rachen, läuft die Speiseröhre hinunter, knallt in den Magen, der sofort reagiert.

Ich übergebe mich.

Es kommt nicht mehr viel raus.

Ich kann nicht mehr.

Ich lasse mich nach hinten fallen, presse das rechte Bein an mich, um den Krampf zu lösen. Als der Schmerz nachlässt, breite ich die Arme aus, treibe auf dem Rücken.

Ich schaue hoch in den Himmel.

Sehe die Sonne hinter einer weißen Haufenwolke hervorkommen. Sie blendet mich.

Wasser dringt in meine Ohren.
Ich schließe die Augen.
Das ist das Ende.
Wasser rauscht in meinen Ohren.
Oder ist es mein Blut?
Das Geräusch beruhigt mich.
Ich atme tief ein und aus, ein und aus.
Treibe mit den Wellen auf und ab, auf und ab.
Sie tragen mich.
Auf und ab.
Ich möchte nicht mehr hier sein.
Auf und ab.
Möchte mich einfach fallen lassen, hinab in die Tiefe.
Da ist es friedlich und ruhig.
Da muss ich nicht mehr kämpfen.
Musik.
Wo kommt sie her?
Laut und deutlich. Es ist Musik.
Vielleicht von einem Boot?
Es ist ein Song von Nena.
Der lief auf unserem Abschlussball.
*Ich kann den Leuchtturm nicht mehr sehen.*
Ich öffne die Augen.
Hier ist kein Boot.
Eine Fata Morgana.
*Ich geh mit dir, wohin du willst.*
Ich höre sie.
*Auch bis ans Ende dieser Welt.*
Menschen lachen.
Ich schließe die Augen wieder.
Die Musik spielt weiter.

*Am Meer, am Strand, wo Sonne scheint.*
Eigentlich ganz schön.
Sachsen-Jensi hatte zu viel getrunken.
*Will ich mit dir alleine sein.*
Auf und ab, auf und ab.

Sachsen-Jensis Anzug war viel zu klein.

»Warum siehst du nur immer so dämlich aus«, fuhr ihn Andreas an. »Nie sitzen deine Klamotten richtig!«

Wir schlürften Grüne Wiese.

»Es kommen keine Pakete mehr, weil ich nun bald drüben bin. Lohnt sich ja nicht.«

Mutti saß bei Sachsen-Jensis Eltern am Tisch. Sehr oft schaute sie zu uns und winkte. Opa trank Korn und schlief andauernd auf dem Stuhl ein. Wenn er anfing zu schnarchen, rammte ihm Mutti den Ellenbogen in die Seite.

»Ein Wunder, dass die mich überhaupt am Abschlussball teilnehmen lassen«, sagte Sachsen-Jensi bitter.

Ich zog am Strohhalm. Mir war sonderbar im Kopf. »Wieso nicht? Du hast doch die zehnte Klasse noch geschafft, komischerweise.«

»Und ich hab fast gar nicht gelernt«, sagte er.

»Stellt euch mal vor, meine Mutter hat mir zum Abschluss der zehnten Klasse ein Diamant-Rad geschenkt. Es ist silber und sieht super aus.«

Opa schrie irgendwas und schaute zu mir herüber.

»Und was hat dir dein Opa geschenkt?«, fragte Andreas.

»Total peinlich. Das Buch *Mann und Frau intim*.«

Sachsen-Jensi und Andreas schauten mich gleichzeitig an. »Echt?«

War ja klar, dass die das aufregend finden würden.

»Gestern bekam er sich deswegen mit Mutti in die Wolle, denn er legte das Buch einfach auf den Kaffeetisch und meinte, dass ich mich nun langsam mal informieren müsste, was eine sozialistische Frau ausmacht. Mutti nahm das Buch stinksauer vom Tisch. Sein zweites Geschenk war auch nicht besser.«

»Und was war das?«

»Jesuslatschen. Weil ich nun Abitur mache. Er meinte, dass die alle Abiturienten und Studenten der DDR tragen und dafür auch im Ausland berühmt sind.«

»So ein Quatsch«, sagte Andreas. »Wir kommen sowieso nicht ins Ausland.«

Sachsen-Jensi schaute auf den Boden.

»Abgesehen vom Sachsen, der kommt da bald hin. Gib ihm doch die Jesuslatschen mit. Kann er im Westen mit angeben.«

»Ich will die nicht«, murmelte Sachsen-Jensi.

Plötzlich stand Frau Kröger neben uns. Andreas stellte sich kerzengrade hin und zog seinen dunkelblauen Anzug glatt.

»Gut siehst du aus«, sagte sie anerkennend.

Eingeschüchtert schaute er auf den Boden und schabte mit den Füßen.

Sachsen-Jensi erlöste ihn. »Sie sehen aber auch toll aus!«

Frau Kröger trug ein weinrotes Kleid. Ihre schwarzen Haare waren voller als sonst und wellten sich ein wenig. Außerdem roch sie nach Westparfüm. Kein Wunder, dass die Jungs durchdrehten.

»Trinkt ihr ein Glas Sekt mit mir?«

»Klaro«, krähte Sachsen-Jensi aufgedreht, und sie verschwand Richtung Bar. Nur eine Minute später brachte sie vier randvoll gefüllte Gläser und reichte jedem von uns eins.

»Nun ändert sich für euch einiges.« Und sie hob ihr Glas.

»Facharbeiter für Datenverarbeitung«, grummelte Andreas.

»Penne«, sagte ich.

»Hamburg.«

»Auf euch«, sagte sie leise. Wir stießen an.

Auf einmal schniefte Sachsen-Jensi laut und Frau Kröger sah ihn erstaunt an. »Was ist denn?«

Er war mal wieder kurz vorm Heulen. »Die wollen nicht, dass ich gehe. Ich weiß selber gar nicht, ob ich es will.«

»Logo willst du«, murmelte Andreas mit tiefer Stimme. »Angeberisch BMW fahren am Kurfürstendamm.«

»Der ist aber in Berlin und nicht in Hamburg«, sagte Frau Kröger.

Sachsen-Jensi nickte. »Das ist auch nur so ein Beispiel.«

»Metapher«, korrigierte sie.

Er glotzte Frau Kröger blöde an. Auf einmal kicherte er albern. »Wissen Sie überhaupt, dass Sie die beste Lehrerin der Welt sind?«

Sie lächelte und sah ihn aufmerksam an.

»Zum Beispiel diese Sache mit Homer und der Odyssee, die war urst stark. Erst habe ich gar nichts kapiert, aber dann wurde es immer besser. Ich werde mir das Buch holen und darin lesen.«

Ich musste lachen. »Das glaubst du doch wohl selber nicht. Nie im Leben kaufst du dir ein Buch!«

»Doch. In Hamburg. Und dann denke ich an Frau Kröger und an ihre schicken Kleider, in denen sie immer so toll aussieht.«

Frau Kröger nahm ihm den Sekt weg. »Für heute reicht

es. Und kauf dir das Buch besser noch in Rostock. Hier ist es nämlich viel billiger.«

Frau Krögers Mann kam auf uns zu. Er trug einen Schnauzbart und sah aus wie Magnum.

Fröhlich zog er sie zur Tanzfläche und beide tanzten zu *You're My Heart, You're My Soul.*

»Echt stark«, rief Sachsen-Jensi.

Andreas schlug ihn auf den Kopf. »Echt stark? Ich habe einen wichtigen Rat für dich, Sachse. Wenn du drüben angekommen bist, erzähl denen bloß nicht, dass Modern Talking deine Lieblingsgruppe ist. Sag lieber, du wärst ein russischer Spion oder so, dann nehmen sie dich wenigstens ernst.«

Ich nickte. »Und deine DDR-Witze erzählst du da besser auch nicht mehr. Die versteht da nämlich keiner.«

»Ich weiß einen guten«, schrie Sachsen-Jensi.

»Oh ne«, stöhnte Andreas.

»Honecker besucht die Baikal-Amur-Magistrale und hält dort eine Eröffnungsrede vor den versammelten Arbeitern. Freudig ruft er: Genossen! Freunde! Matrosen! Da flüstert ihm ein Genosse zu: Aber Erich, Matrosen sind doch *quer* gestreift!«

Frau Kröger drehte sich auf der Tanzfläche und winkte uns zu. Ihr Mann hüpfte in weißen Salamanderschuhen um sie herum.

Sachsen-Jensi war sofort abgelenkt. »Ich will sie heiraten!«

Andreas schüttelte seine blonden Locken. »Sie ist verheiratet, wie du vielleicht siehst. Außerdem findet sie mich hübscher.«

»Gar nicht wahr!«

»Schau dich mal an. Viel zu enger Anzug und du hast immer noch Pickel!«

»Na und? Die sieht man wegen meiner Sommersprossen gar nicht, meint Heike.«

»Was ist jetzt eigentlich mit der?«, fragte ich.

»Die kann mich gern in Hamburg besuchen kommen«, sagte er altklug. »Wenn sie es über die Grenze schafft.«

»Du bist so doof«, rief ich aus. »Hast du diesen Tipp vielleicht auch für uns parat?«

»War doch nur Spaß«, murmelte er kleinlaut.

Andreas boxte ihn in die Seite. »Wir sehen dich dann ja sowieso im Fernsehen.«

»Ach ja?«, fragte Sachsen-Jensi überrascht.

»Klar, und zwar wenn du auf dem Kurfürstendamm gegen einen Baum gekracht bist, weil du zu blöd zum BMW-Fahren warst!«

Ich prustete und verspritzte Sekt.

Es lief *Albatros* von Karat, Andreas' Lieblingslied. Er sah auf einmal ganz traurig aus.

Sachsen-Jensi plapperte los. »Jedenfalls werde ich euch Pakete schicken. Mit Mars und Nutella drin. Ihr geht dann zur Post am Hauptbahnhof, holt sie ab und freut euch.«

»Na toll«, grunzte Andreas.

»Vergiss das Nutella«, sagte ich. »Das klaut die Stasi sowieso. Es steht immer auf Tante Brigittes Liste, aber es ist nie drin.«

Sachsen-Jensi hörte überhaupt nicht zu, sondern ordnete seine gestriegelte Popperfrisur, mit der er sich viel Mühe gegeben hatte.

»Und leg dir eine unauffälligere Frisur zu, bevor du rübergehst. Total peinlich.«

»Ihr müsst mir aber auch jeden Monat etwas schicken«, sagte er abwesend.

»Was denn? Weißkohl?«

»Ne!«

»Rotkohl?«

»Ne!«

Sachsen-Jensi sah uns geknickt an. »Ihr lacht jetzt sowieso.«

»Drops, A-&-O-Riegel, Schlager-Süßtafel.«

»Quatsch! Was Ideelles.«

»Was Ideelles? Das Manifest? Spinnst du total?«

»Platten vielleicht?«, rätselte Andreas. »Puhdys oder Berluc? Ute Freudenberg und die Gruppe Elefant?«

»Oh nein«, rief Sachsen-Jensi schockiert.

»Stern Meißen!«

»Nein, nein, nein! Das *Mosaik*. Das gibt's im Westen bestimmt nicht. Und ich will kein Heft verpassen.«

Wir starrten ihn an.

»Und wenn ihr das *Mosaik* schickt, könnt ihr ruhig noch eine Blockschokolade dazulegen. Aber nur Vollmilch, von der Zartbitter wird mir schlecht.«

»Ich fass es nicht«, entfuhr es mir.

Auch Andreas war entsetzt. »Drüben gibt es *Donald Duck*, *Asterix*, *Superman*, Milka, Tic Tac, Sarotti und so weiter, und du willst, dass wir dir das *Mosaik* und Blockschokolade schicken?«

»Ich habe mich eben daran gewöhnt! Die anderen Sachen sind auch toll, aber eben nicht dasselbe.«

Gemeinsam schauten wir auf die rappelvolle Tanzfläche. Ronny flippte zu *It's a Sin* von den Pet Shop Boys völlig aus, wedelte wie ein Irrer mit den Armen und fasste Sabine an den Hintern, die albern kicherte.

Plötzlich hielt sich Sachsen-Jensi die Hand vor den Mund und rannte zum Ausgang.

»So ein Held«, sagte Andreas.

Ich starrte auf seinen goldenen Ohrring, den er neuerdings trug. Er sah damit aus wie ein Seeräuber.

Langsam gingen wir durch den Saal und zum Ausgang. Sachsen-Jensi stand direkt neben der Tür und starrte ins Gebüsch.

»Mann, ist mir schlecht«, stöhnte er und beugte sich vor.

»Wir könnten auch Grüne Wiese in Flaschen abfüllen und mit ins Paket legen«, sagte Andreas gehässig.

Sachsen-Jensi hob die Hand. »Hör auf.«

Auf einmal war Frau Kröger hinter uns. »Hier seid ihr also. Ich wollte mich von euch verabschieden.« Neugierig betrachtete sie Sachsen-Jensi. »Insofern das überhaupt geht.«

Er war blass und grinste gequält.

»Das waren mindestens zehn Grüne Wiesen«, erklärte Andreas.

»Weil ich so aufgeregt bin«, presste Sachsen-Jensi hervor.

»Warum das denn?«

»Na, wegen dem Westen«, stöhnte er.

»Wegen des Westens«, sagte Frau Kröger. »Genitiv.«

»Mir egal«, murmelte Sachsen-Jensi und kotzte in die Hecke.

Ich kicherte.

»Sei doch froh, Mensch!«, rief Andreas. »Du musst hier wenigstens nicht versauern, so wie wir!«

Frau Kröger machte eine drohende Handbewegung. Andreas hielt sofort die Klappe. Sie war die einzige Lehrerin, auf die er hörte.

Sachsen-Jensi sah zu ihr auf, während er sich mit seinem karierten Taschentuch den Mund abputzte. »Meinen Sie denn, dass wir uns wiedersehen?«

Sie lächelte traurig. »Ich weiß es nicht, Jens.«

Als sie sah, dass ihr Mann auf uns zukam, reichte sie jedem von uns die Hand. »Viel Glück beim Abitur, Hanna. Wir sehen uns sicher mal in Rostock. Und wir auch!«

Sie zwinkerte Andreas zu. Er lächelte glücklich.

»Und ich schick Ihnen eine Postkarte von der Reeperbahn«, rief Sachsen-Jensi. »Kennt ihr den schon? Die Erfolge der sowjetischen Wissenschaft werden der gesamten Menschheit zugutekommen, erklärt ein russischer Gastdozent an der Humboldt-Universität. Unsere Sputniks waren nur ein Anfang. Bald wird der Tag kommen, an dem man zum Flughafen Schönefeld geht und eine Fahrkarte zum Mond oder zur Venus kaufen kann! Ein Student meldet sich: Einfach fantastisch. Super! Glückwunsch! Aber sagen Sie, guter Mann, haben wir vom Mond dann vielleicht Anschluss nach Hamburg oder Köln?«

Frau Krögers Mann lachte dröhnend. Sie fasste mahnend seinen Arm. Sie gingen die Treppe zur Straße hinunter.

»Mit der Frisur lassen die dich nie auf die Reeperbahn, das kannst du voll vergessen«, sagte Andreas.

»Ist ja gut, ich geh drüben als Erstes zum Friseur.«

»Geh in Rostock! Ist billiger!«

Unten drehte sich Frau Kröger noch einmal um. Sachsen-Jensi winkte, verlor das Gleichgewicht und knallte mit dem Hintern aufs Pflaster.

Wir schauten ihr lange nach. Als Frau Kröger nicht mehr zu sehen war, hob ich feierlich die Hand. »Wir versprechen uns jetzt, dass wir uns bald wiedersehen werden.«

»Was soll das denn?«, fragte Andreas und schaute mich erstaunt an.

Und ich streckte die Hand aus. »Pionierehrenwort!«

Sachsen-Jensi rappelte sich vom Pflaster hoch und runzelte

die pickelige Stirn. »Wieso Pionierehrenwort, wir sind doch in der FDJ.«

»Wir versprechen es uns.«

Er starrte meine Hand an, kratzte sich am Kopf und schlug ein. »Pionierehrenwort!«

Wir sahen auffordernd zu Andreas. Der schaute ungläubig aus der Wäsche. »Und wie bitte sollen wir rüberkommen?«

»Erst mal Pionierehrenwort«, sagte Sachsen-Jensi. »Den Rest werden wir sehen.«

»Sachsen-Jensi wird uns irgendwann einfach mit seinem BMW abholen«, sagte ich leise.

»Genau«, rief der, »schwarz, tiefergelegt, hundertsiebzig PS.«

Endlich schlug auch Andreas ein. »Also gut! Pionierehrenwort.«

Dunkelblauer Himmel.

Über mir in der Tiefe des Universums ein Stern. Ich weiß nicht, welcher es ist.

Aber er ist da, ich sehe ihn genau. Nichts trübt meine Sicht, kein einziger Wolkenschleier.

Immer noch Rauschen, immer noch Musik.

Ich treibe auf dem Rücken, auf und ab, auf und ab.

Schaue nach rechts, die Sonne blendet mich.

Kein Regen mehr, das Wasser ist ruhig.

In Warnemünde ist der Sturmball wieder unten, kein Badeverbot mehr.

Der Sandstrand ist noch feucht und hart vom Unwetter.

Neugierige Kinder laufen über ihn hinweg, fühlen unter ihren Füßen das Muster, das der gewaltige Wind in den Sand getrieben hat.

Ich richte mich auf, schaue über das Wasser.

Kaum Wellengang. Das Gewitter liegt hinter uns.

Andreas ist in der Nähe, er muss hier irgendwo schwimmen.

Doch ich kann ihn nicht sehen.

Ich halte das Ende der Schnur hoch. Wie glatt durchgeschnitten sieht es aus.

Die Tasche hängt an meinem Bauch. Meine Hände zittern vor Kälte und Schwäche, als ich sie öffne. Schokolade, das Röhrchen mit den Tabletten, Klebeband.

Kein Messer.

Er hat es vorhin zurück in die Tasche getan, das habe ich gesehen.

Habe ich mir das nur eingebildet?

Vielleicht ist es ihm aus der Hand gefallen.

Oder doch nicht?

Er hat doch nicht nur so getan, als würde er das Messer zurückpacken, und hat dann damit die Schnur – nein, das kann nicht sein.

Das würde er nie tun. Nicht Andreas.

Andreas gibt nicht auf.

Niemals.

Aber vielleicht konnte er einfach nicht mehr?

Ein Faustschlag, direkt ins Gesicht.

Das darfst du nicht mal denken!

Ich atme flach und schnell, mein Herz rast. Dass es dazu überhaupt noch Kraft hat. Ich versuche, gleichmäßig zu atmen, ruhig zu bleiben, fixiere den Horizont.

Er ist nicht mehr da.

Ich bekomme keinen Ton raus, knalle die Hand aufs Wasser.

Ich muss mich irgendwo festhalten, brauche Widerstand.

Doch ich greife ins Nichts.

Hier ist nichts, kein Mensch, kein Boot, kein Halt, nirgendwo.

Ich werde irre.

Ich packe meinen linken Unterarm und kralle mich an mir selbst fest, drücke meine Finger zusammen, so doll ich nur kann.

Verrückt.

Ich spüre, dass es wehtut, aber ich lasse nicht los.

Was habe ich getan?

Ich werfe mich auf den Rücken, heule mit offenen Augen, bis mir auch dafür die Kraft fehlt.

Nach einer Weile hebe ich die Hand und betrachte erneut das Ende der Schnur. So lange, bis meine Augen tränen und alles verschwimmt.

Die Schnur könnte auch gerissen sein.

Ja.

Die Schnur ist gerissen.

Deswegen haben wir uns verloren. Er hat sie nicht durchgeschnitten, das würde er niemals tun.

Ich wusste es.

Die Schnur ist gerissen.

Kann passieren. Ein Materialfehler. Wie beim Neoprenanzug.

Doch wo ist er jetzt?

Vermutlich sucht er mich, hat nach mir gerufen, so wie ich nach ihm.

Im Sturm konnten wir einander nicht hören. Um uns war alles viel zu laut.

Was wird er jetzt tun? Auch ihm wird langsam klar sein, dass wir uns hier draußen nicht wiederfinden werden.

Er wird also nach Westen schwimmen.

Er weiß, wo Westen ist. Auch er sieht die Sonne und kann ihr folgen.

Also muss ich nach Westen schwimmen.

Vermutlich hat er einen Vorsprung, hat nicht so lange getrödelt wie ich.

Es ging ihm doch auch ganz gut.

Ich hab doch nachgefragt. Habe ihn gefragt, ob er schwimmen kann. Klar, hat er gesagt. Und hat gemeint, dass wir Sachsen-Jensi unbedingt vom Hubschrauber erzählen müssen.

Du.

Du musst es ihm erzählen, hat er gesagt.

Warum nicht wir?

Hab mich bestimmt verhört.

Natürlich erzählen wir Sachsen-Jensi so eine irre Geschichte gemeinsam.

Der wird echt staunen.

Seine Ausreise im Zug war sicher nicht so aufregend wie unsere.

Ich bin so müde.

Aber ich muss Andreas hinterher. Er wird auf mich warten.

Ich mache einen Schwimmzug, noch einen.

Links, rechts.

Höre wieder auf. Es geht nicht, keine Kraft.

Ulrich hockt am Beckenrand.

Traubenzucker, sagt er. Traubenzucker hilft bei Schwächeanfällen.

Die Schokolade.

Ich lege mich auf den Rücken, öffne die Tasche.

Ein Rest Schokolade. Ich wickle das Papier ab, beiße hinein. Schmeckt nach nichts.

Dann nehme ich eine Tablette, vielleicht hilft sie gegen meine Schmerzen.

Ich zerkaue sie, weil ich sie mit Meerwasser nicht herunter kriege.

Zum Glück sind wir lange zusammen geschwommen. Andreas weiß jetzt, worauf er achten muss. Er hat die Technik in den vergangenen Stunden gut gelernt, wird sicher noch ein Profi. Die längste Trainingseinheit seines Lebens. Meine auch.

Opa wird sich wundern. Er kennt viele Geschichten, aber diese noch nicht.

Wir werden später kaum glauben, dass wir das geschafft haben.

Jetzt muss ich weiterschwimmen.

Noch bin ich nicht da.

Ob Opa überhaupt eine Ahnung hat, was er mit seiner blöden Aktion ausgelöst hat? Bestimmt nicht.

»Das ist doch seltsam, oder nicht?«

Opa knallte seinen Stock auf das Pflaster der Hermannstraße.

»Ungarn 1956, Berlin 1953, Prag 1968, Tschernobyl. All das war völlig in Ordnung. Und nun passiert das erste Mal etwas Vernünftiges und schon ist der große Bruder nicht mehr Vorbild des kleinen Bruders.«

Andreas und ich aßen Blockschokolade und reagierten gar nicht. Die Regierung hatte den *Sputnik* verboten und Opa musste sich mal wieder aufregen. Schon den ganzen Weg ging das so. Es war kalt und roch nach Schnee.

»Haben die Herren Funktionäre denn keine Angst vor dem T-34?«

»Ach Opa, die Russen werden kaum mit Panzern anrücken, nur weil die Regierung den *Sputnik* verboten hat. Beruhige dich!«

»Pah!« Er knallte mit dem Stock. »Man sollte was tun. Man sollte die Welt auf diesen Irrsinn aufmerksam machen.«

»Das interessiert die Welt aber gar nicht. Außerdem weiß doch ohnehin jeder, wie albern das ist.«

»Ja, jeder normale Bürger vielleicht, aber doch nicht die Bonzen. Ich werde etwas tun. Wir gehen zu mir und schreiben eine Resolution.«

»So ein Quatsch, das bringt doch nichts als Ärger.«

»Dieses Mal geben wir nicht klein bei! Kommt mit.«

Er stürmte vor. Andreas und ich folgten ihm lustlos.

»Immerhin spendiert er uns gleich eine Runde Sandkuchen«, sagte ich aufmunternd.

Doch der schmeckte total alt. Wir saßen auf dem Sofa und kauten hohl. Überall lagen zerrissene Zeitungen. Und die letzten Ausgaben des *Sputnik*. In der Wohnung war es unglaublich heiß. Opa verballerte gerade seine gesamte Kohle, da er meinte, dass die DDR es ohnehin nicht mehr lange machen würde.

»Hier zum Beispiel!« Opa hob das *Neue Deutschland* hoch. »Honecker hat diesem palastbauenden Verbrecher den Karl-Marx-Orden verliehen. Wenn Marx das wüsste, würde er sich im Grabe umdrehen, jede Wette!«

Wir starrten auf das Foto von Nicolae Ceaușescu.

»So, anderes Thema. Sehen wir uns mal die offizielle Meinung zum *Sputnik* an.«

Er wühlte in seinen Zeitungen. An manchen klebten Kuchenkrümel. Opa zündete sich eine Juwel an. »Wisst ihr, warum die Oktoberausgabe nicht geliefert wurde? Die kam einfach nicht, obwohl man dafür gezahlt hat. Und warum kam sie nicht? Na?«

Wir zuckten mit der Schulter.

»Weil sie einen Beitrag zum Hitler-Stalin-Pakt brachte. Als sei das ein Staatsgeheimnis, von dem niemand etwas weiß. Doch mir können sie nichts vormachen. Ich war schließlich dabei!«

»Opa, du warst nicht dabei, als Hitler und Stalin den Pakt geschlossen haben.«

»Ne, ich hab zu diesem Zeitpunkt vermutlich gerade Polen überfallen.«

Andreas schaute ihn entsetzt an.

»Es ist mir immer total unangenehm, das Ding zu kaufen, aber was soll's. Anders kann ich ihre Lügen nicht aufdecken.«

Opa raschelte mit der verhassten Zeitung.

»So, hier haben wir es. Das *Neue Deutschland* vom 21. November 1988. Mitteilung der Pressestelle des Ministeriums für Post- und Fernmeldewesen. Berlin (ADN). Wie die Pressestelle des Ministeriums für Post- und Fernmeldewesen mitteilt, ist die Zeitschrift *Sputnik* von der Postzeitungsliste gestrichen worden. Sie bringt keinen Beitrag, der der Festigung der deutsch-sowjetischen Freundschaft dient, stattdessen verzerrende Beiträge zur Geschichte.« Er lehnte sich zurück. »Jetzt kommen die uns tatsächlich mit der deutsch-sowjetischen Freundschaft!«

Er nahm einen Stift in die Hand. »Mitteilung einer Schülerin der Erweiterten Oberschule Ernst-Thälmann und eines angehenden Facharbeiters für Datenverarbeitung.«

»Opa, spinnst du? Wir werden nichts mitteilen.«

»Doch. Lasst mich mal überlegen.«

Er schraubte die Flasche Korn auf. Andreas lehnte sich zurück und runzelte die Stirn. Er hatte keine Pickel mehr, dafür nun ein paar Bartstoppeln, die er sorgfältig pflegte.

»In aufwühlenden Zeiten dürfen wir nicht wegsehen, wenn unsere sowjetischen Kampfgefährten ihre revolutionäre Geschichte neu bewerten. Von der Sowjetunion lernen heißt siegen lernen. Wer ebenfalls der Meinung ist, dass der *Sputnik* weiterhin für DDR-Bürger zugänglich sein soll, unterschreibe bitte hier.«

»Ich muss echt los zum Schwimmen.« Rasch erhob ich mich vom Sofa.

Andreas stand sofort neben mir. »Und ich muss noch lernen.«

»Für das Leben, nicht wahr?« Opa trank einen Schluck Korn.

»Ne, Binärcodes.«

Wir machten, dass wir wegkamen.

Am nächsten Tag in der Schule rief mich Direktor Kaselow über Lautsprecher aus. Ich hatte keinen Schimmer, was er von mir wollte.

»Hanna Klein! Zwei Etagen höher! Sofort!«

Ich stand auf und schaute ratlos zur Tafel. Bis eben hatte Geschichtslehrerin Steinbeck über den Proletarischen Internationalismus referiert. Sie sah mich über den weißen Brillenrand an. »Wird wohl einen Grund geben! Nach oben mit Ihnen.«

Ich klopfte bei Direktor Kaselow und trat ein. Im Raum waren außerdem Parteisekretärin Peter und mein Klassenlehrer Kruse.

Sie fackelten nicht lange. »Erklären Sie uns das!«

Die Peter hielt ein Blatt hoch. Ich erkannte Opas Schrift. Das konnte nicht wahr sein.

»Wann haben Sie dieses Ding aufgehängt?«

»Ich habe es nicht aufgehängt.«

»Stehen Sie gefälligst zu Ihrer staatsfeindlichen Hetze! Ihr Name steht drunter. Wer soll es sonst gewesen sein?«

Die buchten ihn glatt ein, wenn das rauskommt, dachte ich und schaute auf das Linoleum.

»Also noch einmal. Wie lange hing das Ding hier aus?«

»Nicht lange.«

»Exakt.«

»Paar Minuten.«

»Wann haben Sie es aufgehängt?«

»Vor Geschichte.«

»Das wird erhebliche Konsequenzen haben. Sie können von Glück sagen, dass wir es rechtzeitig bemerkt haben. Noch hat niemand unterschrieben. Ansonsten könnten Sie gleich einpacken.«

Ich schwieg. Es gab nichts zu sagen.

»Bis auf Weiteres bleiben Sie der Schule fern. Sobald wir darüber abgestimmt haben, erfahren Sie, was mit Ihnen passiert.«

Ich ging zurück in die Klasse und stopfte meine Bücher in den Ranzen. Frau Steinbeck fragte nicht nach, als ich den Klassenraum verließ.

Ich lief die Friedrich-Engels-Straße hoch und bog in die Paulstraße ein. Nach dem dritten Klingeln machte Opa auf.

Seine Haare fielen ihm kreuz und quer über den Kopf und er hatte Sandkuchenkrümel im Mundwinkel.

»Bist du total bescheuert? Wie kannst du so was machen?«

»Was?«

»Diese Scheißresolution! Ich dachte, das wäre nur Spaß!«

Ächzend fiel er in seinen Sessel. »Haben viele unterschrieben? Hat der Parteisekretär mal so richtig Angst gekriegt?«

Gespannt sah er mich an. Er verstand es einfach nicht.

Ich setzte mich aufs Sofa und legte die Hände in den Schoß. »Wahrscheinlich schmeißen die mich von der Schule.«

Opa zündete sich eine Juwel an und schmiss das Streichholz in den Ascheimer, der neben dem Ofen stand. »Das ist doch Blödsinn, du hast viel zu gute Noten. Aber bei diesem Andreas weiß ich nicht so recht. Der scheint mir ein wenig dümmer zu sein. Kann sein, dass er etwas Ärger kriegt.«

Entsetzt sah ich ihn an. Opa blies Rauch aus. »Es werden bestimmt einige Werktätige unterzeichnen. Dann hat er gleich einen guten Stand im Betrieb.«

»Sag, dass das nicht wahr ist!«

Opa zog an seiner Zigarette und sah durch mich hindurch. Er war total weggetreten. Ich sprang auf und rannte aus der Wohnung. Wie eine Irre raste ich Richtung Hauptbahnhof.

Im Tunnel kam mir Andreas entgegen. Schon von Weitem sah ich, dass es zu spät war.

»Hau bloß ab«, schrie er.

Ich lief im Abstand von einem Meter hinter ihm her.

»Verschwinde!«

Seine Stimme hallte laut durch den Tunnel. Einige Werftarbeiter drehten sich um.

»Ich kann doch nichts dafür. Er hat die Resolution auch in der Penne aufgehängt. Ich darf vorerst nicht mehr hin!«

»Vorerst ist gut!« Andreas blieb stehen und starrte mich finster an. »Ich bin gleich gefeuert worden. Nichts mehr mit Lehre, nichts mehr mit Informatikstudium danach. Alles aus.«

Er raste die Treppe hoch und ich ihm hinterher. Am Intershop ging ihm die Puste aus. Wütend blieb er stehen und äffte den Ton der Offiziellen nach. »Wir werden Ihnen eine Tätigkeit geben, bei der Sie schön zur Besinnung kommen können.«

Ein Mann im braunen Ledermantel trat aus dem Intershop. Er sah total arrogant aus, einer von den Westdeutschen, die nur in die DDR fuhren, um sich wichtig zu machen.

»Wenn Sie unbedingt individuell sein wollen, dann wird Ihnen auch eine individuelle Behandlung zuteil!« Andreas begann zu schreien: »Und weißt du, woran mich das alles erinnert? An diese Jugendwerkhofsscheiße!«

»Ich kann doch nichts dafür! Opa hat 'ne Macke!«

Der Westdeutsche riss eine Packung Marlboro auf.

»Mein Alter rastet aus. Der schmeißt mich aus der Bude, jede Wette.«

»Opa muss denen eben die Wahrheit sagen, anders geht es nicht.«

Andreas riss seine Augen auf. »Du spinnst doch! Das glaubt kein Mensch! Außerdem habe ich denen gesagt, dass nicht ich es war, sondern Franz Klein.«

Ich sah ihn ungläubig an.

»Ja, glaubst du denn, ich bin bescheuert? Glaubst du, ich lasse so was einfach auf mir sitzen? Warum macht er auch so einen Blödsinn? Und weißt du, was? Keiner hat mir geglaubt! Sie haben gesagt, dass das ins Bild passt, schließlich bin ich schon früher negativ aufgefallen. Und ich soll mich schämen, einen alten und verwirrten Mann einfach so in den Dreck zu ziehen!«

Der Westdeutsche machte ein Geräusch mit der Nase. Es klang, als würde er lachen.

Andreas drehte sich um. »Was glotzt du Kunde so blöde?«

Angeberisch fuhr sich der Westdeutsche durch das schwarze Haar. Das Mantelleder knirschte.

»Hau bloß ab!«, rief Andreas.

»Haut ihr doch ab.« Das Streichholz ratschte über die Packung, ging nicht gleich an. »Das heißt, wenn ihr könnt!« Der Typ grinste.

Wir starrten ihn an.

»Was würdet ihr denn dafür tun?«, fragte er und sah uns an, die Zigarette im Mundwinkel, die endlich brannte. »Fahrt nach Dortmund. In meinem Kofferraum.«

Er blies Rauch aus.

Das Gesicht von Andreas wurde rot. Ich packte ihn und zog ihn ein paar Meter weg. »Wir müssen uns was überlegen. Ich werde Opa dazu bringen, dass er in deinen Betrieb geht und denen alles erzählt.«

Plötzlich rollte eine Münze über das Pflaster und blieb vor unseren Füßen liegen. Fünf Westmark. Es fing an zu regnen. Der Westdeutsche spannte seinen Regenschirm auf und schaute uns erwartungsvoll an.

»Was soll das?«, rief ich ihm zu. »Ihr Schmiergeld können Sie behalten.«

Doch Andreas beugte sich zu mir herunter und flüsterte. »Dem werde ich's zeigen, pass auf!«

Er sank aufs nasse Pflaster und reckte die Arme zum Himmel. »Danke, oh edler Herr! Danke sehr!«

Er nahm die Münze, hob sie hoch und kniff die Augen

zusammen, während er sie lange betrachtete. Dann warf er sie weg. Sie rollte über das Pflaster und fiel klimpernd in den Gully.

Der Westdeutsche schaute zwischen Gully und Andreas hin und her.

Andreas rappelte sich hoch, seine Knie waren nass. »Sehen Sie, jetzt freuen sich die Ratten im Gully über das Geld der Ratte aus dem Westen.«

Das Gesicht des Westdeutschen wurde rot und sein Schirm begann zu wackeln, so wütend war er.

»Eine tolle Geschichte werde ich der lieben Volkspolizei erzählen. Angebot einer Flucht nach Dortmund, in Ihrem Kofferraum!«

Ich verschränkte die Arme vor der Brust. »Für Fluchthilfe gibt es ein paar Jahre Ostknast, mein Herr!«

Der Westdeutsche blinzelte einige Sekunden nervös, drehte sich um und ging weg.

»Und bei diesen Knalltüten ist Sachsen-Jensi. Na, dann gute Nacht.«

Ich hockte mich hin und versuchte, im Gully die Münze zu erkennen. Ein unangenehmer Geruch stieg zu mir hoch. »Schade um die vielen Raider. Sachsen-Jensi hätte längst ausgerechnet, was wir dafür alles hätten kaufen können.«

»Welche Hand?«

Ich schaute zu Andreas hoch. »Was ist?«

Seine Hände waren hinter seinem Rücken. »Komm schon, welche Hand?«

»Die linke. Was soll das?«

Er öffnete die linke. Sie war leer.

»Also gut, dann die rechte«, sagte ich genervt.

Da lag die Münze. Fünf Westmark.

»Alter Zaubertrick. Ich bin doch nicht bescheuert.«

»Und was liegt im Gully?«

Andreas lächelte. »Ich hätte nie gedacht, dass unser Alugeld so laut klimpern kann.«

Eine Woche später wurde ich von der Penne geschmissen, durfte kein Abitur mehr machen. Mutti hat jeden Tag geheult.

Andreas ist zu Hause ausgezogen, weil sein Vater völlig ausgeflippt ist.

Er wohnte in einem Abbruchhaus im Patriotischen Weg.

*Es gibt einen Vogel,*
*den haben Matrosen zum Herrscher gekrönt;*
*er fliegt um die Erde*
*vom Südpol nach Norden,*
*kein Ziel ist zu weit.*
*Der Albatros kennt keine Grenzen.*

Hab den Song im Kopf, seit einer Ewigkeit. Andreas' Song.

Mir ist schwindelig, als wäre ich betrunken. Vielleicht war die Tablette nicht gut.

Nur schwimmen. Ulrich ist da, am Beckenrand.

Armzug, noch ein Armzug und noch einer.

Er ist nicht wütend, weil ich so langsam bin. Jedes Mal, wenn ich zur Wende an der Wand abschlage, geht er in die Hocke, beruhigt mich.

Du machst das richtig, sagt er.

Einfach nicht aufhören. Es ist ganz leicht.

Ich bleibe bei dir, auch wenn die anderen Schwimmer die Halle verlassen.

Ulrich wird da sein. So wie er immer da gewesen ist.

Die wollten dich aus dem Verein werfen, aber ich bin eingeschritten. Ich wollte, dass du weitertrainierst, weil du gut bist. Niemand sollte sich aufgeben.

Wenn die geahnt hätten, wofür ich trainiert habe. Du hast es nicht verraten. Du hast es verstanden. Hoffentlich kriegst du keinen Ärger meinetwegen.

Er sieht zu mir herunter und lächelt, schüttelt den Kopf. Nicht doch, keinen Ärger.

Wolken vor meinen Augen, dann wieder Sonnenlicht. Es blendet.

Später Nachmittag.

Bin fast zwanzig Stunden im Wasser. Oder nur achtzehn Stunden? Ich kann nicht mehr rechnen. Welcher Tag ist heute?

Spielt keine Rolle, sagt Ulrich und zeigt vom Beckenrand die Richtung an.

Ich weiß auch so, wo Westen ist. Muss nur der Sonne folgen.

Ich schlucke Wasser beim Atmen. Der Wellengang ist auf der rechten Seite stärker.

Wo ist dein Schnorchel, fragt Ulrich.

Im Sturm verloren.

Und wieso ziehst du einen Meter Schnur mit dir durchs Wasser? Mach sie ab!

Das geht nicht, die Schnur gehört Andreas. Wenn er wieder da ist, binden wir uns aneinander.

Ulrich sieht mich skeptisch an, sagt nichts mehr.

Ich darf kein Wasser schlucken, sonst muss ich mich wieder übergeben.

Wenn ich jetzt auf der linken Seite atmen könnte, würde das nicht mehr passieren. Du wolltest es mir beibringen, ich habe nicht auf dich gehört.

Ulrich hockt sich hin. Ein kleiner Tipp. Wenn du den Kopf drehst und gerade eine Welle kommt, dann atme einfach nicht.

Er meint es gut mit mir, schreit auch nicht mehr so rum wie früher.

Versuche, dich zu entspannen.

Entspannen.

Sich fallen lassen. Es wird nicht schlimm sein.

Ich werde gar nichts merken. Werde keine Angst mehr haben.

Endlich Ruhe.

Blödsinn, ruft Ulrich. So meine ich das nicht! Du sollst weiterschwimmen!

Solange er am Beckenrand steht, kann ich mich nicht fallen lassen. Er wäre enttäuscht.

Das geht nicht.

Ich darf ihn nicht enttäuschen.

Und außerdem muss ich Andreas finden. Wenn ich doch fliegen könnte!

Ich würde mich hoch in die Luft erheben und könnte Andreas sehen.

Du bist ein Fisch, kein Vogel, sagt Ulrich. Schwimm weiter, damit du nicht auskühlst. Bewege deine Arme. Rechter Arm, linker Arm, rechter Arm, linker Arm. Wenn du das Tempo nicht halten kannst, dann zieh wenigstens richtig durch, alles andere vergeudet Energie. Du musst dich bewegen, um warm zu bleiben. Hörst du!

Mir ist gar nicht mehr kalt. Tief im Innern ist mein Körper

ganz warm. Ich habe aufgehört zu zittern. Ich habe mich an die Kälte gewöhnt.

Doch ich bin so müde.

Möchte in ein Bett fallen, das mich sanft umfasst. Möchte die Augen schließen. Jemand liest mir eine Geschichte vor, vielleicht Mutti. Ich schließe die Augen, lausche. Warm und trocken. Eine Decke hüllt mich ein, die Wäsche duftet nach Zitrone. Alles um mich herum ist sauber und weich. Ich kann schlafen, solange ich möchte. Ich ziehe mir die Decke über den Kopf und schwebe davon, treibe durch die Wolken. Niemand wird mich aufwecken.

Seltsam.

Etwas stört, mein Hals ist schrecklich kalt.

Ich kriege kaum noch Luft. Ich werfe die Decke von mir, setze mich auf.

Nicht mein Bett.

Nässe.

Kaltes Wasser. Es dringt in meinen Mund, in den Rachen.

Ich würge es raus.

Nicht mein Zimmer.

Die Ostsee. Bin eingeschlafen.

Wie konnte das passieren?

Leg dich auf den Rücken, sagt Ulrich. Atme tief ein und wieder aus.

Wieso habe ich das nicht gemerkt?

Kann passieren, sagt Ulrich. Der Körper kann seine Aktivität fortsetzen, auch wenn man nicht bei vollem Bewusstsein ist. Kommt beim Langstreckentraining gelegentlich vor. Musst dich nicht darüber aufregen.

Ist so das Sterben? Wie Einschlafen? Ein Hinüberdriften in die Endlosigkeit.

Du driftest nirgendwohin. Beruhige dich wieder. Und wirf endlich deinen Bleigürtel ab. Den brauchst du schon lange nicht mehr.

Er hat recht. Wieso schleppe ich den noch mit mir rum?

Aber es ist sein Gürtel. Er wird auf den Grund der Ostsee sinken.

Das macht nichts, sagt Ulrich und lächelt. Dann weiß ich immer, wo er ist.

Mit klammen Fingern öffne ich den Verschluss, streife den Gürtel ab, fühle, wie er meinen Fingern entgleitet.

Leichter. Ich bin auf einmal viel leichter.

Atme ein und fülle deine Lungen mit Luft, als wären es zwei Ballons. Sie werden dich tragen. Du kannst nicht untergehen.

Ich atme tief ein, halte die Luft an.

Es stimmt. Ich treibe an der Wasseroberfläche.

Atme langsam wieder aus. Mach kleine Schwimmbewegungen. Sie halten dich oben, du brauchst dafür nur wenig Kraft.

Ich atme wieder ein. Und wieder aus. Ich kann wirklich nicht untergehen.

Und jetzt schwimm weiter. Du musst dich einfach nur bewegen, dann gehst du nicht unter. Glaub mir, einfach schwimmen.

Eins, zwei, eins, zwei, einatmen, rechter Arm, ausatmen, linker Arm, einatmen, rechter Arm, ausatmen, linker Arm.

Ich kriege sie kaum aus dem Wasser, schaffe keinen richtigen Armzug mehr, bewege stattdessen nur langsam die Beine, trudle durchs Wasser.

Jeder Meter zählt. Denk in Etappen, einen Meter, noch einen Meter. Atme.

Wasser klatscht mir ins Gesicht, nimmt mir die Sicht.

Du hast die Augen geschlossen, mach sie wieder auf, sonst verlierst du das Gefühl für dein Gleichgewicht.

Einatmen, rechter Arm, ausatmen, linker Arm, einatmen, rechter Arm, ausatmen, linker Arm.

Den Körper verlassen, nicht mehr wissen, was Traum ist, was Realität.

Es kommen die Wasser all.

Lass Schiller da raus, sagt Ulrich, der hat hier nichts verloren. Du musst weitermachen. Ein, Arm, aus, Arm, ein, Arm, aus, Arm.

Ich fühle nichts mehr, kann nicht mehr denken.

Die Gedanken sind doch schnell wie Vögel, wie Albatrosse.

Habe wieder die Melodie im Kopf.

Obwohl Andreas nicht mehr hier ist, bleibt sie bei mir.

*Er segelt mit Würde,*
*durchwandert die Lüfte, als wär er ein Gott;*
*er folgt ihren Schiffen*
*auf Hochsee durch Klippen,*
*berauschend sein Flug.*
*Er sucht ihren Weg*
*durch die See.*

Ich drehe mich auf den Rücken.

Der Himmel.

Tiefes Blau, weiße Wolken.

Wenn es auf dem Rücken leichter ist, dann schwimmst du eben so.

Ulrich wieder.

Pass auf, dass du dich nicht verschluckst. Du musst gleichmäßig schwimmen, sonst kannst du die Richtung nicht halten.

Rückenbeinschlag, eins, zwei, eins, zwei.

Ich schaue in die Sonne, Wassertropfen auf meiner Brille verstärken das Funkeln.

Du musst versuchen, die Knie nicht zu stark zu beugen, damit die Kraft in deinen Körper geht und dich vorwärtsbringt.

Keine Fähnchenleine schwebt über mir, fünf Meter vor der Beckenwand, so wie im Schwimmbad, wo sie das nahe Ende der Bahn markiert. Das Signal zum Wenden.

Diese Bahn hier hat kein Ende.

Beine bewegen, Körper unter Spannung halten. Starke Schmerzen in den Muskeln. Sind hart und kalt.

Im Becken hätte ich Angst, mit dem Kopf gegen die Wand zu stoßen.

Einfach drauflos, ruft Ulrich. Eins, zwei, eins, zwei.

Meine Füße tun so weh.

Eins, zwei, eins, zwei.

Ich weiß, schreie ich. Schwimm doch selber mal die Strecke, dann weißt du, wie das ist.

Hat er nicht gehört. Soll das echt selber mal machen, anstatt einfach nur eins, zwei zu brüllen.

Wolken driften auseinander, fließen zusammen, bilden Berge von Wasserdampf.

Wie schön das aussieht.

Alles ist aus Wasser.

Die Quallen, die Wolken, alles nur Wasser.

Eins, zwei, eins, zwei.

Ich bin auch aus Wasser.

Wolken türmen sich hinein in den blauen Himmel. Wenn sie die Sonne verdecken, verändert sich die Farbe des Wassers.

Du schläfst schon wieder ein, dreh dich auf den Bauch und kraule.

Ich möchte aber den Himmel sehen. Es ist so schön da oben, viel schöner als hier unten.

Das kannst du auch später noch, jetzt musst du wieder kraulen.

Du musst weiter.

Mach deine Züge, schwimme vernünftig. Konzentriere dich!

Linker Arm, einatmen, rechter Arm, ausatmen.

Als wir damals in seinem Zimmer saßen, hatten wir keine Ahnung.

Linker Arm, einatmen, rechter Arm, ausatmen.

Redeten darüber, als wäre es einfach.

Linker Arm, einatmen, rechter Arm, ausatmen.

Als wäre es ein Kinderspiel.

Linker Arm, einatmen, rechter Arm, ausatmen.

Und nun haben wir den Salat.

Linker Arm, einatmen, rechter Arm, ausatmen.

Im Dieselmotorenwerk war Andreas an dem Tag sehr komisch, hat abwesend seine Senfeier in sich hineingestopft und an mir vorbeigesehen, während uns Geschirrgeklapper umgab. Neuerdings trafen wir uns immer in der Mittagspause. Niemand seiner Kollegen wollte mit Andreas essen und ich mochte mich nicht zu meinen Kollegen setzen. Immerhin hatten wir uns.

»Was macht der Heinz?«

So nannte Andreas den Typen, der mir jedes Mal, wenn er vorbeiging, an den Hintern fasste.

»Wie immer. Ich drehe mich weg, aber das hilft nicht.«

»Knall ihm doch mal eine.«

»Dann schmeißen sie mich raus.«

Andreas zog die Brauen hoch. »Wäre nicht das Schlimmste. Du könntest auch eine Eingabe schreiben.«

Ich sah mich im Essenssaal um. Die Gesichter waren nicht freundlich. Uns würde bestimmt niemand beistehen. Ich schüttelte den Kopf. »Quatsch. Ich hab hier nichts zu melden, echt toller Tipp, danke.«

Andreas zuckte genervt mit den Schultern. »Ich weiß ja auch nicht.«

Die Senfsoße schmeckte nach Duosan, die Kartoffeln waren matschig. Und das Eigelb hatte eine bläuliche Farbe.

»Das Schlimme ist, dass er mich jeden Tag nach Hause begleitet. Manchmal renne ich einfach los und hänge ihn ab, aber dazu hab ich auch nicht immer Lust. Neulich ging er direkt neben mir und starrte mich die ganze Zeit an. Er kam sogar mit in den Hausflur, blieb dann aber unten stehen, als ich die Treppe hochging.«

»Idiot. Aber das wird vielleicht bald ein Ende haben.«

»Was?«, fragte ich mit vollem Mund. »Wie meinst du das?«

Er sah von seinem Teller auf. »Komm nachher bei mir vorbei, ich muss was mit dir besprechen.«

»Was denn?«

Er beugte sich vor und flüsterte: »Nicht hier.«

Wir räumten das schmutzige Geschirr weg und liefen zurück in die Werkhalle.

Nach Feierabend ging ich zu Andreas in den Patriotischen Weg. In seiner Bude war es wie immer kalt.

»Schon März und trotzdem friert man hier«, sagte ich zur Begrüßung.

»Der Ofen funktioniert nicht, aber immerhin friert das Wasser nicht mehr in der Leitung ein. Aber ich bin gewappnet gegen die Kälte.« Andreas hielt eine Flasche Wodka hoch.

»Spinnst du? Doch nicht so starkes Zeug!«

»Nur heute, weil Freitag ist. Montag hör ich damit auf, versprochen.«

Andreas hatte in den letzten Wochen angefangen, ziemlich viel zu trinken. Weil er alles sinnlos fand. Das fand ich auch, aber ich mochte keinen Alkohol.

Ich lief über die knarrenden Dielen und ließ mich auf das olle Sofa fallen, das älter war als Opa. Andreas hatte alle Möbel vom Sperrmüll, manche Sachen waren noch ganz vernünftig. Eigentlich war es verboten, in diesem Haus zu wohnen. Es war ein Abbruchhaus und von der Baupolizei gesperrt worden. Die Treppe zum ersten Stock war kaputt und zwei Stufen bereits gebrochen, man konnte hindurchschauen und von oben die Kellertreppe sehen. Um hochzukommen, musste man sich am Holzgeländer festhalten und einen riesigen Schritt über das Loch machen. Immerhin gab es im Haus noch Strom und kaltes Wasser. Zum Waschen machte Andreas Wasser auf einem alten Herd warm. Die Toilette befand sich eine halbe Treppe höher und wurde von mehreren Leuten, die auch im Haus lebten, benutzt.

Andreas war einfach nur froh, nicht mehr bei seinem Vater wohnen zu müssen. Und heiraten wollte er nicht. Das musste man, wenn man in Rostock eine Wohnung zugewiesen bekommen wollte.

Andreas öffnete die Flasche Wodka und setzte sich in seinen Korbsessel. Er goss zwei Eierbecher voll und stellte sie auf den kleinen Holztisch, der zwischen uns stand.

Ich lümmelte mich aufs Sofa und betrachtete die Gitarre,

die an der Wand lehnte. Nachdem Andreas die Lehrstelle verloren hatte, wollte er unbedingt das Spielen lernen. Auf dem Boden vor der Gitarre lag *1984* von George Orwell.

Andreas zündete die weiße Kerze auf dem Tisch an.

»Das Buch solltest du nicht so offen liegen lassen, sonst wanderst du direkt in den Knast.«

»Darüber wollte ich mit dir reden.«

Er schob den Becher in meine Richtung. Das Sofa muffelte, ich richtete mich wieder auf.

»Worüber? Über den Knast?«

Andreas kippte den Wodka einfach so runter. »Früher oder später werde ich dort landen, das ist klar.«

»Ist nicht klar, du musst dich einfach nur benehmen.«

»Ja, aber das kann ich nicht und das weißt du auch.«

»Hm.« Es hatte keinen Sinn. Andreas war einfach ein Dickkopf.

»Und ich will nicht darauf warten, bis es wieder so weit ist. Es war schlimm genug.«

»Und was bedeutet das jetzt, willst du in die Partei eintreten, damit sie dich in Ruhe lassen?«

»Ha!« Andreas blies Luft aus. »Das würde mein Alter sicher toll finden.« Er beugte sich vor, sprach leiser: »Ich hab eine bessere Idee. Ich werde abhauen.«

Ich fuhr zusammen. »Was?«

Er schaute auf die Dielen, schwieg einige Sekunden. »Ja«, sagte er schließlich und blickte mir in die Augen.

»Wie? Wann?«

»Über die Ostsee.«

»Du spinnst doch!«

»Nein, tue ich nicht.«

»Mit einem Boot oder wie?«

»Nein, schwimmen.«

»Du? Du bist doch total untrainiert, wie willst du das denn schaffen?«

»Montag fange ich an zu trainieren. Keinen Alkohol mehr, keine Zigaretten. Nach der Arbeit gehe ich in die Neptunschwimmhalle. Oder ins Wellenbad. Und wenn es wärmer wird, schwimme ich in der Ostsee. Hab bei meinen Westverwandten schon einen Neoprenanzug bestellt.«

Ich ließ mich zurück aufs Sofa fallen, starrte ihn an. »Das gibt's doch nicht!«

»Das haben schon einige geschafft.«

»Ja, aber viele sind dabei auch krepiert, das weiß ich von Opa.«

»Ach, dein Opa. Der hat doch keine Ahnung. Ich verstehe nicht, wieso du das so abwegig findest. Wenn ich so gut schwimmen könnte wie du, hätte ich mir schon längst Flossen übergestülpt und wäre nach Gedser rüber. Du schaffst es doch locker bis zur anderen Seite.«

»So weit muss man gar nicht schwimmen«, murmelte ich. »Nur bis in die internationalen Gewässer. Dort sind dann genug Schiffe, die einen aufnehmen können. Das weiß ich auch von Opa.«

Andreas nickte. »Da hat er ausnahmsweise mal recht.« Er trank einen weiteren Schluck und war nun richtig angetüddelt.

Ich schüttelte den Kopf, immer und immer wieder. »Es ist total gefährlich!«

»Ich weiß das, ich bin nicht bescheuert.«

»Warum willst du das machen?«

»Warum? Das fragst du noch? Weil ich niemals den Beruf haben werde, den ich haben will. Ich werde niemals sagen können, was ich denke. Ich werde immer lügen müssen. Und ich werde immer anecken. Keiner erklärt einem hier irgendwas. Man muss Befehle befolgen können, das ist alles. Jeder Idiot kann das. Herr Kuschwitz, Sie müssen das so machen! Und nicht anders! Keine Widerrede!«

Er schaute auf die Dielen.

»Wieso bist du so? Andere schaffen es doch auch. Andere ecken nicht andauernd an!«

»Das weiß ich doch nicht! Und es ist mir auch egal! Ich bin eben so!«

»Egal also«, wiederholte ich genervt.

Irgendwo ging ein Fenster auf, wir hörten Musik. Karat, *König der Welt.*

Plötzlich beugte Andreas sich vor, legte seinen linken Arm auf den Holztisch.

»Was soll das?«, fragte ich verwundert.

Er drehte den Arm um, sodass ich die Innenseite seines Handgelenks sehen konnte. Eine lange Narbe. Sie war mir bisher noch nie aufgefallen, vermutlich weil er dort immer ein Lederarmband trug. Nur heute nicht.

Ich schaute hoch, blickte in seine Augen »Warst du das?«

Er nickte.

Ich konnte es nicht glauben.

»Im Jugendwerkhof. Sie haben mich kurz danach gefunden. Ich kam ins Krankenhaus und ein paar Tage später gleich wieder zurück in den Werkhof. Ein Riesentheater, musste dauernd zum Leiter. Warum ich mich meiner Verantwortung entziehen wolle, ein guter Staatsbürger würde das nicht tun, es sei feige und so weiter.« Sein Ton wurde verächtlich. »Man darf sich hier nicht einmal in Ruhe umbringen.«

Ich fühlte Wut in mir hochsteigen, sprang auf. »Natürlich

nicht, was denkst du denn? Was wäre aus uns geworden, aus Sachsen-Jensi und mir?«

Er blies Luft aus. »Ihr kommt schon klar.«

»Nein«, schrie ich. »Das tue ich nicht! Ich kann auch nicht Biologie studieren, schon vergessen? Mein Vater hat einen Dachschaden, meine Mutter ist nie da, mein Opa ist irre, der alte Knacker aus dem DMR will mir an die Wäsche! Und du willst mich jetzt auch noch alleinlassen!«

Ich heulte los, obwohl ich das nicht wollte, ließ mich zurück aufs Sofa fallen. Andreas schaute mich erschrocken an. So hatte er mich noch nicht erlebt, aber es war mir total egal. Ich heulte einfach weiter.

Er lehnte sich in seinem Korbsessel zurück. Es quietschte leise. »Scheiße.«

Er nahm sein Lederband aus dem Regal neben dem Sessel. Langsam band er es sich ums Handgelenk.

»Einfach Logik«, murmelte er. »Bevor ich mich umbringe, kann ich auch versuchen abzuhauen.«

Ich zog mein Taschentuch aus der Hose, schnaufte hinein. »Na toll. Und wann soll es losgehen?«

»Im Spätsommer, wenn das Meer warm genug ist.«

»Warm ist es nie, das ist die Ostsee und nicht der Balaton!«

»Irgendwann im August.«

Ich trank einen Schluck aus dem Becher. Das Zeug schmeckte scharf und brannte im Rachen, doch einige Sekunden später wurde mir warm und mein Magen beruhigte sich.

»Wo willst du denn losschwimmen, in Warnemünde?«

»Weiß noch nicht, muss dafür noch Informationen beschaffen. Ist nicht so leicht.«

»Natürlich nicht, dann könnte ja jeder Depp abhauen.«

Andreas lachte dreckig. »Genau.«

»Opa weiß, wo die Armee an der Küste stationiert ist. Auf so was achtet er immer genau, eine Angewohnheit aus dem Krieg. Ich könnte ihn dazu ausfragen.«

»Das würdest du tun?«

»Er hat außerdem alte Karten von der Küste im Schrank. Die sind zwar von 1935, aber geografisch hat sich ja nicht viel verändert.«

Andreas nickte.

Ich hatte einen Kloß im Hals und brauchte dringend frische Luft. Und ich musste allein sein. »Wenn du willst, geh ich jetzt gleich zu ihm. Er ist bestimmt zu Hause.«

Andreas schaute aus dem Fenster. »Ja, wieso nicht. Soll ich mitkommen?«

Ich stand auf. »Nein.«

»Nimm 'ne Flasche Goldbrand mit.« Andreas grinste. »Das Feuerwasser lockert seine Zunge. Und frag ganz allgemein nach, er soll keinen Verdacht schöpfen, sonst plappert er aus Versehen alles aus oder macht wieder irgendeinen Aushang.«

Ich schluckte schwer. Opa war schuld an unserer Situation, das konnte man nicht anders sagen. Wenn er nicht diesen Blödsinn gemacht hätte, würde Andreas jetzt weiter seine Lehre machen und ich das Abitur.

»Und erwähne besser auch nicht meinen Namen.«

»Natürlich nicht.«

Ich stand unsicher im Zimmer, mir war schummerig vom Wodka. »Hoffentlich wollen die im Konsum nicht meinen Ausweis sehen.«

»Ich frage Torsten, ob er mit dir dahin geht.«

Andreas und ich sprangen über das Loch in der Treppe nach unten ins Erdgeschoss. Andreas klopfte.

Torsten öffnete die Tür. »Hab Prüfung morgen«, sagte er

übellaunig. Andreas erklärte ihm, was wir wollten, und lief dann wieder nach oben. Torsten nahm seinen Parka vom Haken.

»Danke«, sagte ich auf dem Weg zum Konsum.

»Kein Problem«, murmelte er gedankenverloren.

»Was studierst du eigentlich?«

»Melioration.«

»Ist es gut?«

»Na ja, für Medizin hat es eben nicht gereicht.«

Am Konsum in der Doberaner Straße gab ich ihm das Geld, er kaufte den Schnaps, als wäre das völlig normal. Vermutlich kennt er das von Andreas.

»Nicht alles auf einmal trinken«, meinte er zum Abschied und zwinkerte mir zu.

Ich machte mich auf den Weg zu Opa, lief die Strecke zu Fuß, damit ich wieder klar im Kopf wurde. Doberaner Platz, Schröderplatz mit seiner riesigen Digitaluhr, Augustenstraße, Paulstraße.

Opa war zu Hause, lief aber sofort zum Fernseher zurück, nachdem er mich hineingelassen hatte. Er schaute gerade *Willi Schwabes Rumpelkammer*, eine seiner Lieblingssendungen.

Ich stellte die Flasche Goldbrand auf den Tisch, direkt neben seine, die fast leer war. Er reagierte nicht, als ich mich zu ihm aufs Sofa setzte.

Ich schaute zum Fernseher. Marika Rökk hüpfte über den Bildschirm.

»Die Dame singt, dass sie keine Millionen braucht. Brauch ich auch nicht. Mir würden zwei Pfund Kaffee reichen. Kein Muckefuck, keine Kaffee-Ersatz-Mischung. Neuerdings muss man sogar für Rondo anstehen, stell dir das mal vor. Obwohl der schmeckt wie Ziegenkacke.«

»Opa, ich wollte dich was fragen. Über die Ostsee.«

»Sie braucht weiter nichts als nur Musik, Musik, Musik. Ich lache! Hervorragende Propaganda. Einstimmung des Volkes auf schlechte Zeiten. Alle sind tot, das Land liegt in Schutt und Asche, aber macht ja nichts. Ich laufe durch brennende Straßen und pfeife einfach ein hübsches Lied. Ich brauche keine Millionen. Ist ja sowieso nichts mehr da, was man brauchen könnte. Nur noch Marschmusik und Geschrei aus der Goebbelsschnauze.«

»Wieso kriegst du eigentlich immer so schlechte Laune, wenn du diese Sendung siehst?«

»Und was heißt hier überhaupt Musik? Seit Herbert Roth tot ist, gibt es keine brauchbare Musik mehr. Kannst du mir bessere Lieder nennen als *Auf der Oberhofer Höh'* und das *Rennsteiglied*? Gibt es bessere?«

»*People Are People* von Depeche Mode zum Beispiel.«

Geistesabwesend öffnete er die Flasche Goldbrand und goss sein leeres Glas voll.

Ich nahm meinen Mut zusammen. »Opa, ich trainiere diesen Sommer in der Ostsee und brauche dafür die alte Karte, die bei dir im Schrank liegt. Kann ich sie mal mit nach Hause nehmen?«

Er sah mich aus trüben Augen an. »Wozu das denn?«

»Ich muss mir Startpunkte überlegen und die Entfernungen bestimmen, die ich schwimmen will. Zum Beispiel von Nienhagen nach Stoltera oder von Kühlungsborn nach Heiligendamm. Wenn ich die Zeit stoppe, kann ich meine Geschwindigkeit ausrechnen. Das ist wichtig.«

Er winkte ab. »Jaja, schon gut. Du weißt ja, wo sie liegt.«

Das war leicht. Ich ging in sein Schlafzimmer, in dem es nach Kernseife roch.

»Was willst du eigentlich trainieren?«, rief Opa im Wohnzimmer.

»So eine Art Marathon«, rief ich zurück und öffnete den riesigen Eichenschrank.

»Aber wozu? Du wurdest doch ausgemustert, im Leistungssport und auch in der Schule. An jeder denkbaren Front. Gehörst jetzt sogar zur Arbeiterklasse. Prost Mahlzeit.«

»Ich schwimme eben gern.«

»Vielleicht würden dich die Kampfschwimmer aufnehmen, wenn du in die Partei eintrittst.«

»Quatsch. Ich mache Sport, weil das gut für den Körper ist.«

»Pah!«, rief Opa.

Unter einer braunen Wolldecke lag die Karte. Sie war gelb angelaufen und hatte viele Flecken. Ich nahm sie an mich, ging hinaus auf den Flur und schaute durch den Türspalt.

Ich sah, wie Opa das Glas hochriss. »Das hier ist gut für den Körper! Prost!«

Auf dem Flur stopfte ich die Karte in meine Tasche, die auf dem Boden stand. Aus den Augen, aus dem Sinn.

Ich ging zurück ins Zimmer. Auf dem Bildschirm war mittlerweile Heinz Rühmann zu sehen.

»Jawoll, meine Herrn, darauf könn' Se schwörn«, sang Opa und schaute mich dann erstaunt an. Offenbar hatte er vergessen, dass ich zu Besuch war.

Ich schenkte ihm Goldbrand nach. »Du, Opa, wo sind noch mal die Grenztürme an der Ostsee? Du hast mir das schon mal erklärt, als ich noch klein war. Ich habe es vergessen.«

»Was? Wieso willst du das wissen?«

»Das ist eine Frage aus dem *Troll*, hab das Heft aber leider nicht mit.«

»Solche Sachen fragen die inzwischen ab? Meine Herren!

Die Zeiten ändern sich anscheinend.« Er rülpste. »Unglaublich.«

»Weißt du die Türme noch?«

»Na ja«, sagte er und streckte den Rücken. »Ein paar kriege ich bestimmt zusammen. Von Ost nach West oder von West nach Ost?«

Ich sah ihn verwirrt an, dann verstand ich. Nach Polen wollten wir nicht. »Von Warnemünde aus Richtung Lübeck.«

»Aha.« Er strich sich über den Kopf. »Also. Warnemünde, Stoltera, viel NVA. Börgerende, Kühlungsborn Ost und West, auch da viel NVA. Meschendorf, am Salzhaff, Gollwitz, Insel Poel, Boltenhagen. Ab da wird es sehr unübersichtlich. Man kommt nicht mehr an den Strand, ohne aufzufallen.«

Ich nickte und merkte mir die Positionen. Andreas müsste dann vor Ort selbst noch mal schauen und alles kontrollieren.

»Ich weiß jetzt, was dahintersteckt und was sie bezwecken«, rief Opa plötzlich. »Antworte bloß nicht auf diese Frage, das ist eine Falle! Wer sie beantworten kann, ist ein Konterrevolutionär!«

»So wie du?«

Er kicherte albern. »Ich hab versucht, einer zu sein, aber sie haben mich nicht anerkannt.«

Er lallte inzwischen. Es war Zeit zu gehen.

Ich verließ mit der Karte in der Tasche die Wohnung. Draußen war es schon lange dunkel und es hatte angefangen zu regnen. Jede dritte Laterne auf dem Weg funktionierte nicht. Im Theater des Friedens lief im Spätprogramm *Der Name der Rose,* ein paar Leute standen nach Karten an. Ich hatte den Film schon mal mit Andreas gesehen.

Ohne ihn würde mein Leben unerträglich sein. Unvorstellbar, dass er bald nicht mehr hier sein würde.

Plötzlich bemerkte ich Frau Kröger. Sie lief vor mir die Straße hinunter. Sie hielt ihren Kopf gesenkt und kämpfte mit ihrem Regenschirm, der vom Wind umhergeworfen wurde. Seit dem Abschlussball hatten wir uns nicht mehr gesehen.

Sollte ich zu ihr laufen, sie ansprechen?

Aber was sollte ich erzählen, dass ich aussortiert worden war, im Dieselmotorenwerk arbeitete?

Es war mir so peinlich. Keine Penne mehr, kein Biologiestudium, stattdessen Dosenöffner und Schiffsschrauben, Tag für Tag.

Mir fiel das Buch ein, von dem sie mir zwischen den Zeilen abgeraten hatte. Vor vielen Jahren.

*Wie der Stahl gehärtet wurde.*

Auch ich sollte jetzt gehärtet werden, so wie sie es mit Andreas schon immer versucht hatten. Am liebsten hätte ich losgeheult, wie ein kleines Kind, mitten auf der Straße. Frau Kröger hatte ihm damals auch nicht helfen können.

Und ich konnte ihr nicht sagen, dass ich versagt hatte, ob es nun meine Schuld gewesen war oder nicht, das spielte keine Rolle. Und bestimmt wäre sie traurig gewesen, wenn ich ihr erzählt hätte, dass mich Gedichte inzwischen anödeten, weil sie mein Leben auch nicht besser machen konnten.

Ich folgte Frau Kröger ein Stückchen. Wenn sie langsamer wurde, ließ ich mich zurückfallen. Plötzlich blieb sie stehen, rüttelte an ihrem Regenschirm und schaute sich um. Ich sprang rasch in einen Hauseingang.

Ich wartete ein paar Sekunden und starrte in den Regen. Die Tropfen prasselten laut auf die Straße und der Wind fegte um die Häuser, deshalb hörte ich die Schritte nicht.

»Hanna?«

Frau Kröger stand vor mir.

Ihr Regenschirm war vom Wind lädiert und auf der einen Seite zusammengefallen.

Ich wollte im Boden versinken, blickte sie an und bekam keinen Ton raus.

»Seit wann versteckst du dich vor mir?«

»Hallo.« Ich stotterte, suchte nach Worten. »Hab Sie ja gar nicht gesehen.«

Sie musterte mich aufmerksam und nicht mehr so streng wie früher in der Schule.

»Ich wollte mich unterstellen, es regnet so doll.«

Sie hielt ihren Schirm hoch. »Wollen wir ein Stück zusammen gehen?« Sie seufzte, betrachtete den kaputten Schirm. »Ich weiß, das ist kein besonders verlockendes Angebot. Wo musst du hin?«

»In den Patriotischen Weg, jemanden besuchen.«

»Na, dann komm, ich bringe dich dorthin.«

Ich schlüpfte unter den Schirm und stopfte meine Hände in die Jackentasche, damit sie nicht auf die Idee kam, dass ich mich bei ihr einhängen sollte.

»Und? Was macht die Erweiterte Oberschule?«

Von der kaputten Seite des Schirms lief mir Wasser auf die Schulter. »Ganz schön anstrengend, aber es ist o. k.«

Ich sah, dass sie lächelte. »Das schaffst du schon, schließlich bist du fleißig und klug.«

Ich lief neben ihr her und passte auf, dass ich sie nicht anrempelte, was nicht einfach war, weil wir Pfützen ausweichen mussten.

»Im Sportunterricht müssen wir rote Klamotten tragen, wussten Sie das? Ich habe sie mir dafür extra neu besorgt.«

Sie lachte. »Gibt wohl Schlimmeres als Sportler in Rot. Ich hoffe, dass ansonsten alles gut läuft.«

Ich atmete tief ein. Was sollte ich sagen? Dass Andreas, mein bester Freund, abhauen wollte?

Ich durfte ihn nicht verraten.

»Und wir haben dort auch wieder eine ganz scharfe Parteisekretärin. Die kann einem ganz schön das Leben schwer machen.«

Frau Kröger trat auf einen großen Pflasterstein. Er war locker und ein Schwall Wasser schoss hoch und lief ihr in die Schuhe. Sie fluchte laut.

»Denk einfach an dein Biologiestudium«, sagte sie schließlich, »an dein Ziel, dann kommst du durch den ganzen Schlamassel.« Sie schaute mich an. »Deine Noten sind doch hoffentlich gut genug für den Studienplatz?«

Ich begann zu schwitzen, nickte stumm. Wenn sie wüsste.

Zuversichtlich schritt sie über eine große Pfütze. »Schön, dass auf einiges doch noch Verlass ist.«

Wir standen vor Andreas' Haustür.

»Hier ist es.«

Sie blieb stehen, schaute an der brüchigen Hauswand empor. »Kann man hier überhaupt noch wohnen?«

Ich zuckte mit den Schultern. Mehr fiel mir nicht ein.

»Ich hoffe, du wohnst hier nicht etwa?«

Ich schüttelte den Kopf. »Nein, nur ein Freund von mir.«

Ich mochte ihr nicht sagen, dass es Andreas war. Am Ende wollte sie noch mit raufkommen.

Ihr Blick ruhte auf mir, ein wenig skeptisch. »Melde dich doch einfach mal, wenn du mit dem Abi durch bist. Margaretenstraße 22. Würde mich interessieren, wie es mit dir weitergeht.«

»Klar. Mach ich.«

Sie gab mir lächelnd die Hand. »Pass auf dich auf.«

Ich nahm ihre Hand. »Vielen Dank. Bis bald.«

Und ich betrat rasch den Hauseingang, warf die Tür hinter mir zu.

Ich heulte los, das zweite Mal an diesem Tag, konnte mich kaum beruhigen.

Dann atmete ich tief ein und wieder aus.

Das ist doch alles sinnlos, dachte ich, als ich die morschen Holzstufen hochlief. Wenn ich nicht einmal mit Frau Kröger reden konnte, mit wem sollte ich es sonst tun?

Ich klopfte. Eine Klingel gab es nicht.

Andreas öffnete die Tür, sah verwundert aus, ließ mich aber rein.

»Hast wohl nicht mehr mit mir gerechnet.«

»Stimmt, nicht so spät.« Er musterte mich. »Hast du geheult?«

Ich reagierte nicht, öffnete die Tasche und gab ihm die Karte. »Versteck sie gut. Die darf niemand hier bei dir finden, sonst ist alles aus.«

»Ich weiß. Danke.«

Ich sagte ihm, wo nach Opas Auskunft die Grenztürme standen.

»Wenn du willst, frage ich ihn weiter aus. Er kegelt einmal im Monat mit Genosse Johnson von der Grenzbrigade Küste. Die Informationen sind dann aus erster Hand.«

»Das wäre toll«, sagte Andreas leise. »Am Sonntag fahre ich nach Kühlungsborn und schaue mich um.«

Ich war plötzlich wieder sehr traurig, schüttelte andauernd den Kopf. Offenbar war er fest entschlossen.

»Komm doch mit.«

Ich wurde wütend. »Und dann? Was dann? Zusammen abhauen und alles zurücklassen, einfach so?«

Andreas senkte den Blick. »Ich meinte, nach Kühlungsborn. Am Sonntag.« Er sprach sehr leise. »Wenn wir beide dort herumgeistern, ist es weniger auffällig.«

Da hatte er vermutlich recht.

»O. k.«, sagte ich schließlich. »Wandertag zu zweit.«

Ich stürmte aus der Tür, ohne mich zu verabschieden.

»Um acht am Bahnhof«, rief er mir nach.

Auf dem Weg nach Hause heulte ich wieder.

Wie wollte er das schaffen? Er war doch kein Schwimmer, kein richtiger Sportler. So schnell konnte niemand fit werden, schon gar nicht für so eine blöde Aktion.

Ich könnte ihn verpfeifen. Dann würde er nur in den Knast kommen, anstatt abzusaufen.

Erschrocken blieb ich mitten auf der Straße stehen.

»Das darfst du nie, nie wieder denken«, sagte ich laut zu mir selbst. »Niemals. Dann hau lieber gleich mit ab.«

Links, ein, rechts, aus, links, ein, rechts, aus.

Links, ein, rechts, aus, links, ein, rechts, aus.

Links, ein, rechts, aus.

Muss gleichmäßig.

Links, ein, rechts, aus.

Atmen.

Links, ein, rechts, aus.

Warmes.

Links, ein, rechts, aus.

Wasser.

Links, ein, rechts, aus.
Eine Bahn.
Links, ein, rechts, aus.
Nach der anderen.
Links, ein, rechts, aus.
Der Rettungsring.
Links, ein, rechts, aus.
Hallenuhr.
Links, ein, rechts, aus.
Unten die Ausbuchtung.
Links, ein, rechts, aus.
Der Sprungbereich.
Links, ein.
Gleich wenden.
Rechts.
Gleiten.
Einknicken.
Vorwärtsrolle.
Füße an die Wand.
Abstoßen.
Eindrehen.
Arme nach vorn.
Kräftiger Beinschlag.
Aus.
Zur Oberfläche gleiten.
Links, ein.
So schwer.
Rechts, aus.
Etwas Dunkles.
Links, ein.
Noch mal hinsehen.

Rechts, aus.
Da ist was.
Links, ein.
Streifen am Horizont.
Rechts, aus.
Wieder weg.
Links, ein.
Noch mal hinsehen.
Rechts, aus.
Vielleicht Wolken.
Links, ein.
Land.
Rechts, aus.
Muss Land sein.
Links, ein.
So viele Stunden.
Rechts, aus.
Nach Norden.
Links, ein.
Dann nach Westen.
Rechts, aus.
Wo die Sonne untergeht.
Links, ein.
Nicht im Kreis schwimmen.
Rechts, aus.
Könnte Land sein.
Links, ein.
Fehmarn vielleicht.
Rechts, aus.
Die Pirateninsel.
Links, ein.

Oder Dänemark.
Rechts, aus.
Insel Rügen.
Links, ein.
Nach Osten abgetrieben.
Rechts, aus.
Punkte auf dem Wasser.
Links, ein.
Ein Glitzern überall.
Rechts, aus.
Boote vielleicht.
Links, ein.
Die Küste.
Rechts, aus.
Vielleicht.
Links, ein.
Eisstände.
Rechts, aus.
Schreiende Möwen.
Links, ein.
Kinder füttern sie.
Rechts, aus.
Gewimmel in der Luft.
Links, ein.
Andreas ist da.
Rechts aus.
Isst ein Eis.
Links, ein.
Wartet auf mich.
Rechts, aus.
Was war denn los.

Links, ein.
Wieso warst du plötzlich weg.
Rechts, aus.
Die Schnur ist gerissen.
Links, ein.
Bin allein weitergeschwommen.
Rechts, aus.
Zum Land.
Links, ein.
Wusste, dass du kommst.
Rechts, aus.
Bist schließlich Sportler.
Links, ein.
Schwimmst besser als ich.
Rechts, aus.
Wenn es einer von uns schafft.
Links, ein.
Dann du.
Rechts, aus.
Warte auf der Mole.
Links, ein.
Wie in Warnemünde.
Rechts, aus.
Sonne im Gesicht.
Links, ein.
Da ist Westen.
Rechts, aus.
Geht bald unter.
Links, ein.
Beeil dich.
Rechts, aus.

Er winkt.
Links, ein.
Möwen über ihm.
Rechts, aus.
Das Heft scheuert.
Links, ein.
Hoffentlich ist es trocken.
Rechts, aus.
Beine sind so schwer.
Links, ein.
Arme auch.
Rechts, aus.
Kann sie nicht bewegen.
Links, ein.
Aus.
Ein.
Aus.
Ein.
Bin bald da.
Aus.
Wie lange.
Ein.
Noch.
Aus.
Fliege zur Mole.
Ein.
In Gedanken.
Aus.
Gedanken sind frei.
Ein.
Zu Andreas.

Aus.
Ein Ziel.
Ein.
Ist wichtig.
Aus.
Sagt Ulrich.
Ein.
Aus.
Ein.
Aus.
Du schaffst es.
Ein.
Ja.
Aus.
Ein.
Hab dich nicht umsonst trainiert.
Aus.
Nein.
Ein.
Sonnenlicht
Aus
Auf dem Wasser
Ein
Schön
Aus
Wärme
Ein
War ja klar
Aus
Er wird Erster
Ein

Wollte immer Erster sein
Aus
War sogar als Erster beim Direktor
Ein
War ungezogen
Aus
Direktor Schneider
Ein
Andreas der Angeber
aus
man konnte nicht
ein
gegen ihn gewinnen
aus
ein
aus
ein

»Herein!«

»Ätsch«, flüsterte mir Andreas ins Ohr. »Ich war schon mal hier.«

Im Zimmer roch es ekelhaft nach Ata. Direktor Schneider saß am Schreibtisch, sein dicker Bauch quoll über die graue Stoffhose. Er schrieb mit einem Bleistift in ein kariertes Heft und beachtete uns nicht. Wir stellten unsere Ranzen ab und nahmen vor dem Tisch Aufstellung.

»Noch fünf Minuten bis zur Pause«, flüsterte Andreas und tippte auf seine neue Ruhla-Uhr. Max und Moritz waren auf dem Zifferblatt abgebildet und die Augen von Moritz wackelten im Takt.

Direktor Schneider blickte zu uns. »Warum hat euch eure Mathematiklehrerin zu mir geschickt?«

Andreas stieß mich an. Ich sollte antworten.

»Weil wir bei der Schweigeminute gelacht haben«, murmelte ich. »Aus Versehen.«

Direktor Schneider nickte. »Und für wen war diese Schweigeminute einberufen worden?«

»Wir haben es wirklich nicht böse gemeint«, sagte Andreas hastig.

»Darum geht es nicht. Für wen also war diese Schweigeminute einberufen worden?«

»Für Leonid Iljitsch Breschnew.«

»Soso. Und warum solltet ihr eine Schweigeminute für Leonid Iljitsch Breschnew einlegen?«

»Weil er gestorben ist.«

»Genau!« Direktor Schneider stand auf und schlurfte zum Fenster. »Ihr wisst doch sicher, welche Leistungen Leonid Iljitsch Breschnew vollbracht hat?«

»Ja.«

Er räusperte sich. »Und Lenin?«

»Ja.«

Direktor Schneider hüstelte. »Und Honecker?«

»Ja.«

»Und lacht man, wenn diese Menschen tot sind?«

»Nein.«

»Honecker lebt doch noch«, flüsterte mir Andreas ins Ohr und kicherte.

»Was gibt es da zu flüstern?«

Wir sahen auf den Fußboden und rührten uns nicht. Direktor Schneider setzte sich wieder an den Schreibtisch. Seine Gummisohlen quietschten auf dem Linoleum.

»Hausaufgabenhefte!«

Wir öffneten unsere Ranzen und reichten ihm die Hefte. Auf meinem Umschlag war ein Schlumpf-Aufkleber. Direktor Schneider starrte ihn lange an, dann schlug er das Heft auf und kritzelte mit seinem Rotstift darin herum. Auch Andreas bekam einen Eintrag.

Es klingelte zur Pause. Direktor Schneider gab uns die Hausaufgabenhefte zurück, und wir liefen hinaus auf den Flur, wo wir Torsten, Martina und Manuela trafen. Alle hatten rote Pappnasen auf. Andreas kramte in seiner Jeans und holte ebenfalls eine Pappnase heraus. Mit seinen blonden Locken und der Nase sah er aus wie ein Clown. Wir lachten.

»Lies mal vor«, rief Andreas.

Ich klappte mein Hausaufgabenheft auf und fand den Eintrag sofort. »Hanna hat sich unwürdig angesichts des Ablebens von Leonid Iljitsch Breschnew benommen, indem sie bei der Schweigeminute nicht den nötigen Ernst aufbrachte.«

Manuela kicherte. »Und du?«

Andreas' Stimme klang durch die Pappnase ganz anders. »Andreas hat sich unwürdig angesichts des Ablebens von Leonid Iljitsch Breschnew – ist genau dasselbe, wie langweilig.«

»Oh nein«, sagte Martina plötzlich und schaute den Flur hinunter. Frau Thiel kam auf uns zu.

»Was ist hier los?«, rief sie. Nach jedem Wort machte sie eine Pause. Ihr blauer Rock wallte hin und her. »Nehmt sofort die Nasen ab!«

Ich roch Lavendel.

»Ist doch Fasching heute«, rief Andreas übermütig, »der 11.11.!«

»Nein!« Sie holte Luft. »Gestern ist Herr Breschnew gestorben. Es gibt keinen Fasching heute. Ihr solltet euch sehr schämen! Nasen ab!«

Manuela flüsterte Martina etwas ins Ohr.

»Und es gibt erst recht kein heimliches Geflüster heute! Das gesamte Land ist betrübt über den Tod des Staats- und Parteichefs. Ihr solltet euch sehr schämen!«

Wir nahmen brav die Nasen ab und gingen raus zur Pause.

Später auf dem Nachhauseweg hatten wir schlechte Laune, vor allem Andreas. Er wusste, dass sein Vater ihn wegen des Eintrags verprügeln würde, sobald der von der Arbeit nach Hause kam.

Andreas hatte eine Idee.

»Wollen wir ins Wellenbad fahren? Ich hole schnell meine Sachen. Den Ärger kriege ich später sowieso, ist auch egal.«

»Ja, ist gut.«

Ich wartete vor seiner Haustür. Andreas war nach fünf Minuten wieder da. Wir gingen kurz bei mir vorbei. Mutti war arbeiten und Vati schlief zum Glück so tief, dass er mich nicht kramen hörte. Mit unseren Schwimmklamotten rannten wir zum Hauptbahnhof und fuhren nach Warnemünde.

Das Wellenbad war an dem Tag nicht so voll wie sonst. Ein paar Omas hielten sich am Beckenrand fest und quatschten. Kriegten sie eine Welle ins Gesicht, dann juchzten sie laut. Sie trugen alle die gleiche rote Badekappe.

»Die anderen Leute sitzen zu Hause und trinken Wodka, wegen Breschnew«, meinte Andreas.

Wir jagten uns durch das Becken. Beim Versuch, mich unterzutauchen, ging Andreas' Schwimmbrille kaputt. Meine hielt auch nicht dicht. Obwohl uns die Augen brannten, schwammen wir weiter hin und her, wärmten uns im Babybecken auf und warteten auf den nächsten Wellengang. Noch nie hatten wir so viel Platz zum Baden gehabt. Nur ein Mann mit behaartem Rücken schwamm zügig durchs Becken. Wir schwammen ihm hinterher und versuchten, wie er zu kraulen. Ich konnte es nicht gut, auch Andreas ging fast unter. Der Mann war sauer, weil wir ihm im Weg waren, und scheuchte uns in den Nichtschwimmerbereich. Dort lief Andreas beim Schwimmen mit den Beinen am Boden mit und bewegte seinen Oberkörper, als würde er kraulen. Ich habe mich schlappgelacht, weil es so blöd aussah.

Als wir später draußen waren, froren wir. Wie immer liefen wir am Hotel Neptun vorbei. Die Broilerbar war voll belegt, an allen Tischen quetschten sich die Gäste. Wir pressten unsere Nasen an die Scheibe und beobachteten die Leute. Wenn die Tür aufging, roch es wunderbar nach Broiler.

»Bei mir gibt's heute Leberwurststulle«, meinte Andreas.

Wir liefen zurück zum Bahnhof. Im Park hinter dem Kurhaus rutschten wir die weiße Steinrutsche runter und gruselten uns. Wir waren ganz allein im dunklen Park.

Schwebe durchs Wasser. Gehe nicht unter. Muss nicht mehr kämpfen. Es trägt mich. So wie du gesagt hast. Warm und hell. Die Sonne, ein rötlicher Ball, riesengroß vor mir. Ist sie wirklich da? Bin ich da?

Schwimm weiter!

Ob es einen Himmel gibt?

Schwimm weiter!

Eine Möwe, hoch oben.

Atme regelmäßig!
Ist sie echt?
Atme!
Und noch eine.
Du musst schwimmen!
Sie schaut auf mich herab.
Land ist in der Nähe!
Sie kreist über mir, ruft.
Konzentriere dich! Du musst weiter!
Der Wind wirft sie hin und her.
Dreh dich auf den Bauch!
Ich will nicht.
Du musst! Andreas wartet auf dich!
Ja, auf der Mole. Da muss ich hin. Zur Mole.
Ein Boot, vor mir. Ist es echt?
Es ist ein Boot! Schwimm dahin!
Nur eine Fata Morgana.
Nein! Es ist echt!
Ich werde weiterschwimmen, bis zum Land.
Schwimm zum Boot!
Muss abtauchen. Darf nicht entdeckt werden.
Bleib oben!
Nein. Zurück in die Ruhe, in die Dunkelheit.
Dröhnen unter Wasser.
Komme nicht tief genug. Tauche wieder auf.
Vor mir eine weiße Wand.
Eine laute Stimme.
Ich berühre sie.
Die Wand ist echt, fest, gibt nicht nach, weicht nicht aus.
Ich haue dagegen. Sie bleibt.
Etwas Festes im Wasser.

Die schwarze Feluke.
Du spinnst.
Etwas packt mich.
Ich tauche ab, bekomme keine Luft, tauche wieder auf.
Dichter ran! Wir müssen dichter ran!
Ruft hier einer?
Wieder packt mich etwas, fasst meine Schultern.
Kann mich nicht wehren, will verschwinden, Ruhe haben.
Hoch, zieh ihn hoch!
Etwas knallt gegen meinen Rücken.
Ich falle auf etwas Hartes.
Mir ist schlecht, alles dreht sich. Wie im Karussell.
Ich will meine Augen öffnen, doch es geht nicht.
Helle Blitze unter meinen Lidern.
Mehrere Stimmen.
Der ist ja völlig am Ende.
Rauschen in meinen Ohren.
Schau mal hin.
Wo bin ich.
Ist eine Sie, kein Er.
Ich muss weiterschwimmen.
Beweg deine Arme. Links, ein, rechts, aus.
Ich knalle gegen etwas Festes.
Was macht die da? Ist die irre?
Ich taste. Fest.
Kein Gleiten. Kein Wasser. Kein Nachgeben.
Etwas Festes, auch unter mir.
Boden.
Muss nicht mehr schwimmen.
Wo bin ich?
Ich öffne die Augen.

Zwei. Rot und blau. Hemden. Menschen.
Blond beide. Sie bewegen ihre Lippen, ich höre nichts.
Immer noch Rauschen, Wellenschlag.
Auf und ab, auf und ab.
Ein Boot. Ich bin auf einem Boot.
Auf und ab, auf und ab.
Welches Land?
Wo ist die Fahne?
Sie beugen sich über mich.
»… machst du …«
»… kommst du …«
»… bist du …«
Starren mich an.
Was wollen die.
Es tut weh, die Augen offen zu halten.
Der Blaue hockt neben mir. »Wo kommst du her?«
Ich drehe mich weg. Darf mich nicht verraten.
Und Andreas auch nicht.
»Bist du aus dem Osten?«, fragt der Blaue.
Ich reagiere nicht.
»Mist«, sagt der Rote. »Was machen wir jetzt?«
»Hol mal was zu trinken«, sagt der Blaue.
Ich versuche, mich aufzurichten. Muss wissen, wo ich bin.
»Wo.«
Auf und ab, mir ist übel.
»Bin ich?«
Der Blaue kratzt sich am Kinn. »Fehmarn.«
Wir haben es geschafft. Ich lasse mich fallen.
Fehmarn. Unser Ziel.
Wir haben es erreicht. Ich muss es ihm sagen.
Ich stemme mich erneut hoch. »Ist er da?«

»Was? Wer?«

Ich will den Arm heben. Es geht nicht, keinen Zentimeter.

»Auf der Mole?«

Er schaut über das Meer, schüttelt den Kopf.

Der Rote kommt zurück.

»Sie braucht was zu trinken, sie fantasiert. Und dann müssen wir schnell in den Hafen.« Der Blaue nimmt die Flasche und setzt sie an meine Lippen.

Bin so durstig.

Saft.

Ich schlucke vorsichtig.

Orange.

Ein Schluck, noch einer, noch einer. Die Süße brennt auf meiner Zunge. Dann ist die Flasche leer.

Der Blaue richtet sich auf. »Und nun los. Zurück in den Hafen!«

»Ihre Flossen müssen runter«, sagt der Rote.

»Auf gar keinen Fall«, entgegnet der Blaue.

»Aber es sieht schlimm aus!«

»Genau. Das überlassen wir einem Arzt.«

Ich drehe mich weg, schaue in den Himmel.

»Sie kommt von drüben, oder?«

Über mir die Möwe.

»Scheint so.«

Ob es immer dieselbe ist? Wahrscheinlich nicht.

»Die landen hier öfter mal. Sie wäre fast krepiert, das war Rettung in letzter Sekunde. Vielleicht kriegen wir jetzt einen Orden.«

»Wir müssen einen Arzt rufen. Und die Polizei.«

»Bis zum Land hätte sie es nicht mehr geschafft.«

»Nun mach, quatschen können wir später noch.«

Ein Motor wird angeworfen.

Ich kann sie nicht mehr verstehen. Ist mir auch egal, was sie reden. Ich will zu Andreas.

Wind in meinem Gesicht, mild und warm.

Bald bin ich an Land.

Wir bewegen uns in der Abendsonne über das Wasser.

Unendlich viele Sterne funkeln auf dem Meer.

Am Horizont eine Brücke, mit einem geschwungenen Bogen.

Meine Fingerspitzen tun weh, so wie früher, wenn ich zu lange Schlitten gefahren bin. Habe meine Hände an der Heizung aufgewärmt und einen Kneifer bekommen.

Den hab ich jetzt auch, in den Füßen. Die Schmerzen wandern die Waden hoch, breiten sich in meinem Körper aus.

Ich kann kaum atmen.

Mach jetzt nicht schlapp. Du hast es geschafft.

Andreas auch?

Ja, Andreas auch. Mach dir keine Sorgen. Du kannst dich bald ausruhen.

Wir haben es geschafft. Andreas wird auf der Mole stehen und winken. Wie früher in Warnemünde. Er wird sein blau-weiß kariertes Hemd tragen und staunen, wie ich auf dieses Boot gekommen bin.

Er singt sein Lieblingslied, laut und froh.

*Und krachen die Stürme*
*mit rauer Gewalt*
*auf den Ozeanen*
*so unendlich weit,*
*dann fliegt er mit Feuer und steigt ungeheuer*
*zur Freiheit der Meere.*

Wahrscheinlich zieht er mich auf, weil ich die Strecke nicht bis zum Ende geschwommen bin. Habe mit dem Boot geschummelt, so wie er früher beim Crosslauf auf dem Wall. Hat sich nach dem Start zurückfallen lassen und im Gebüsch versteckt. Als wir alle erneut vorbeigerannt kamen, ist er hinter uns aus dem Gebüsch raus und wie ein Irrer gerannt. Hat den Hauptpreis gewonnen, einen Heiko-Füller.

Andreas kann sich ruhig lustig machen. Ich bin einfach nur froh, dass wir es geschafft haben. Wir werden uns ausruhen, trocknen, etwas essen, eine Bratwurst vielleicht oder Kartoffeln.

Später am Strand dann ein Eis. Das erste Westeis in unserem Leben.

Wenn wir wieder kräftig genug sind, werden wir nach Hamburg fahren, zu Sachsen-Jensi. Der wird ausflippen vor Freude. Vielleicht ist er gar nicht mehr da, hängt mit irgendwelchen neuen Kumpels in Berlin herum, der Held.

Andreas und ich werden wissen, wo wir ihn suchen müssen.

Wenn wir Sachsen-Jensi am Kurfürstendamm wiedersehen, wird er noch immer seine blöde Popperfrisur haben. Und sein BMW wird alt und verschrammt sein, aber das wird ihm nichts ausmachen. Uns auch nicht. Wir werden uns alle riesig freuen und unendlich stolz aufeinander sein.

# Danksagung

Dieses Buch ist über Jahre gewachsen,
viele wunderbare Menschen haben mich
auf dem Weg begleitet.
Mein innigster Dank gilt meiner Familie
und meinen Freunden – Ihr alle habt mich
in den vergangenen Jahren bereichert,
inspiriert und unterstützt.
Ich danke Lisa-Marie Dickreiter
für ihr dramaturgisches Können
und ihr beeindruckendes Engagement –
dank Dir habe ich einen Verlag
für das Manuskript gefunden.
Und ich danke Bert dafür,
dass er immer an meiner Seite ist –
Du bist der coolste kleine Bruder der Welt.

# Glossar

Der **ADN** (kurz für **Allgemeiner Deutscher Nachrichtendienst**) war in der DDR neben Panorama DDR die einzige zugelassene Nachrichten- und Bildagentur.

**Ausreiseantrag:** Wollte man eine staatliche Genehmigung zur Reisefreiheit über das Gebiet des Ostblocks hinaus erhalten oder dauerhaft außerhalb der DDR leben, also auswandern, musste man als DDR-Bürger einen sogenannten Antrag zur ständigen Ausreise aus der DDR stellen. Ein unerlaubtes Verlassen der DDR wurde als Republikflucht strafrechtlich verfolgt.

Das **Dieselmotorenwerk Rostock** (kurz **DMR**) wurde 1949 gegründet und war als Volkseigener Betrieb (VEB) ein Zulieferbetrieb für den Schiffbau der DDR.

Ein **Delikat-Laden** verkaufte in der DDR Lebensmittel des »gehobenen Bedarfs«, also hauptsächlich Nahrungs- und Genussmittel (Delikatessen) mit einem hohen Preisniveau. Die Produkte stammten überwiegend aus DDR-Produktion, jedoch konnten auch Importartikel erworben werden.

Der **Freie Deutsche Gewerkschaftsbund** (kurz **FDGB**) war der Dachverband der etwa fünfzehn Einzelgewerkschaften, der als Instrument der Regierung vor allem das Ziel hatte, die Wirtschaftspolitik der DDR zu fördern. Daneben war der FDGB der größte Anbieter von Urlaubsreisen in der DDR und unterhielt eigene Ferienheime und -siedlungen.

Die **Freie Deutsche Jugend** (kurz **FDJ**) war die einzige staatlich anerkannte und geförderte Jugendorganisation in der DDR. Offiziell galt die Teilnahme als freiwillig, Nichtmitglieder mussten später jedoch erhebliche berufliche Nachteile in Kauf nehmen.

**Forumscheck:** In der DDR waren Forumschecks ein Zahlungsmittel, das von der Forum Außenhandelsgesellschaft m.b.H. ausgegeben wurde. Mit Forumschecks konnte in den Intershops bezahlt werden. Eine Forumscheck-Mark entsprach einer D-Mark.

Die **Handelsorganisation** (kurz **HO**), gegründet 1948, war ein staatliches Einzelhandelsunternehmen.

Die Einzelhandelskette **Intershop** bot westliche Waren an, die nur mit konvertierbaren Währungen, später auch mit Forumschecks, nicht aber mit der Mark der DDR bezahlt werden konnten.

Die **Jugendweihe** war eine festliche Initiation, die im Alter von 14 Jahren stattfand und den Übergang ins Erwachsenenalter markierte.

Der **Jugendwerkhof** war eine Einrichtung im System der Spezialheime der Jugendhilfe in der DDR. Er hatte die Aufgabe, Jugendliche im Alter zwischen 14 und 18 Jahren umzuerziehen, die im Sinne der DDR-Pädagogik als schwer erziehbar galten oder dem Staatsziel der Erziehung zur sozialistischen Persönlichkeit nicht entsprachen.

Das **KGB** (übersetzt »Komitee für Staatssicherheit beim Ministerrat der UdSSR«) war der sowjetische In- und Auslandsgeheimdienst. Es bestand von 1954 bis 1991. Zu seinen Aufgaben zählten die Auslandsspionage und die Überwachung von Systemkritikern innerhalb der Sowjetunion.

**Kombinat:** Verschiedene Betriebe mit ähnlichem Produktionsprofil, aber unterschiedlicher Produktionsstufe (Rohstoffe, Halbzeug, Fertigwaren) wurden in der DDR organisatorisch in einem Kombinat zusammengeschlossen.

Das **Ministerium für Staatssicherheit** (kurz **MfS** oder **Stasi**) kontrollierte als Inlands- und Auslandsgeheimdienst der DDR alle gesellschaftlichen Gruppen bis in die höchsten Ebenen und fungierte zugleich als Ermittlungsbehörde für »politische Straftaten«. Innenpolitisch war es vor allem ein Unterdrückungs- und Überwachungsinstrument der SED gegenüber der Bevölkerung, das dem Machterhalt diente.

Die **NVA** (kurz für **Nationale Volksarmee**) war von 1956 bis 1990 die Armee der DDR.

**Glasnost** (russisch »Offenheit«) und **Perestroika** (russisch »Umbruch«) bezeichneten die von Michail Gorbatschow eingeleitete Neuorientierung der sowjetischen Politik Mitte der 1980er Jahre. Man versteht unter Glasnost vor allem das Ende der Zensur und den Beginn der Pressefreiheit sowie der Rede- und Meinungsfreiheit für das Volk. Perestroika bezeichnet den Umbau des sozialen, politischen und wirtschaftlichen Systems, der auf eine größere Effizienz der Wirtschaft abzielte.

**Pionier:** Bis zu ihrem Eintritt in die FDJ gehörten fast alle Kinder vom 1. bis zum 7. Schuljahr der **Pionierorganisation »Ernst Thälmann«** als Jungpioniere an. Auf den ersten Blick ähnelte diese politische Massenorganisation einem Pfadfinderlager, diente aber der Erziehung im Sinne des Sozialismus.

Der **Rat für gegenseitige Wirtschaftshilfe** (kurz **RGW**) war eine internationale Organisation der sozialistischen Staaten unter Führung der Sowjetunion. Er wurde 1949 als sozialistisches Pendant zum Marshall-Plan und zur Organisation für europäische wirtschaftliche Zusammenarbeit (OEEC) gegründet und 1991 aufgelöst.

Der **RIAS** (kurz für **Rundfunk im amerikanischen Sektor**) wurde nach dem Zweiten Weltkrieg von der US-amerikanischen Militärverwaltung gegründet. Er hatte seinen Sitz im Westberliner Bezirk Schöneberg. Er strahlte zwei Hörfunkprogramme aus, später kam ein Fernsehprogramm hinzu.

**SERO** stand in der DDR für das Kombinat **Sekundär-Rohstofferfassung**. Es betrieb Altstoff-Annahmestellen und war für die Weiterverteilung der wiederverwertbaren Wertstoffe zuständig.

Der **Trabant** (umgangssprachlich **Trabbi**) ist ein Kleinwagen, der in relativ großer Stückzahl hergestellt wurde. Er ermöglichte eine Massenmotorisierung in der DDR, jedoch hatte er lange Bauzeiten. Heute gilt er als Kultfahrzeug.

**Vopo/VoPo** steht umgangssprachlich für den **Volkspolizisten** in der DDR.

**Wehr(kunde)unterricht** wurde in der DDR ab 1978 in den 9. und 10. Klassen der Polytechnischen Oberschulen verpflichtend unterrichtet. Der Unterricht umfasste neben einem theoretischen Teil in den Schulen auch eine praktische Ausbildung in Wehr- oder Zivilverteidigungslagern.

# Textnachweise

Wir bedanken uns für die freundliche Abdruckgenehmigung von Zitaten aus: *Der Albatros*, Musik: Ulrich Swillms, Text: Norbert Kaiser. © 1980 by Harth Musik Verlag GmbH, Bergisch Gladbach. Jack London, *Der Seewolf*, übersetzt von Christine Höppener. © 1968 Verlag Neues Leben, Berlin. *Die Thälmann-Kolonne* (auch: *Spaniens Himmel*), Musik: Paul Dessau, Text: Karl Ernst. © mit freundlicher Genehmigung von Friedrich Hofmeister Musikverlag, Leipzig. *Leuchtturm*, Musik: Nena Kerner und Jörn-Uwe Fahrenkrog-Petersen, Text: Nena Kerner. © Edition Hate. Mit freundlicher Genehmigung der EMI Songs Musikverlag GmbH. *Sag mir, wo du stehst*, Musik und Text: Hartmut König. © 1967 by Harth Musik Verlag GmbH, Bergisch Gladbach. Nikolaj Ostrowski, *Wie der Stahl gehärtet wurde*, übersetzt von Thomas Reschke. © 1977 Verlag Neues Leben, Berlin.
Sollten trotz intensiver Recherche Rechteinhaber nicht ermittelt worden sein, so bitten wir diese, sich mit dem Verlag in Verbindung zu setzen.

FSC
www.fsc.org
MIX
Papier aus verantwortungsvollen Quellen
FSC® C083411

CPI
Mehr Bäume. Weniger $CO_2$.
www.cpibooks.de/klimaneutral

Natürlich magellan©

*Säurefreies und chlorfrei gebleichtes FSC®-Papier*
*Klimaneutral produziert*
*Dispersionslack auf Wasserbasis*
*Klebstoff lösungsmittelfrei*
*Zellophanierfolie ohne Weichmacher*
*Hergestellt in Deutschland*

1. Auflage 2016
© 2014 Magellan GmbH & Co. KG, 96052 Bamberg
Alle Rechte vorbehalten
Umschlaggestaltung: Christian Keller unter der Verwendung von Motiven von plainpicture / Michele Constantini sowie iStock / orhankaracan, fairywong
ISBN 978-3-7348-8201-2

*www.magellanverlag.de*